KB272817

우리
이제
연인인가요?

우리 이제 연인인가요?

초판 1쇄 찍은 날 § 2005년 8월 9일
초판 1쇄 펴낸 날 § 2005년 8월 19일

지은이 § 이영채
펴낸이 § 서경석

편집장 § 문혜영
편집책임 § 이종민
편집 § 한지윤

펴낸곳 § 도서출판 청어람
등록번호 § 제1081-1-89호
등록일자 § 1999. 5. 31
어람번호 § 제5-0051호

주소 § 경기도 부천시 원미구 심곡1동 350-1 남성B/D 3F (우) 420-011
전화 § 032-656-4452 팩스 § 032-656-4453
http://www.chungeoram.com
E-mail § eoram99@chollian.net

ⓒ 이영채, 2005

ISBN 89-5831-673-X 03810

우리 이제 연인인인인가요?

이영채 지음

도서출판

청어람

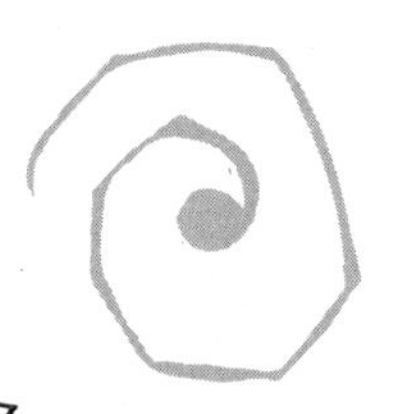

삐——

——이 실장, 들어와요.

세희는 낮은 중저음의 목소리에 긴장된 얼굴로 일어섰다. 사장은 지금 회사 안에서 일어나는 문제들로 인해 그녀를 호출했을 것이다. 그녀의 긴장을 알아차렸는지 지수가 생긋 웃어줬다. 그 미소에 힘입어 세희는 마른침을 삼키며 사장실에 들어섰다. 여전히 서류에서 눈을 떼지 않은 채로 사장이 그녀에게 권했다.

"앉아요."

"네, 사장님."

그녀가 소파에 앉자 그제야 사장이 일어나 다가왔다. 185cm 정도의 커다란 키와 군살 없는 몸이 그의 매력을 더해줬다. 살짝 찡그린 숱 많은 눈썹 아래로 검은 눈이 예리하게 빛을 발하고 있었다.

"커피?"

"괜찮습니다."

"그럼 단도직입적으로 얘기하지."

"네."

"요즘 우리 회사에서 일어나는 일련의 사태를 이 실장도 알고 있으리라 생각해."

사장의 날카로운 눈이 세희에게 향하자 그녀는 담담한 눈빛으로 그의 눈을 직시했다. 지금 회사에서 일어나는 일들로 인해 그가 그녀를 의심할 수도 있었다.

"네, 알고 있습니다."

"그리고 이 실장도 혐의 대상에 포함되어 있는 건 알고 있겠지?"

"네, 알고 있습니다."

"사실 그동안 내 나름대로 조사를 해왔는데, 이 실장한테선 다른 혐의점을 찾을 수가 없더군."

그의 말에 세희는 몸에서 긴장이 빠져나가는 것을 느꼈다. 아무런 잘못이 없어도 누군가에게서 의심을 받는다는 건 썩 기분 좋은 일이 아니기에 그녀는 안도의 한숨을 내쉬었다. 그동안 그녀도 나름대로 조사를 했었지만, 그녀가 찾는 데엔 한계가 있었다.

"그런 연유로 이번에 미강 건은 이 실장과 내가 주도하는 걸로 하지."

"네? 하지만……."

세희는 깜짝 놀라 사장을 바라보았다. 지금 그 말은 사장의 절친한 친구인 기획1팀장 한민준 실장조차 그의 의심을 받고 있다는 뜻이다. 잘생긴 사장의 얼굴엔 고민의 흔적이 엿보였다.

"그래, 무슨 말인지 알아. 기획1팀과 3팀엔 다른 프로젝트를 맡기게 될 거야. 왜, 둘이서 맡기엔 너무 힘든가?"

"아닙니다."

그녀의 단호한 답에 사장의 얼굴엔 만족스런 웃음이 스쳤다.

"좋아, 나도 그 대답을 기대했어. 그리고 이미 알고 있겠지만, 이번 프로젝트는 회사의 사활이 걸린 만큼 극비인 것을 명심해 둬."

"알고 있습니다."

"휴우, 그동안 이 실장도 힘들었지?"

사장의 반듯한 이마엔 땀방울이 송골송골 맺혀 있었다. 그도 긴장했던 것이다. 세희는 한편으론 그가 안되어 보이기도 했다. 그는 지금 수년 동안 그의 아래에서 일했던 직원들을 의심해야 하는 처지에 있었다. 누군가에게 의심을 받는 것이 안 좋은 일인 것만큼, 의심해야 하는 그의 입장도 좋지는 않을 것이다.

"아닙니다. 그런데 왜 저는 혐의가 쉽게 벗겨진 거지요?"

"여태까지 일어난 일련의 사건들은 똑같은 방법으로 일어났어. 그리고 대부분 커다란 프로젝트에서만 일어났지. 이번에 이 실장이 현성기업 건을 혼자 처리하는 바람에 지난 국진건설 프로젝트에서 빠졌었지. 마찬가지로 그때도 같은 일이 벌어졌었고…… 사실 한두 번은 우연이라고 생각할 수 있지만, 그 이상일 땐 우연이라고 보기 힘들지. 그 결과 누군가 의도적으로 우리의 내부 기밀을 빼돌리고 있다는 걸 유추할 수 있었지. 그리고 이 실장 입장에서 보면 혐의를 풀 수 있게 됐고, 나는 아군을 한 명 얻을 수 있었지."

"아……."

세희는 고개를 끄덕였다. C&H는 M&A업계에서 국내 최고의 위치에 있었다. 그런데 요 몇 달간 경쟁사인 대정에게 그 자리를 뺏기고 있었다. 그의 말대로 모든 사건들은 같은 방법으로 발생했다. 입찰가를 누군가가 빼돌리고 있는 것이 분명했다. 그렇지 않고서야 어떻게 비슷한 액수로 번번이 대정에게 뒤질 수 있겠는가. 어찌 됐든 그녀로서는 갑작스레 현성 건을 떠맡게 된 것이 다행인 셈이었다. 그 일이 그녀를 의심에서 벗어나게 해줬으니 말이다.

"지금 회사가 비상 체제에 들어 있는 것은 이 실장도 잘 알고 있겠지. 이젠 어느 누구도 믿을 수가 없는 상황으로 변했어."

그의 말대로 회사 상황은 살얼음판을 걷는 것 같은 분위기였다. 이쪽 업계에서는 클라이언트에 대한 정보를 비밀로 하는 것이 원칙이었다. 그런데 그 정보가 새어나갔다는 것은 그만큼 회사의 신뢰도가 떨어진다는 사실을 입증해 주는 것이었다. 그 때문에 하루에도 몇 번씩 클라이언트들의 문의 전화가 걸려오고, 계약을 미루는 일도 하나둘씩 늘어갔다. 만약 또다시 그런 일이 생긴다면 회사는 더욱 어려워질 것이다.

"만약 이번 일도 빼앗긴다면, 회사도 회사지만 나도 자리에서 물러나야겠지."

세희는 자조적인 목소리로 말하는 그의 얼굴을 놀란 눈으로 바라보았다. 사태는 그녀의 예상보다 더욱 심각한 모양이었다.

"미강 쪽에서 이번엔 우리와 대정에 같이 의뢰를 했다고 들었어. 이번 프로젝트는 철저히 비밀리에 진행될 거야. 그렇게 되면 안달나서 쥐새끼가 미끼를 물겠지. 그때까진 우리가 조심하자고."

"네."

그녀는 긴장된 표정으로 고개를 끄덕였다. 새삼 이 일이 얼마나 심각한지를 깨달을 수 있었다.

"현성 쪽의 구조조정은 어떻게 되어가고 있지?"

현성은 그녀가 혼자 맡아한 만큼 심혈을 기울인 곳이었다. 하지만 그런만큼 우수한 인재들을 잘라야 한다는 점이 그녀를 힘들게 하고 있었다.

"거의 막바지에 이르고 있습니다. 다만……."

말끝을 흐리는 그녀를 보며 사장이 눈썹을 치켜 올렸다.

“다만? 무슨 곤란한 일이라도 있는 건가?”

“아닙니다, 우수한 인재들을 잘라내야 한다는 것 때문에 조금 힘이 들 뿐입니다.”

“우수한 인재라고 해도 그들은 낙오자일 뿐이야.”

세희는 그의 말에 동의할 수가 없었다.

“회사를 위해서 일했던 사람들인데 그들을 낙오자라고 할 수는 없어요.”

“무슨 말인지는 알아. 하지만 아무리 유능하다고 하더라도 이제 그 회사에서 그들의 역할은 없어.”

“하지만……”

“몇몇 사람을 위해 다수가 희생해야 한다는 건가? 그리고 그것을 회사에서 부담하고? 회사는 이윤을 산출하는 곳이야. 자선 행사를 하는 곳이 아니라고.”

그의 냉정한 말에 세희는 소름이 오소소 돋았다. 그의 말이 옳다는 것은 알지만 모든 일이 그렇게 칼로 잰 듯이 되는 것은 아니다. 저런 사람이 어떻게 바람둥이가 되었을까? 그녀는 저렇게 뭐든지 정확하고 냉정한 사람이 여자는 어떻게 만나는지 의문이었다. 불만스러웠지만 그녀는 고개를 끄덕였다.

“오늘 세미나는 어디서 열린다고 했지?”

딱딱한 분위기를 바꾸려는 듯 그의 목소리가 부드럽게 변했다. 그에 따라 그녀의 긴장도 풀어졌다.

“네 시에 대한호텔에서 열립니다. 세미나가 끝나고 저녁 일곱

시부터 바로 연회가 이어진다고 합니다."

"오늘 조심하도록. 물론 이 실장이 알아서 하겠지만."

"명심하겠습니다."

"그럼 나가보도록 해요. 삼십 분 후에 봅시다."

싱긋 웃는 그의 얼굴엔 자연스럽게 볼우물이 파였다.

'잘생기긴 잘생겼군.'

사실, 그는 꽤 잘생긴 얼굴이었다. 물론 그 잘생긴 외모 값을 톡톡히 하고 있지만. 알아주는 바람둥이인 그가 이렇게 사자의 머리에 뱀의 꼬리를 갖고 있는 인간이라는 것을 대부분의 사람들은 파악하지 못했다. 그가 영악하게 자신의 외적 조건으로 모든 것을 커버했기 때문이다. 하지만 그에 대해 너무나 잘 파악하고 있는 그녀로선 오늘따라 저 볼우물이 위험스럽게 보였다. 아마 조금 전에 있었던 그와의 대화 내용 때문일 것이다. 어떻게 한순간에 분위기를 좌지우지할 수 있는지…… 그의 능력이 새삼 대단하게 보였다.

"네, 그럼 나가보겠습니다."

세희는 천천히 일어서서 목례한 후 걸음을 옮겼다. 문을 닫기 직전, 사장이 인터폰을 누르는 것이 보였다.

삑.

—네, 사장님.

"이제부터 장혜미 씨한테 오는 전화는 연결하지 말도록 해요."

‘오늘 또 한 명의 여자가 나가떨어지는군.’

세희는 사장의 여성 편력에 고개를 흔들며 사장실을 나왔다.

“네, 알겠습니다.”

지수는 전화기를 내려놓으며 세희에게 반짝이는 눈을 돌렸다. 지수는 매우 귀여운 외모에 성격이 활달하고 일도 잘 처리하는 편이었지만, 한 가지 흠이라면 다른 사람의 사생활에 대해 많은 관심을 갖고 있다는 점이다. 게다가 그것을 다른 사람에게 말하는 것도 좋아했다.

“이 실장님, 보고 끝나셨어요? 장혜미하고도 이제 끝났나 봐요.”

“그러게.”

지수가 안타깝다는 듯이 말했다.

“그래도 그 여자는 다른 여자들에 비하면 괜찮았는데.”

“그러게.”

그들이 대화하고 있을 때, 비서실 전화벨이 울렸다.

—나예요.

수화기를 들자마자 들리는 목소리에 조금 떨어진 곳에 서 있던 세희도 전화의 주인공이 누군지 단번에 알 수 있었다.

지수는 어정쩡한 자세로 아무 말도 못하고 세희만을 바라보고 있었다. 도움을 요청하는 눈빛을 피하고 싶었지만, 차마 내칠 수가 없어 한숨을 쉬고 다가갔다.

“네, C&H의 이세희입니다.”

─저 장혜미예요.

세희는 한숨을 쉬었다. 목소리가 벌써부터 심상치 않았다. 울먹이듯 말하던 혜미가 그녀의 침묵에 마침내 소리를 질렀다.

─저 장혜미라고요!

"네, 알고 있습니다, 혜미 씨."

─그, 그이 좀 바꿔주세요.

혜미의 목소리가 떨리고 있었다. 세희는 사장실 쪽으로 시선을 돌리며 대답했다.

"사장님은 지금 외출하셨습니다."

─거짓말 말아요. 나 지금 그쪽으로 가고 있어요.

"혜미 씨, 이런 말씀 드리기 뭐하지만 사장님이 결정하신 긴 되돌릴 수 없을 거예요."

그녀는 혜미가 안되기도 해 다독이듯이 말했다. 일에서도 자로 잰 듯 정확한 사람이었지만, 남녀 관계에 있어서는 정말 무 자르듯이 단칼에 잘라 버리는 사람이 그녀의 사장이었다.

─그, 그럼 이대로 포기하라는 거예요?

혜미의 울부짖는 목소리에 그녀는 잠깐 수화기를 귀에서 떼었다. 옆에 서 있던 지수가 안됐다는 듯이 고개를 흔드는 것이 보였다. 세희의 심정도 그리 좋지는 않았다. 같은 여자의 입장에서 볼 때 사장은 정말, 정말 나쁜 놈이었다.

'이 바람둥이!'

사장실을 노려보며 세희는 다시 수화기를 귀에 대었다.

"그게 혜미 씨에게도 좋을 거예요. 사장님이 어떤 분인지 혜미 씨도 아시잖아요."

—아뇨! 난 몰라요! 난 다르다고요!

'또 다르다는 여자군. 어떻게 이렇게 다 똑같은 말을 하는지 원.'

—나, 지금 도착했어요.

말이 끝나자마자 혜미가 도착했다. 항상 단정하고 세련된 모습만 보이던 그녀는 지금 많이 흐트러져 있었다. 도도한 그녀답지 않게 눈가엔 마스카라가 얼룩져 보기 싫게 검은 선을 이루고 있었다. 아마 오는 내내 눈물을 흘린 모양이었다. 사장의 외모가 잘생긴 것은 인정하지만 한 명도 빠짐없이 매달리는 여자들을 보면 혹시 사이비 교주가 아닌가 하는 허황된 생각도 들었다. 아니면 마력이 있는 것일까? 나쁜 남자에게 빠지는 여자들이 제법 있다지만, 그런 여자들만 골라내는 사장의 재주도 비상할 따름이었다. 그런 생각을 하고 있을 때, 사장실로 직행하려는 혜미의 모습이 보였다.

세희는 지수와 함께 재빨리 문 앞을 막아섰다. 사장이 'NO'라고 할 땐, 무조건 지켜야 한다.

"혜미 씨, 이러지 말아요."

"지혁 씨 여기 있죠?"

"아, 안 계세요."

지수가 더듬으며 말하자, 혜미가 확신했다는 듯이 지수를 밀었다.

"아야!"

엉덩방아를 찧으며 지수가 주저앉았을 때 인터폰이 울렸다.

삑.

―들여보내.

사장의 목소리에 혜미가 의기양양한 표정으로 사장실을 열었
다.

"지혁 씨!"

혜미의 떨리는 목소리와 함께 사장실 문이 닫히자, 세희는 지
수에게 다가가 손을 내밀었다.

"괜찮아?"

"아씨, 괜찮아요. 근데 저 여자 생각보다 힘이 세네요. 저 가
느다란 팔에 무슨 힘이 있을까요? 사랑의 힘인가?"

"풋, 안 일어설 거야?"

그녀의 말에 구시렁거리던 지수가 세희의 손을 잡고 벌떡 일
어섰다.

"아! 엉덩이야. 엉덩이 뼈에 금 간 거 아냐? 아잉, 나 이거 오
늘 새로 입은 정장인데. 실장님, 저 엉덩이에 뭐 안 묻었어요?"

"후후, 뒤돌아서 봐."

그녀의 말에 껑충 돌아서서 엉덩이를 내미는 지수가 너무나
귀여워 세희는 비실비실 웃곤 지수의 엉덩이를 딱 소리나게 때
리며 말했다.

“깨끗해.”

“아이, 실장님은. 말만한 처녀 엉덩이를 왜 때려요?”

“뭐 묻은 거 떼어준 거야.”

“쳇. 그런데 생각보다 조용하네요?”

“그러게.”

지수의 말대로 생각보다 조용했다. 대부분 소란스러운 외침이나 울부짖는 소리가 사장실 밖을 새어나오기 마련인데. 그녀는 더 이상 있을 필요가 없다고 생각하며 보고서를 챙겨 자리에서 일어섰다.

“그럼 난 이만 가볼게.”

“조금만 있다가 가세요, 네? 정 실장님도 안 계시단 말이에요.”

지수의 말을 듣고 보니 비서실장인 정 실장이 보이지 않았다.

“어디 가셨어?”

“홍보실에 가셨어요.”

지수가 다시 애처로운 눈빛으로 그녀에게 채근했다.

“그러니까 조금만 더 있다 가세요. 네?”

“알았어, 잠깐 동안이야. 나도 세미나 갈 준비를 해야 하거든.”

“네, 그나저나 꽤 조용하네요. 대부분 오 분이면 뛰쳐나오던데.”

지수의 말이 끝나자마자 혜미가 사장실의 문을 열고 뛰쳐나왔다. 그녀의 얼굴은 아까보다 더 엉망이었다. 세희가 손수건을 꺼내 건넸지만, 혜미는 그녀의 손을 쳐내고는 나가 버렸다.

"애고, 안됐다."

"그러게."

지수의 말에 맞장구치면서 세희는 사장실 쪽으로 시선을 돌렸다. 그녀가 입사했을 때, 그는 지금의 한민준 실장이 맡고 있는 자리에 있었다. 처음 지혁을 봤을 때, 그녀는 무척 놀랐었다. 첫 번째는 생각보다 어린 그의 나이 때문이었고, 두 번째는 잘생긴 외모 때문이었다. 모델이라고 해도 믿을 만큼 완벽한 외모를 지닌 그를 처음엔 상사로서 믿고 따라야 해야 할지 의심했었다. 하지만 그의 밑에서 한 달을 일해본 결과 그녀는 두 손 들 수밖에 없었다. 날카로운 판단력으로 어떠한 위기든 헤쳐 나갈 수 있는 사람이 바로 사장이었다. 또한 그의 밑에서 일하기 위해서는 상당량의 일을 해야 한다는 것을 의미했지만, 그 보상을 철저히 하는 사람 역시 지혁이었다. 때문에 대다수의 직원들이 그를 믿고 존경했다. 근래에 일어난 그 사건이 없었다면, 정말 모든 사람이 그에게 충성한다고 믿었을 것이다.

하지만 남자로서는 정말 최악을 자랑했다. 그가 여자들과 사귀는 기간은 한심스러울 정도로 짧았고, 헤어질 땐 항상 냉정했다. 그런데도 대부분의 여자들은 그와의 결별을 못내 아쉬워했다. 아마 그가 가진 배경 덕이 클 것이다. 그래도 칭찬할 만한 점은 직원은 건드리지 않는다는 거였다.

'정말 그 점은 칭찬할 만하지.'

세희는 다시 한 번 사장실을 흘깃 본 후 비서실을 나섰다.

쾅!

지혁은 문 닫히는 소리가 들리자 그제야 고개를 들었다. 여자들과의 이별은 언제나 복잡하다. 여자들은 헤어질 시기가 오면 더욱 그에게 집착했다. 더 이상 받지 못할 선물 때문인지, 그가 선사하는 즐거움을 잃는 게 두려운 건지, 그것도 아니면 정말 그를 사랑하기라도 한다는 건지 지혁은 알 수 없었다. 하지만 어찌 됐든 지금은 헤어질 때였다.

냉정하게 대하는 것이 그에게도 쉬운 것은 아니었다. 한때나마 즐거운 시간을 같이 보냈던 여자였기에. 그리고 그도 이런 자신이 싫었다. 여자들은 묻곤 한다. 왜, 무엇 때문에 헤어지려 하는지. 그러나 그의 이별에 대한 이유는 항상 같았다. 지루함 때문이었다. 그의 이런 답변에 여자들은 망연자실한 표정으로 이별을 수긍한다. 그것이 그의 말을 이해한다는 것인지, 아니면 이해하지 못한다는 것인지는 모르겠지만 오늘도 혜미는 뒤돌아섰다.

지혁은 착잡한 얼굴을 추스렸다. 지나간 일을 생각할 겨를은 없었다. 지금 해야 할 일이 있기에 그는 어깨를 으쓱하며 세희가 두고 간 보고서에 얼굴을 묻었다.

이세희 실장이 그의 부하 직원이 된 지 벌써 오 년이 지났다.

일에 관해서만 해당되는 말이었지만, 항상 그를 만족시키는 여자였다. 옥스퍼드 출신이라는 학력을 비롯해서 5개 국어에 능통할 뿐 아니라, 맡긴 일을 막힘없이 해내는 것 모두 그의 마음에 꼭 들었다. 그리고 지금 회사에서 벌어지고 있는 일에 상관없이 믿고 일을 맡길 수 있는 몇 안 되는 사람 중의 한 명이었다. 세희가 그의 최측근으로 있었던 만큼 그녀와의 루머도 있었다. 그것도 어처구니없게 그의 애인이라는 소문이었다. 그는 그때를 생각하니 실소를 금치 못했다. 여자치곤 큰 키에 마른 체형의 그녀는 처음 면접을 보러 왔을 때를 제외하고는 계속해서 무채색의 옷을 고수해 왔다. 게다가 그녀의 딱딱한 옷차림만큼이나 차가운 무테 안경 너머의 눈빛도 냉담하기 그지없었다. 그의 취향은 아담하면서도 글래머 스타일의 여자였다. 그녀의 외모는 나쁜 편은 아니었지만 여자로서의 매력을 이끌어내기에는 역부족이었다. 그는 자신이 꽤 높은 안목을 가진 사람이라고 생각했기에 어떻게 이세희 실장 같은 딱딱한 여자와 사귄다는 소문이 난 것인지 궁금했다.

지혁은 그녀에 대한 자료를 꺼냈다. 그가 조사한 바로는 그녀는 깨끗했다. 물론 지금 그가 조사한 사람 중에서는 혐의가 드러난 사람은 아직 없었다. 하지만 분명 조만간 드러날 것이라고 생각했다.

"도대체 누굴까?"

지혁은 집게손가락으로 관자놀이를 두드렸다. 무슨 일이 있어도 범인을 잡아야 한다. 이번 프로젝트까지 빼앗긴다면, 회사의 신용은 회생이 불가능할 정도로 악화될 것이다. 이 계통은 능력도 능력이지만, 신용을 주 원칙으로 삼고 있다. 그런데 누군가가 그들의 정보를 빼돌리고 있다는 게 소문이라도 난다면, 더 이상 C&H에 기업 합병을 의뢰할 사람은 아무도 없을 것이다. 게다가 이사회에서 그를 신임한 지가 얼마 되지도 않은 시점이었다. 그의 실적보다 그의 나이를 거론하고 있는 그들에게 지혁은 무언가를 보여줘야만 했다. 지금 사건은 여태까지 그가 쌓아온 업적을 한순간에 무너뜨릴 수 있을 만큼 그에게 있어서는 치명적인 것이었다. 만약 이번 일도 빼앗긴다면, 자의적이든 타의적이든 간에 물러설 수밖에 없을 것이다.

"젠장!"

회사를 지켜야 한다는 강박관념이 그를 더욱 몰아세웠다. 일찍 돌아가신 아버지가 창업을 하시고, 뒤를 이어 어머니가 홀로 키워오신 회사였다. 그렇기에 회사는 그에게 있어서 그 무엇보다도 소중했다. 회사의 경영자가 되기 위해 숨 가쁘게 달려왔던 그였다. 순전히 그의 능력으로만 평가받기 위해 밑바닥부터 시작해 여기까지 오른 것이다. 그런데…….

이대로 당할 수만은 없었다. 그는 핸드폰을 꺼내 단축키를 눌렀다.

지루한 세미나가 끝난 후, 세희는 지혁과 함께 연회장에 들어섰다. 연회장 안은 이미 사람들로 붐비고 있었다. 아름다움을 드러내기 위해 화려한 드레스와 보석을 걸친 여자들이 대부분인 이곳에서 그녀의 회색 정장과 무테 안경은 오히려 눈에 도드라져 보였다. 세희는 움츠러드는 어깨를 당당하게 펴며 옆에 서 있는 사장을 바라보았다. 그는 어디를 가든 눈에 띄는 존재였다. 깔끔한 검은색의 정장을 입은 그에게 연회장 안의 여자들 눈빛이 쏟아졌다. 그 시선들을 아는지 모르는지 그는 미소를 지으며 연회 주최자에게 다가갔다. 사장의 볼우물이 깊게 패이자 주위에서 한숨 섞인 감탄사가 여기저기서 흘러나왔다.

세희는 고개를 흔들며 그의 뒤를 따랐다. 연회가 어느 정도 진행되면 그는 먹잇감을 노리는 사냥꾼처럼 아름다운 여자와 함께 사라질 것이다. 장혜미와 헤어진 그가 가만히 있을 리가 없었다. 게다가 그를 원하는 여자는 많았다.

시간이 흐르고 연회가 종반으로 치닫자, 그녀의 예상대로 지혁이 움직였다. 그녀의 레이더에 까만 드레스를 입은 여자가 잡혔다. 그가 사귀던 여자들과 비슷하게 아담한 키에 글래머 스타일의 여자였다.

'저 여자가 걸릴 것 같은데.'

아니나 다를까, 지혁이 그 여자에게로 다가가는 것이 보였다. 여자는 그의 외모에 황홀한 표정을 지었다. 지혁이 무슨 말을 했는지 여자가 까르르 웃음을 터뜨렸다. 그 모습에 여기저기서 질투의 눈빛을 쏟아냈다.

잠시 후, 사장은 여자와 함께 발코니로 향했다. 세희는 고개를 흔들며 혜미를 떠올렸다.

"차라리 헤어진 게 다행이지 뭐야. 저런 남자가 뭐가 좋을까?"

정말 그녀는 이해가 가지 않았다. 여자들이 끊임없이 줄을 서는 것은 둘째치고, 헤어진 지 얼마나 됐다고 다른 여자를 만나는 사장도 그녀에게 있어서는 상식 밖이었다.

세희는 이제 자리를 떠도 되겠다고 생각했다. 사장은 분명 여자와 함께 있을 것이고, 그녀는 더 이상 이곳에 남아 있을 이유가 없었다. 그녀는 지혁에게 먼저 간다는 말을 하기 위해 발코니로 다가갔다. 그러나 발코니 문을 여는 순간, 세희는 여자와 키스하고 있는 사장의 모습을 보고 주춤했다.

'와우! 만난 지 얼마나 됐다고 벌써 키스야? 정말 구제불능이 따로 없네.'

살며시 문을 닫으려는 그녀와 지혁의 눈이 마주쳤다. 세희는 모르는 척 문을 닫아야 할지, 먼저 간다는 말을 지금 해야 할지 몰라 엉거주춤 서 있었다. 그런 와중에 키스를 끝낸 지혁이 여자에게 양해를 구하고 다가왔다.

"무슨 일이지?"

그의 입술에 번진 붉은 립스틱이 선명하게 보이자 세희는 얼굴을 돌렸다.

"연회도 이제 서서히 끝나가는 것 같아 먼저 가봐도 될지 여쥐보려고요."

세희의 얼굴에 드러난 당혹감을 알아차렸는지 그가 손수건으로 입술을 닦아냈다.

"잠깐만."

지혁이 주머니에서 핸드폰을 꺼내 들었다. 진동이 울린 모양이었다. 그는 발코니 난간 쪽으로 다가가 전화를 받았다. 하지만 전화 내용이 좋지 않았던지, 미소 짓던 그의 얼굴이 싸늘하게 변했다.

'도대체 무슨 일이지?'

세희는 의아한 얼굴로 그를 바라보다가 지혁이 여자에게 예의 바르게 양해를 구하는 것을 지켜보았다. 그가 뭐라고 했는지 여자의 얼굴엔 미소가 만연했다. 세희는 여자의 손에 쥐어져 있는 명함을 보며 어떻게 된 일인지 감을 잡았다.

'빠르기도 해라.'

그녀는 혀를 차며 다가오는 지혁을 바라보았다.

"가지."

"네."

그가 먹잇감을 놓고 올 정도의 일이 무엇인지 궁금했지만, 세희는 아무 말 없이 그의 뒤를 따랐다. 무언가가 그의 심기를 건드리는 게 분명했다. 핸드폰을 쥔 손이 핏기를 잃을 정도로 사장은 화가 나 있었다. 오랜 시간 동안 그의 곁에 있던 세희가 아니더라도 알 수 있을 정도였다.

연회장을 빠져나가며 그녀는 걱정 어린 목소리로 물었다.

"무슨 일이 생겼나요?"

"아무래도 회사에 일이 생긴 것 같아. 미안하군, 다짜고짜 나오자고 해서."

"아니에요, 같은 일행으로 온 건데요. 회사 일이라면 당연히 같이 가야죠."

"아니, 그럴 필요 없어. 이 실장은 그냥 집에 가서 쉬도록 해요."

세희도 상당히 큰 키였지만, 지혁의 보폭을 따라가기에는 힘이 들었다. 그를 놓치지 않기 위해 종종걸음으로 따라가고 있을 때, 누군가 그녀를 부르는 소리가 들렸다.

"토리?"

분주한 걸음을 멈추고 그녀는 고개를 갸웃하며 주위를 두리번거렸다. 이곳 한국에서 그녀를 '토리'라는 이름으로 부를 사람이 없다는 것은 알지만, 오랫동안 들어왔던 애칭이기에 반사적으로 움직였다. 그녀의 움직임에 지혁도 같이 멈춰 섰다.

"토리!"

등 뒤에서 들리는 소리에 세희는 몸을 휙 돌렸다. 180㎝의 커다란 키에 잘 어울리는 청바지와 하늘색 니트를 걸친 하얀 피부의 남자가 눈에 들어왔다. 소년 같은 해맑은 미소를 지닌 남자가 두 팔을 벌리고 서 있었다.

"유…… 진?"

설마 하는 표정을 지으며 세희는 멈칫 섰다가 유진에게 달려가 덥석 안겼다. 정말 그리운 얼굴이었다.

"정말 유진 맞아?"

믿어지지 않은 얼굴로 세희가 유진의 얼굴을 두 손으로 감싸며 가까이 대었다.

"토리, 이러면 곤란한데? 우린 친구라고."

살짝 눈을 찡긋하며 농담하는 유진을 보니 새삼 신기해 세희는 그의 뺨을 살짝 꼬집었다.

"아! 아프잖아. 꼬집으려면 네 살을 꼬집으라고 했지!"

"풋, 정말 유진 맞구나."

세희는 고개를 젖히며 웃었다. 이 반응을 보니 그녀의 소꿉친구인 유진이 확실했다.

"이 실장?"

"아!"

그제야 세희는 지금 이곳에 그들만 있는 것이 아니라는 것을 깨달았다. 그녀는 얼굴이 약간 상기된 채로 지혁에게 몸을 돌렸다.

"아, 죄송합니다. 오랜만에 친구를 만나서요. 소개해 드릴게요. 사장님, 이쪽은 제 친구인 김유진이고요. 유진, 이분은 내 보스이신 최지혁 씨야."

"만나 뵙게 돼서 반갑습니다. 우리 토리 잘 부탁드립니다."

유진이 세희의 어깨에 올려놓았던 손을 내려놓으며 정중하게 고개를 숙였다.

"반갑습니다. 최지혁입니다."

지혁도 유진의 정중한 태도에 고개를 숙이며 인사했다.

"그런데, 토리라니?"

"아, 제 영국 이름이 빅토리아거든요. 친구들은 저를 토리라고 불러요."

그녀의 설명에 지혁이 고개를 끄덕였다.

"이 실장, 그럼 난 먼저 가보지. 오랜만에 친구 분을 만난 거 같으니까."

"그래도 될까요?"

그녀가 걱정스런 시선으로 그를 보자, 지혁은 고개를 끄덕였다.

"어차피 같이 가도 소용없어. 내가 처리해야 할 일이야."

"네. 그럼 월요일에 뵙겠습니다."

"그래, 그럼. 저는 이만 먼저 가보겠습니다."

"네, 안녕히 가십시오."

지혁이 떠나자 세희는 유진의 팔짱을 끼며 물었다.

"어떻게 된 거야? 온다는 소리 없었잖아? 그리고 왜 호텔로 왔어?"

"토리, 질문이 너무 많잖아?"

살짝 째려보는 세희의 눈길에 유진이 헛기침을 하며 변명하듯 대답했다.

"알았어, 알았다고. 첫째, 한국 지사로 발령이 나서 온 거고. 둘째, 깜짝 놀래켜 주려고 했었어. 셋째, 깜짝 놀라게 해주려고 했는데, 이 밤이 다 되어가도록 넌 집에 오지도 않았고 전화도 받지 않았어. 그래서 오늘밤만이라도 호텔에서 지내려고 했지. 이게 답이야. 그런데 언제까지 날 여기에 세워둘 거야?"

"아! 미안. 얼른 가자, 피곤하지?"

그제야 미안한 얼굴로 세희는 유진의 손을 잡았다. 오랜만에 만나는 친구의 손이 따뜻해 세희의 마음이 저절로 포근해지고 있었다.

지혁은 로비를 나가 자신의 차를 기다렸다. 그는 방금 전의 세희를 생각했다. 그가 아는 이세희 실장은 저런 식으로 감정을 표현하는 사람이 아니었다. 언제나 감정을 능숙하게 조절하는 사람이 바로 이세희 실장이었다. 그런 그녀에게 저런 웃음이 있으리라고는 생각지 못했기에 적잖이 충격을 받기도 했다. 물론 가벼운 농담을 주고받은 적은 있었지만, 오늘 같은 모습은 처음이었다. 그 모습에 놀라 치밀어 오르는 화를 삼킬 수 있었다.

그는 아까 걸려온 전화를 떠올리고는 다시 이마를 찌푸렸다. 아직도 누가 범인인지를 찾지 못하고 있었다. 그는 기밀이 빠져나갔다는 사실보다 그와 몇 년 동안 같이 일한 직원이 그를 배신했다는 것에 더욱 화가 났다. 아니, 상처를 받았다고 해야 옳을 것이다. 그나마 다행인 것은 그의 왼팔이나 다름없는 이세희 실장이 그의 편에 있다는 것이다. 표현을 하진 않았지만, 그것은 황량한 사막에서 오아시스를 찾은 것만큼이나 그의 숨통을 터주고 있었다. 사람을 풀어 조사를 하고 있었지만, 범인은 능수능란하게 모든 증거물을 숨기고 있었다. 하지만 조만간에 모습을 드러낼 것이다.

그의 눈이 예리하게 반짝였다.

유진은 세희의 집을 보고 탄성을 질렀다.

"주소를 보고 긴가민가했지만, 진짜 이 집이 토리의 집일 줄이야!"

"왜 아닐 거라고 생각했어?"

"글쎄, 토리가 아기자기한 걸 좋아하긴 하지만, 직장에 다니니까 관리하기 힘들 거라고 생각했지."

그는 구석구석 살피며 그녀의 집에 찬사를 보냈다.

"정말 예쁜걸. 이 허브 밭도 직접 가꾸는 거야?"

"그럼, 내가 허브 차를 워낙 좋아하잖아. 또 음식 할 때도 쓰고, 목욕할 때도, 그리고 방향제로도. 요즘 허브에 폭 빠져 있어."

집 안으로 들어서자 은은한 로즈마리 향이 코끝을 스쳤다.

"정말 허브 천지인데?"

유진이 말한 대로 집 안 구석구석엔 허브가 놓여 있었다. 아기자기한 인테리어와 함께 먼지 하나 없이 말끔한 모습이 그녀의 성격을 대변해 주었다.

"그렇지? 향이 좋아서 머리가 맑아지는 것 같아. 네가 지낼 방은 이쪽이야. 방에 욕실이 딸려 있으니까 지내기는 편할 거야."

세희는 며칠 전에 청소해 놓은 것을 다행이라 생각하며 유진이 지낼 방을 둘러보았다. 푸른 색으로 통일된 손님 방엔 별다른 가구는 없었지만, 편하게 지낼 수 있을 만한 공간이었다.

"샤워하고 이층으로 올라와. 같이 술이라도 한잔하자."

"이층?"

"어. 내가 아주 맘에 들어하는 곳이야. 거실 보면 올라가는 계단이 있지? 그쪽으로 와. 나도 곧 준비하고 올라갈게."

유진의 방문을 닫고 나오면서 새삼 세희는 집 안을 둘러보았다. 이 집은 그녀에게 있어서 정말 소중한 곳이었다. 처음 그녀가 한국에 왔을 때, 그녀는 원룸 하나 살 정도의 여유밖에 없었다. 하지만 뛰어난 재테크 능력—거의 증권이지만—덕분에 이렇게 과천에 전원주택을 살 수 있었다. 이리로 이사 온 지 일 년 정도 되어가지만 아직도 꿈만 같았다.

이 집은 혼자 살기에 너무 큰 감도 없잖아 있지만 그녀는 만족했다. 자신만의 공간이 있다는 것이 세희를 편안하게 했다. 작은 정원에서 허브를 돌볼 때면 하루의 스트레스가 말끔히 사라져 갔다. 그리고 정원 한구석에 마련된 그네에 앉아 별을 보며 그날 있었던 일과들을 정리하곤 했다.

세희는 샤워를 하고 안주와 아껴두었던 와인을 꺼내 이층으로 향했다. 전면으로 난 창을 통해 밖을 내다보는 유진의 등이 보였다. 그녀는 새삼 친구의 방문에 가슴이 설레었다.

"내가 가장 좋아하는 곳이 정원이고, 그 다음이 여기야. 여긴 밤하늘의 별도 볼 수 있어서 좋아. 그래서 가끔 여기서 차를 마시곤 해. 생각할 게 많은 날, 여기서 밖을 내다보면 마음이 가라앉곤 하거든."

"정말 좋은데."

세희는 와인을 따라 유진에게 건넸다.

"유진, 너랑 이렇게 술 마시는 게 얼마 만이지?"

세희는 소파에 기대어 와인을 한 모금 마셨다.

"네가 휴가를 영국으로 왔을 때가 아마 삼 년 전이지?"

"맞아, 아마 그 정도 됐을 거야. 벌써 그렇게 됐구나. 그동안 정말 보고 싶었어. 그 지긋지긋한 영국도 이젠 그립더라."

과거를 회상하는 그녀의 눈빛이 아련해졌다.

"그랬어? 나도 네 생각 많이 했지. 어디서 또 길 잃은 강아지들을 돌보고 있지나 않을까, 그럼 회사는 어떻게 다닐까 했지."

유진의 장난스런 어조에 세희는 어이없어하는 얼굴을 했다.

"뭐? 참내, 누가 보면 너랑 나랑 연락 한번 안 하고 살았다고 생각하겠어. 그동안 했던 전화나 메신저는 다 뭐냐?"

"푸하하하, 그렇게 되나? 참, 내가 한국 간다니까 질리언이 너한테 안부 전해달라고 하더라. 보고 싶다고."

"질리언? 나도 보고 싶다. 작년에 한국에 왔을 때 만났는데 하나도 안 변했더라."

세희는 금발의 파란 눈을 지닌 질리언을 떠올렸다. 그들의 영국인 친구는 누구보다 따뜻하고 아름다운 아가씨였다.

"정말 질리언이랑 많이도 어울려 다녔지. 동양인인 우리를 그렇게 따뜻하게 대해준 사람은 드물었는데. 그것도 유명한 귀족 아가씨가 말이야."

"그러게."

"그리고 보니 질리언의 오빠가 너 많이 좋아했었지?"

"마이클? 그냥 동생 친구니까 잘해준 거지 뭐."

세희는 마이클의 마음이 그 이상이었다는 것을 알고 있었지만 내색하지 않았다.

"그런가? 하여튼 대학 다닐 때 너 정말 악바리였다."

"악바리는 무슨. 그건 너도 만만치 않았다 뭐. 그리고 그렇게 돈을 벌었으니까 한국에 와서 원룸이라도 장만했지."

세희의 대학 시절은 정말 눈코 뜰 새 없이 바빴다. 아르바이트와 공부를 병행하는 일이 힘들긴 했지만 그녀는 성공적으로 해냈다.

"참, 한국으로 발령이 났다고 했지? 회사는 어디에 있어? 그럼 집은 어떻게 하려고?"

"차근차근 말해. 넌 아직 그 버릇 못 고쳤냐?"

"나도 밖에선 안 그래."

뾰로통하게 입을 내밀며 세희가 유진을 살짝 째려보았다.

"정말?"

"그렇다니까. 내가 회사에선 얼마나 냉정하고 카리스마 넘치는지 알아? 이세희 실장이라고 하면 다들 얼마나 무서워하는데."

"설마, 너 혹시 그 옷차림과 안경으로 사람들을 무섭게 만드는 거 아냐? 오늘 너 처음 봤을 때 진짜 긴가민가했었어. 누가 널 토리라고 생각하겠어?"

"그 정돈가. 근데 한국에서 여자가 직장 생활 하기에는 만만치 않아. 내가 좋아하는 대로 강렬한 색상의 옷을 입으면 아마 내 능력보다는 다른 쪽으로 생각할걸."

세희의 말에 유진이 심각한 눈으로 바라보았다.

"너의 보스가 정당치 못한 대우를 하니? 아니면 그 일 때문이야?"

예전의 그녀는 옷의 디자인을 고르는 데 선입견이 없었다. 하지만 사람들은 그런 그녀의 감각을 이상한 방향으로 오해했다. 세희가 옥스퍼드를 졸업하고 첫 직장에 입사한 지 한 달쯤 지났던 날, 직장 상사가 그녀에게 수작을 걸어왔다. 외국에서도 직장 내 성희롱은 엄연히 중징계에 해당되지만, 당하는 여성에게도 그만큼의 마이너스가 따르기 마련이었다. 그녀의 옷차림에 문제가 있었다는 수군거림이 나중엔 그녀가 유혹했다는 식으로 퍼져 나가기 시작했다. 그로 인해 그녀는 사표를 낼 수밖에 없었다. 그 일을 감당하기에 그녀는 너무 어렸고, 당시 그녀의 스트레스는 말도 못할 지경이었기 때문이다. 회사를 그만두고 집에만 틀어박혀 있는 그녀에게 아버지는 이렇게 제의하셨다. 한국으로 돌아가서 새로운 일을 찾으라고, 그리고 그동안의 일은 다 털어버리라는 것이었다. 며칠을 고민하던 그녀는 짐을 싸서 한국에 왔고, 그녀의 학력과 이력 덕분에 C&H에 입사할 수 있게 되었다.

한국에서의 옷차림은 영국에서의 일을 떠올려 많이 신중해졌다. 무난한 무채색의 정장은 직장에서 그녀를 더욱 신중하게 보이게 했다. 또 그런 옷들이 일하기에도 편안했다. 그녀는 이제 아름다워 보이는 것보다 편안하게 일할 수 있는 것을 선호하게 되었다.

"아니, 사장님은 그렇지 않아. 하지만 다른 사람들은 편견을 갖는 거 같아. 실은 내가 이례적으로 승진이 빠른 편이었거든. 그래서 이상하게 보는 사람들도 좀 있었어."

사실 세희의 승진을 둘러싸고 여러 가지 악성 루머가 난무했었다. 특히 같이 기획2팀장 자리를 놓고 경합을 벌이던 지금 기획3팀장이 된 박 실장은 그녀에 대해 온갖 루머를 퍼뜨리고 다녔었다. 가장 안 좋았던 소문은 그녀가 지혁의 새로운 애인이라는 소문이었다. 그녀가 지나갈 때마다 따라다니던 수군거림과 눈빛 때문에 정신적인 고통이 한계에 이르렀을 무렵, 때마침 지혁의 애인이 찾아와 소문은 조용히 사라졌다. 그때만큼 지혁의 바람기가 고마웠던 적이 없었다.

"지금은?"

"받아들이는 분위기야."

그녀의 말에 유진의 긴장된 얼굴에 안도의 빛이 감돌았다.

"다행이군. 너의 보스는 어떤 사람이야?"

"보스로서는 더할 나위 없는 사람이라고 할까? 일에 있어서는 냉철하고 누구에게나 기회를 준다는 점에 있어서는 존경스러워."

"남자로서는?"

유진의 질문에 세희는 짧고 명확한 답을 했다.

"최악이지."

"왜, 남자가 봐도 매력적이던데?"

"엄청난 바람둥이야. 내가 본 사장의 애인만 해도 십여 명은 되겠다."

그녀는 오늘 낮에 있었던 혜미와의 일을 떠올리며 치를 떨었다.

"난 우리 아빠처럼 따뜻한 남자가 좋아. 정말 아빠 같은 남자 어디 없나? 그나저나 넌 사귀는 여자 없어?"

그녀의 질문에 유진이 머뭇거리며 입을 열었다.

"실은 마음에 드는 여자는 있는데, 확신이 없어서."

세희는 짐짓 얼굴을 굳히며 진지한 얼굴로 말했다.

"혹시……"

긴장된 얼굴로 유진이 침을 삼키며 물었다.

"혹시?"

"혹시…… 나야? 우린 정말 친구 이상은 될 수 없다니까."

그제야 세희의 장난을 알아차렸는지 유진의 얼굴에서 긴장이 빠져나갔다.

"토리! 깜짝 놀랐잖아. 남은 진지한데 장난을 쳐?"

"푸하하하, 미안 미안. 그런데 왜 그렇게 긴장해?"

여전히 노려보고 있는 유진에게 그녀는 웃음을 멈추고 진지한 얼굴로 다시 물었다.

"그런데 무슨 확신이 없다는 거야?"

"그냥, 여러 가지로 복잡해."

"프랑스에서 만난 여자야?"

패션 마케팅을 전공한 유진은 그녀와 같은 옥스퍼드를 졸업한 후 파리로 향했고, 지금은 그곳에서 성공적으로 자리매김을 했다.

"응, 그렇다고 할 수 있지. 사실 그녀가 나한테 고백을 했는데, 내가 여러 가지 이유로 대답을 회피했거든. 그런데 막상 발령을 받고 이것저것 정리하다 보니까 그 여자 생각이 나더라. 하지만 나는 여기로 와야 하고, 그 여자는 그곳에서 일을 해야 하니 기다려 달라고 말하기도 미안해서 그냥 왔어."

유진이 와인 잔을 빙글 돌리며 자조적인 웃음을 지었다.

"이 바보야! 그 여자도 네가 좋다는데 뭐가 문제야? 그건 그 여자를 위하는 일이 아니야."

"하지만 그렇다고 대답을 회피했던 주제에 어떻게 기다려 달
라고 하냐?"

"헉! 천하의 김유진이 이렇게 약하게 나오다니!"

유진이 눈치를 보며 물었다.

"네가 생각할 때, 내가 남편감으로는 어때?"

그의 얼굴에는 긴장감이 감돌았다. 그녀가 생각하는 유진은
정말 최고의 남자였다. 다정다감한 성격에 뛰어난 두뇌, 거기다
가 잘생긴 외모까지 겸비한 그는 어디에 내놔도 나무랄 곳이 없
었다. 그녀는 언제나 유진을 자랑스럽게 생각해 왔다.

"너야 최고의 남편감이지."

세희는 눈에 띄게 안도하는 유진의 모습에 미소를 지으며 제
안했다.

"전화해, 그리고 기다려 달라고 말해."

"생각해 볼게."

세희는 자꾸 뒷걸음치는 유진이 안타까웠다.

"바보."

"그러는 너는 지금껏 남자 하나 없냐?"

"누가 없대?"

"있어?"

"아니."

"바보."

“우씨.”

그들은 서로의 얼굴을 마주 보며 웃었다.

“푸하하하, 우린 어쩜 예전이나 지금이나 똑같냐.”

“풋, 그러게. 하긴 그러니까 너랑 나랑 친구지.”

오랜만에 만나는 친구와의 술자리는 참으로 행복했다. 그렇
게 밤은 지나갔다.

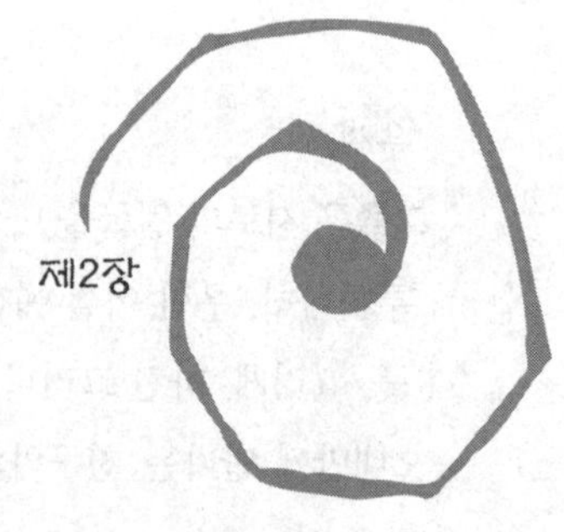

세희는 집을 나섰다. 차가운 아침 공기가 그녀의 어깨를 움츠러들게 했다. 그녀는 자동차에 시동을 걸고, 평소 즐겨 듣는 음악을 틀었다. 곧 '프레디 머큐리'의 목소리가 울려 퍼졌다. 차창 밖을 빠르게 지나가는 가로수를 보며 세희는 봄이 완연해 있음을 깨달았다. 푸릇하게 돋아나던 나뭇잎들이 어느새 녹색 물결을 이루고 있었고, 그 위에 걸쳐진 파란 하늘도 눈이 부실 만큼 선명했다. 그녀는 흥얼거리며 속도를 높였다. 뻥 뚫린 도로 위를 달리는 기분은 상쾌했다.

어느덧 회사 근처의 낯익은 건물을 보며 그녀는 유진을 생각했다. 유진의 회사는 그녀의 회사와 그리 멀지 않은 곳에 위치해 있었다. 때문에 유진은 회사 근처에 오피스텔을 얻었다. 가까이 있으면 자주 만날 수 있을 것 같았는데, 유진이 한국에 온지 아직 한 달도 채 되지 않았기 때문에 회사에 적응하느라 오히려 만나기 힘들었다. 그러나 주말엔 항상 같이 시간을 보냈다. 그때마다 처량한 싱글들의 모임이라며 농담을 주고받았지만 그 시간들은 언제나 즐거웠다.

세희는 회사에 도착해 커피를 마시며 하루 일과를 시작했다. 미강 프로젝트를 시작하면서 그녀의 일이 배가되었지만, 사안이 사안인만큼 감당해야 했다.

두 번째 커피를 마시려고 일어섰을 때, 노크 소리가 들렸다.

똑똑.

"들어오세요."

한민준 실장이 미소를 지으며 들어섰다. 그가 들어서자 실내 분위기가 환하게 변하는 것을 느낄 수 있었다. 항상 미소 짓는 얼굴에 단정한 이목구비를 한 그는 지혁과 함께 회사에서 제일 인기 많은 남자이기도 했다.

"이 실장님, 좋은 아침입니다."

"좋은 아침이에요. 한 실장님."

"커피 같이 마시자고 들렀어요. 벌써 마셨어요?"

"그렇지 않아도 한 잔 더 마시려던 참이에요. 앉으세요."

세희는 미소를 띠며 그에게 자리를 권했다.

"난 이상하게 이 실장님이 타주는 커피가 제일 맛있더라고요.

아, 혹시 이거 커피 심부름 이런 걸로 생각하는 거 아니죠? 여자
들은 민감하다고 하던데.”

“풋, 그런 거였어요? 그렇다면 건의해야겠는데요?”

“어, 그럼 어쩌죠? 그냥 전…… 정말 이 실장님이 타주는 게
맛있어서 그런 거였는데. 음, 이건 어때요? 제가 드리는 뇌물입
니다.”

그가 내미는 봉투를 받아 들며 세희는 어리둥절한 얼굴로 물
었다.

“뇌물이요?”

“하하, 실은 작은 아버지께서 회사 근처에 헬스클럽을 오픈하
셨어요. 한 달 무료 이용권입니다. 부담 갖지 마시고 다니세요.”

그녀는 민준에게 다시 봉투를 내밀었다. 커피 값으로는 너무
과한 선물이었다.

“그래도 이건 너무 비싼데요? 안 그러셔도 돼요.”

“흠흠, 실은 저한테 이걸 너무 많이 나눠주셔서 저도 고민이
니 제 부담을 덜어주신다고 생각해 주세요. 지혁이한테도 제가
하나 넘겼죠. 음, 그러고 보니 가까운 사람들에게 하나씩 나눠
드리면 되겠군요.”

그의 심각한 표정에 세희는 픽 웃음이 터져 나왔다.

“그럼 감사히 받을게요.”

“그럼요. 제 부탁을 들어주신 것만으로도 저는 감사하지요.
정말 처치 곤란이었는데. 그리고 이것과는 별도로 제가 저녁 식

사도 대접할게요."

"와우, 그럼 저는 커피 몇 잔으로 이런 혜택을 다 받는 건가요?"

"이 실장님께 부탁만 드려서 죄송해서 그렇죠."

"한 실장님의 부탁을 제가 어떻게 거절하겠어요? 그럴 수 있는 여직원은 우리 회사에 아무도 없답니다."

그녀의 농담에 민준의 얼굴이 붉게 달아올랐다.

"에이, 설마요. 농담하지 말아요."

그녀는 어떻게 저리도 순진한 사람이 일할 때는 180도 달라지는지 놀라웠다. 친구는 닮는다고 했던가.

"후후. 잠시만 기다려 주세요."

세희는 재빨리 커피를 타 민준에게 내밀었다.

"자, 커피 대령입니다."

"고마워요."

민준이 그녀가 건넨 커피를 한 모금 마셨다.

"음, 역시 이 실장님이 타주시는 커피가 최곱니다."

"흠. 좋아해야 하나요? 매일 타달라고 하시는 말씀 같네요."

"아, 또 그렇게 들렸나요? 하하. 참, 요즘 프로젝트는 잘되어가고 있어요?"

"아직 시작 단계라서 조사할 게 많죠. 한 실장님은 어떠세요? 이번에 맡으신 우신 쪽도 골치 아프다고 하던대."

세희는 지혁과의 대화를 생각하며 말을 돌렸다. 민준을 의심하는 것은 아니었지만, 지혁과의 약속대로 함구해야만 했다.

"그렇죠 뭐."

어색한 침묵이 흘렀다. 세희는 몇 년간 같이 의지하고 믿었던 사람에게 비밀을 만들어야 한다는 것에 회의감을 느끼며 화제를 가벼운 것으로 돌렸다.

"참, 한 실장님은 주말에 뭐 하셨어요?"

"그냥 밀린 집안일도 하고, 일도 하고 그랬어요. 이 실장님은요?"

"저도 그렇지요 뭐."

민준이 커피 잔을 내려놓으며 천천히 일어섰다.

"커피 잘 마셨습니다. 전 이만 일하러 가보겠습니다. 오늘도 좋은 하루 되세요."

"네, 좋은 하루 되세요."

세희도 커피 잔을 정리하기 위해 일어섰다.

세희는 자신의 앞에서 날카로운 눈으로 보고서를 훑어보고 있는 지혁을 바라보았다. 그들은 그녀가 그동안 조사한 자료를 바탕으로 앞으로의 방향에 대해 논의하고 있었다.

"그럼, J&J에서 미강 같은 조건을 찾고 있다 이 말이군."

"그렇습니다. J&J는 지금 아시아 쪽의 판로를 갖고 싶어합니다. 본사인 영국은 물론, 이미 유럽이나 북미 쪽으로는 어느 정도 자리매김을 했으니까요. 이제 그들은 인구밀도가 높은 아시아 쪽으로 사업 확장을 계획하고 있습니다. 그리고 그 조건에 가장 알맞은 것은 미강이구요. 미강은 지금 자금 압박 때문에 발전 가능성이 높은 기업인데도 불구하고 팔아야 하는 입장입니다. 무리하게 확대하지 않았다면 안정적으로 성장할 수 있는 기업이었는데도 말이죠.”

“안됐군. 작년에 있었던 적대적 M&A 공격은 무사히 넘겼지만 그만큼 손실이 있었겠지. 역시 문제는 탄탄하지 못한 자금력이었겠지만.”

“그렇습니다. 때문에 J&J에서 미강을 마음에 들어하는 거죠. 지금 미강이 갖고 있는 시장 점유율만 해도 그들을 만족시키기엔 충분합니다. 그쪽에서 제시한 조건들을 살펴본다면 미강 쪽에서도 분명히 만족할 겁니다.”

지혁이 보고서를 넘기며 고개를 끄덕였다. 그녀가 제시한 방안은 현 시점에서 제일 이상적인 M&A 전략이었다.

“그럼 지분은 J&J로 넘기되 경영은 미강의 현 경영진이 그대로 한다는 건가?”

“그렇습니다, 그렇게 된다면 직원들 쪽에서도 무조건적인 반대는 하지 않을 거구요. 이 조건대로 된다면 그들의 생활 터전이 그대로 남게 되니까요.”

“좋아. 그러면 미강 쪽 관계자와 조율을 해보지. 그리고 그쪽에서 관심을 보인다면 다시 J&J와 협상을 해보도록 하고.”

“네, 알겠습니다.”

"휴우, 수고했어."

관자놀이를 주무르며 지혁이 고개를 들었다. 그의 얼굴은 피로로 지친 기색이 역력했다.

"벌써 시간이 이렇게 됐군."

창밖엔 짙은 어둠이 내려 있었다. 세희는 그제야 시계를 보고 꽤 많은 시간이 흐른 것을 깨달았다. 이미 퇴근 시간을 훌쩍 넘어서고 있었다.

"이 실장도 그럼 이만 퇴근하지."

"네, 먼저 나가보겠습니다."

세희는 목례를 하고 나와 자신의 사무실로 들어섰다. 책상 위엔 일주일 전에 민준이 준 티켓이 그대로 놓여 있었다. 어차피 그녀도 규칙적인 운동이 필요하다고 생각을 했었다. 앉아만 있는 생활에 몸이 둔해지는 것을 그녀 자신이 느끼고 있었기 때문이다. 그녀는 충동적으로 티켓을 집어 들었다.

지혁은 아까부터 누군가가 힐끔거리는 것을 느꼈다. 그는 스트레칭을 하면서 거울 너머로 그 시선을 찾아보았다. 그 시선 끝에는 스탭퍼를 열심히 밟으며 힐끔거리는 여자가 있었다. 여자는 그와 눈이 마주치자 싱긋 미소를 지었다. 자신만만한 여자의 눈빛에 그도 시원한 미소를 지어주었다. 그것을 신호로 여겼는지 여자가 스탭퍼에서 내려와 수건으로 땀을 닦으며 다가왔다.

"강사세요?"

속이 빤히 보이는 여자의 말에 그는 실소를 머금었다. 하지만 그는 의아한 표정을 지으며 되물었다.

"왜 강사라고 생각하죠?"

"대부분 이렇게 몸이 좋으신 분은 강사더군요."

여자의 시선이 그의 어깨와 가슴을 지나 허벅지까지 내려왔다. 노골적인 여자의 눈길에 지혁은 금세 흥미를 잃었다. 과유불급. 약간의 희롱은 재미를 더하지만, 그 이상이 될 때는 오히려 반감이 된다.

"이런, 저는 그저 운동하러 온 사람입니다."

"어머, 저 같은 사람은 열심히 살을 빼려고 오는데, 정말 세상은 불공평해요."

여자의 투정 어린 말에 그는 여자의 몸을 훑어 내렸다. 여자의 말과는 달리 군살 하나 없는 잘 다듬어진 몸매였다. 여자도 자신의 몸매에 어느 정도 자신감이 있는 듯 당당한 얼굴로 그를 바라보고 있었다. 아마 여자는 자신의 말에 반론을 제기하길 바랄 것이다. 평상시의 그라면 예의상이라도 여자의 말에 맞장구를 쳐주었겠지만 지금 그의 눈엔 최상급의 여자가 포착된 뒤였다.

"운동을 열심히 하면 뜻대로 되실 겁니다. 그럼."

여자의 황당해하는 얼굴을 뒤로한 채 그는 자신의 눈길을 끈 여자에게 다가갔다. 노란색 탱크탑에 검은색 핫팬츠를 입은 여자였다. 러닝머신 위에서 뛰고 있는 여자의 뒷모습은 꽤 괜찮아 보였다. 큰 키에 긴 다리를 가진 여자의 각선미는 사람들의 시선을 끌 만큼 꽹장히 매력적이었다. 여자가 움직일 때마다 다리의 근육이 아름답게 움직였다.

지혁의 입가에 미소가 떠올랐다. 혜미 이후로 제대로 된 데이트를 못해본 그였다. 프로젝트의 진행과 함께 내부의 첩자를 알아내는 일로 인해 누군가를 새롭게 만날 시간조차 없었다. 물론 그의 전화 한 통이면 달려올 여자들은 많았지만, 그녀들에게 새로운 기대를 갖게 하는 것은 피곤한 일이었다. 그는 순간의 즐거움을 위해 가까운 미래를 힘들게 보내고 싶진 않았다.

그는 탐색하는 얼굴로 여자에게서 조금 떨어져 있는 러닝머신 위로 올라섰다. 그는 러닝머신을 천천히 걸으며 여자의 옆모습을 힐끔거렸다. 시원한 이마 아래로 쭉 뻗은 콧등이 여자의 얼굴도 예쁠 것이라는 기대를 갖게 했다. 하지만 어딘가 눈에 익은 모습이었다. 생기발랄한 눈동자와 무언가를 끊임없이 중얼거리는 저 관능적인 입술. 도대체 누굴까 생각하며 그는 눈썹을 들어 올렸다. 그러다 떠오른 인물에 그는 숨을 들이켰다.

'이런! 이세희? 저 여자가 이세희라니!'

지혁은 벼락을 맞은 듯 멀거니 그녀의 모습을 바라보았다. 그가 매력적이라도 생각했던 여자는 그의 기획2 실장인 이세희였다. 하지만 러닝머신 위에서 열심히 뛰고 있는 여자는 그가 알고 있는 이세희가 아니었다.

그녀의 외모가 나쁘지 않다는 것은 이미 알고 있었다. 그렇다고 아름답다고 생각한 적도 없었다. 오 년 전 그녀가 면접을 볼 때는 세희의 앳된 얼굴과 단정한 모습 때문에 이런 성숙한 모습은 상상할 수도 없었다. 또 그와의 면접을 제외하고는 항상 무테 안경에 무채색의 딱딱한 정장만을 고수했던 그녀였다. 물론 그녀가 자신의 직원이기에 사사로운 관심을 갖지도 않았었다. 하지만 지금 운동으로 인해 발갛게 달아오른 뺨과 안경 속에 숨겨져 있던 아름다운 눈동자는 그녀를 새로운 모습으로 보이게 했다.

세희의 달리는 속도가 점점 느려지자 그는 재빨리 러닝머신에서 내려와 운동기구 사이로 몸을 숨겼다. 천천히 걷던 그녀는 어느새 내려와 물을 마시고 있었다. 채 그녀의 입술로 들어가지 못한 물방울과 함께 땀으로 번들거리는 목덜미를 지나 풍만한 가슴 사이로 떨어지는 땀방울을 보며 그는 저도 모르게 침을 꿀꺽 삼켰다. 그 모습은 너무나 자극적이어서 그의 몸이 조금씩 반응하고 있었다. 열에 들뜬 듯 달아오르는 몸과 조금씩 가빠지는 호흡과 함께 점점 팽창되는 자신의 신체에 그는 당혹감마저 느꼈다. 그러나 정작 그를 달뜨게 한 당사자는 아무것도 모른 채 다른 운동기구로 이동하고 있을 뿐이었다.

제3장

지혁이 이상해졌다.

예전에는 곧잘 농담도 하던 사람이 이제는 쌀쌀맞게 세희를 대했다. 그녀는 혹시라도 자신의 혐의가 다 벗겨진 것이 아닌가 하는 의혹을 가졌지만 곧 떨쳐 버렸다. 만약 그렇다면 지금 진행하는 미강 프로젝트도 중단되었을 것이다. 지혁의 이상 행동 중 하나는 그녀와 눈을 마주치지 않는다는 것이다. 만약 세희의 잘못 때문이라면 더욱 그녀를 세심하게 관찰하려 했을 것이다. 그런데 지혁은 오히려 그녀와 눈이 마주치면 피해 버렸다.

지금도 마찬가지였다. 그녀가 들어서자마자 그는 서류에 얼굴을 묻다시피 하고 있었다. 그녀는 보고서를 펼치며 남몰래 한숨을 쉬었다. 도대체 뭐가 문제일까.

"미강에서 긍정적인 답을 보내왔습니다."

한참을 보고서를 넘기던 지혁이 드디어 고개를 들었다.

"그럼 이젠 J&J와의 협상만 남았군."

"네, 그렇습니다."

"우리가 영국으로 가야겠군."

'우리' 라는 소리에 세희는 눈살을 찌푸렸다.

"두 명 다 자리를 비우긴 힘들지 않나요? 우리가 자리를 비우면……."

"이 실장이 뭘 걱정하는지 알아. 우리가 자리를 비우면 그만큼 빈틈도 커지겠지. 그리고 여태까지 숨어 있던 쥐새끼도 활동을 할 거고."

지혁의 눈은 맹수의 그것과도 같았다. 먹이를 포획하는 사자처럼 그의 눈이 예리하게 반짝였다.

"하나를 얻으려면 하나를 잃을 각오도 해야겠지."

"그럼……."

"그래. 이 실장은 영국 출장에 대비해 만반의 준비를 갖추도록."

"네, 알겠습니다."

지혁은 세희가 사장실을 나서자 멈추었던 숨을 크게 내쉬었다. 그날, 세희의 모습을 본 뒤로 바람둥이란 말이 무색할 정도로 그녀와 얼굴을 마주할 수 없었다. 사실 여자의 벗은 모습은 수도 없이 본 그였다. 그런데 사춘기 소년도 아니고, 고작 땀 흘리며 달리는 모습에 흥분한 자신이 한심스러웠다. 그리고 이젠 세희만 보면 그녀의 벗은 몸이 상상이 되어 미칠 지경이었다. 그는 불순한 자신의 마음을 세희가 알아차릴까 봐 오히려 냉정하게 대해야만 했다. 지혁은 자신의 방침을 떠올렸다. 많은 여자들을 만나왔지만, 그는 직원과는 사귀지 않는다는 규율을 스스로 정했다. 그것은 사생활을 이유로 그의 업무 능력에 대해 비난할 수 없게 하는 보호책이기도 했다. 그가 회사 직원까지 만나고 다녔다면, 아무리 뛰어난 능력의 그라도 이사회에서 전적으로 신임하지는 못했을 것이다.

그는 세희가 제출한 보고서를 다시 한 번 점검해 보았다. 정말 대단한 여자였다. 지금 그녀는 평소보다 두 배 이상의 일을 혼자서 해내고 있었다. 그것도 완벽하게. 그는 유능한 직원을 잃고 싶지 않았다. 그녀를 놓친다면 분명 회사로서는 손실이 막대해질 것이다. 게다가 지금은 그 어느 때보다 그녀의 능력이 필요한 시점이었다.

지혁이 이런저런 생각에 잠겨 있을 때, 그의 핸드폰 벨이 울렸다. 그가 기다리던 전화였다.

"말씀하십시오."

상대방의 이야기가 길어질수록 그의 눈이 점점 싸늘하게 식어갔다.

세희는 사장실을 나오면서 생각보다 회사 상황이 더욱 심각하게 돌아가고 있다는 것을 느꼈다. 도대체 누굴까? 기밀이 유출된 프로젝트에 참가했던 사람은 여러 명이었다. 때문에 누가 범인인지를 가려내는 것은 쉽지 않았다. 동료를 의심해야 하는 이 상황이 그녀는 못 견디게 싫었다. 지금 회사 안은 표면적으로는 아무 일 없는 듯 똑같이 움직이고 있었지만, 안을 들여다보면 불안감과 서로에 대한 불신으로 가득 차 있었다.

"이 실장님, 보고는 끝났어요?"

생각에 잠겨 있는 그녀에게 민준이 환하게 미소 지으며 다가왔다.

"아, 한 실장님도 보고하러 오셨어요?"

민준이 머리를 긁적이며 그녀의 눈치를 살폈다.

"네. 그런데…… 이 실장님, 이번 주말 저녁에 시간 있으시면 같이 식사라도 하실래요? 매일 얻어 마시는 커피도 있고 해서요."

"어떻게 하죠? 이번 주는 일이 있어서요."

세희는 미안한 표정을 지으며 거절했다. 영국으로 출장 가기 전에 미리 준비할 일이 많았다.

민준이 미소 지으며 고개를 끄덕였다.

"그럼 다음에 하죠."

"좋아요."

세희는 J&J사와의 협상에 대비해 만반의 태세를 갖추고 영국으로 출발했다. 그녀는 긴장이 되는 한편, 흥분되는 자신을 느꼈다. 해외 출장은 많았지만, 영국은 처음이었기 때문이다. 게다가 영국에 가는 건 삼 년 만이었다. 떠나기 전, 세희는 영국에 있는 질리언에게 전화를 했다. 그리고 그 전화에서 그녀의 약혼 소식을 들을 수 있었다. 다행히 약혼식이 영국 일정의 마지막 날이기 때문에 그녀는 갈 수 있을 거라 생각했다.

세희와 지혁은 영국에 도착하자마자 정신없는 하루하루를 보냈다. 사전 조율을 끝낸 상태에서 영국으로 왔지만, J&J 내부에서 경영권을 현 경영진이 맡는다는 것에 대한 반대가 일어나 일이 며칠째 지연되고 있었다.

그들은 J&J의 회의실에 들어섰다. 약속 시간보다 십 분 정도 빨리 도착한 터라 아무도 없었다. 벌써 오 일이란 시간이 흘렀지만 해결될 기미는 보이지 않고 있었다. 지혁은 자리에 앉으며 호텔에서 협의한 내용을 다시 한 번 재확인했다. 그의 얼굴에 초조한 기색이 스쳤다. 이번 미강 프로젝트가 성사되지 않는다면, 회사로서는 크나큰 타격을 입을 것이다.

"아까 말했다시피 오늘은 무슨 일이 있어도 계약 내용 협상을 끝내야 해."

"네. 그런데 왜 갑자기 마음을 바꾼 걸까요?"

세희는 갑작스레 입장을 달리하는 그들의 행동이 당황스러웠다.

"아무래도 미강을 합병하게 만든 경영진이 계속 경영을 맡는다는 게 마음에 들지 않았나 보지. 한 번 실패한 사람들에게 또다시 맡기는 건 걱정될 테니까."

"그렇긴 하지만, 그 조건은 저들이 먼저 제의한 건데."

"저들도 고심을 했겠지. 금액의 단위도 상당하니까. 일단, 우린 미강의 성장률을 주 초점으로 하자고. 그쪽에서도 우선적으로 보는 것이 그것일 테니. 그거라면 현 경영진의 능력이 떨어지지 않는다는 것을 알 수 있을 거야."

그의 말이 끝나자마자 J&J의 이사진들이 들어오기 시작했다. 며칠째 계속되는 릴레이 협상이었지만 그들은 계속해서 망설이고 있었다.

협상이 시작되자, 지혁은 준비해 온 자료를 갖고 설득해 나가기 시작했다. 계속되는 협상에 지쳐 갔을 무렵, 상대방 쪽에서 긍정적인 답변을 해왔다. 그들이 체류하기로 한 날짜가 이틀 남은 시점이었다. 그만큼 힘든 나날을 보내온 셈이었다.

그들은 그 어느 때보다 값진 성과를 얻고 난 후 호텔에 돌아와 승리의 샴페인을 들었다.

"사장님, 축하드려요."

"오늘 정말 수고했어."

그들은 잔을 부딪치고 샴페인을 마셨다. 샴페인은 그 어느 때보다 강렬하고 달콤했다.

"우리가 해냈군."

지혁의 얼굴엔 승리자의 자신감이 서려 있었다. 세희는 자신의 얼굴에도 지혁과 비슷한 표정이 자리잡고 있으리라 예상했다.

"덕분에 잘 해결되어 다행이야. 정말 수고했어. 아직 시작에 불과하지만 이 정도의 성과라면 미강에서도 만족할 거야."

"아니에요. 사장님이 그들을 설득해 내신 거예요. 그리고 사장님 말씀대로 미강 쪽에서도 만족할 거예요."

그녀는 진심으로 그렇게 생각했다. 긴 협상에서 그들을 설득해 낸 건 지혁이었다. 그는 정말 타고난 협상가였다. 그리고 이번 프로젝트는 양쪽 모두에게 이로운 결과를 가져올 것이다.

"참, 내일 친구 약혼식에 간다고 했지?"

"네."

"파트너가 없다면 나도 같이 가지. 내일은 나도 할 일이 없으니까."

세희는 그의 제의에 한동안 멍하니 있다가 이내 고개를 끄덕였다. 어차피 파트너가 없는 상황이었기에 그의 말이 고맙긴 했다.

다음날, 세희 앞으로 커다란 상자가 배달되어 왔다. 질리언이 보낸 것이었다. 그녀는 상자를 열자마자 놀라움의 탄성을 질렀다. 상자 안에는 아름다운 드레스와 숄, 그리고 샌들까지 마련되어 있었기 때문이다. 그녀의 취향을 생각해서 보냈는지 그것들은 세희가 대학 졸업 파티 때 입었던 것과 비슷한 디자인이었다. 그녀는 세심하게 신경 써준 친구에게 고마움을 느끼면서 정성껏 준비했다.

세희는 질리언이 보내준 빨간 저지 드레스를 입고 금빛 숄을 어깨에 걸쳤다. 그녀가 걸을 때마다 드레스가 무릎 위에서 물결쳤다. 그녀는 거울 안에 비치는 자신의 모습이 생소하게 느껴졌다. 이렇게 화려한 의상을 입었던 적이 언제였는지 기억도 나지 않을 정도였다. 세희는 만족스런 미소를 띠며 방을 나섰다.

엘리베이터를 타고 로비로 내려가자 입구 쪽에서 기다리는 지혁이 보였다. 까만 턱시도를 입은 그의 모습은 근사했다. 서양 사람들에게 뒤지지 않는 키와 마른 듯하면서도 다부진 몸은 이곳에서도 눈에 띄었다.

그녀가 다가가자 지혁의 눈에 놀라움이 스쳤다. 아무래도 이런 그녀의 모습을 보는 것이 처음이라 생소할 것이다.

"가지."

그에게 아무것도 기대하지 않았지만, 찬사의 말이라도 해주길 바라는 여자로서의 허영심은 있었나 보다. 이렇게 실망스러운 마음이 드는 것을 보면.

"네."

지혁은 세희가 다가온 순간 숨이 막힐 것만 같았다. 그날 본 그녀의 모습과는 또 다른 모습이었다. 목이 깊게 파인 드레스 사이로 탄력있는 가슴이 살짝 엿보였고, 가슴 계곡 사이로 Y자형의 목걸이가 늘어뜨려져 있어 움직일 때마다 다이아몬드 메

달이 반짝반짝 빛을 내며 시선을 끌었다. 너무나 유혹적인 모습에 잠시 멍하니 있다가 정신을 차리고 보니 세희의 반짝이는 눈동자가 그를 향해 있었다. 그 시선에 자신도 모르게 퉁명스러운 말이 나오자 그는 당황했다.

'젠장! 이게 아닌데.'

약혼식이 열리는 저택으로 향하는 동안, 밀폐된 차 안에는 세희의 고혹적인 향기가 퍼졌다. 지혁은 그 향기에 온몸이 팽창될 것만 같았다. 삼십여 분의 시간을 고통스럽게 보내고 파티 장소에 도착하자, 그는 비로소 고난이 끝났다고 생각했다. 하지만 그것은 그의 기우에 불과했다.

세희가 핸드백과 숄을 맡기고 돌아선 순간, 그는 그녀의 훤히 드러난 등에서 시선을 뗄 수 없었다. 주위를 둘러보니 그뿐만 아니라 대다수 남자들의 시선은 세희의 새하얀 등을 향해 있었다. 그는 세희의 등 뒤로 다가가 그들의 시선을 차단시켰다.

세희의 뒤를 따라가며 그는 낯선 그녀의 모습에 혼란을 느꼈다. 그리고 그런 자신의 모습이 우스꽝스럽게 느껴졌다.

[질리언, 축하해.]

[세상에! 토리, 이게 얼마 만이야!]

세희는 흥분한 질리언에게 미소를 지었다. 그녀의 친구는 어느 때보다도 아름다웠다.

[작년에 네가 한국에 오고 못 만났지? 근데 정말 궁금하다. 그동안 만나는 남자가 있다고만 했지, 이렇게 열렬하게 빠진 남

자가 있다는 말은 안 했잖아. 서운한걸?]

[풋, 그랬나?]

질리언의 얼굴이 발그레해지자 세희는 놀리는 듯 물었다.

[그런데 행운의 주인공은 어디 있어?]

[잠깐만. 헤이, 루크. 이쪽으로 와요.]

질리언의 말에 건장하다는 말이 딱 어울리는 남자가 몸을 돌렸다. 잘생기진 않았지만 강인해 보이는 얼굴의 남자였다. 그런 남자가 질리언에게 다가오면서 미소 짓자 세상 그 누구보다 순박해 보였다. 세희는 그의 그런 모습이 마음에 들었다.

[제가 얘기했죠? 제 절친한 친구, 빅토리아 리. 한국인이에요. 비키, 내 약혼자 루크 헤밍턴.]

[만나서 반가워요. 미스 리.]

[비키라고 불러주세요. 저도 만나서 반가워요.]

루크가 내민 손을 맞잡으며 그녀는 미소 지었다. 투박하고 거친 손이었지만, 성실한 사람의 손이기도 했다. 세희는 친구의 남자인 그가 더욱 마음에 들었다.

[그럼 저도 루크라고 불러줘요.]

[루크, 축하해요. 처음에 어떻게 만났어요?]

세희의 말에 예비부부들은 서로의 눈을 맞추며 의미심장하게 웃었다.

[길에서 주웠죠.]

루크는 질리언에게서 눈을 떼지 않으며 말했다.

[길?]

[네. 말하자면 길어요.]

[그래요. 나중에 말해 주세요. 그나저나 잠깐…….]

세희는 질리언과의 재회에 흥분해 지혁을 잊고 있었다는 것이 생각났다. 옆에 서 있었던 지혁은 어느새 사라지고 없었다. 그녀는 주위를 황급히 둘러보았다. 지혁이 입구 쪽에서 누군가와 담소하고 있었다.

[왜 그래, 비키?]

[잠깐만. 같이 온 사람이 있어서.]

그녀는 양해를 구하고 지혁에게 다가갔다. 지혁도 다가오는 그녀를 보며 상대방에게 인사하고 그녀 쪽으로 발걸음을 옮겼다.

"사장님, 아시는 분을 만나셨어요?"

"정말 우연찮게도 여기서 클라이언트를 만났어. 매입할 공장을 물색하는 것 같더군. 그쪽에서 찾는 조건을 우리 쪽에서 해결해 줄 수도 있을 것 같아."

"어머, 그래요! 정말 잘됐어요."

"우리한테 행운이 따라주는군. 오늘 이곳을 보니 몇몇 낯익은 인물들이 보이는데."

역시나 그는 타지에서도 사업 수완을 발휘하고 있었다.

"질리언네 집이 꽤 유명한 가문이거든요."

"그런 것 같더군. 일단 좋은 정보니 유용하게 활용해야겠지.

지난번에 대한그룹에서 태국 공장 매각 의사를 밝혔었지?"

"네."

"좋아. 아직은 대한그룹 쪽은 시간을 두고 진행하겠지만 우리도 어느 정도는 준비를 해둬야겠지. 미강 건이 끝나는 대로 준비하자고."

"네. 그렇게 하죠. 이쪽으로 오세요. 오늘의 주인공들을 소개시켜 드릴게요."

그녀가 친구들에게 지혁을 소개시키고 있을 때, 누군가 그녀의 옆에 다가섰다.

[비키?]

세희는 익숙한 목소리에 눈을 깜빡였다. 질리언과 똑같은 색의 금발 머리에 파란 눈의 남자가 그녀를 바라보고 있었다.

[마이클?]

[오랜만이야, 비키.]

그들은 포옹하며 인사했다. 마이클을 다시 본 것은 오 년 만이었다. 삼 년 전, 영국으로 휴가를 나왔을 때 마이클은 해외 출장 중이었다. 때문에 그들의 재회의 감회는 남달랐다.

[잘 지냈어?]

[응. 마이클도 잘 지냈지?]

고개를 끄덕이던 마이클의 얼굴에 갑자기 장난기가 서렸다.

[그래, 그런데 한국에 너무 오래 있는 거 아니야?]

그녀도 장난스런 미소를 띤 채 응수했다.

[마이클, 나 한국 사람이야. 벌써 잊은 거야?]

[글쎄, 잊은 것 같기도 하고.]

고개를 갸웃하며 능청스럽게 말하는 그로 인해 세희는 웃음을 터뜨렸다.

[후후, 역시 마이클한텐 못 당한다니까.]

[난 네가 돌아오기를 바랄 뿐이야.]

그녀는 옆에 서 있던 지혁에게 마이클을 소개했다.

[지혁 씨, 질리언의 오빠인 마이클 존스예요. 마이클, 이분은 내 보스인 최지혁 씨야.]

마이클은 지혁과 악수를 하고 나서 세희에게 정중하게 고개를 숙였다.

[자, 저와 함께 춤을 한 곡 추시겠습니까? 괜찮죠, 미스터 최?]

지혁이 고개를 끄덕이자 그녀는 마이클의 손을 잡으며 응했다.

[오케이. 간만에 댄스 파트너를 만났는데 사양할 수 없죠.]

세희는 졸업 파티를 떠올리며 댄스 플로어로 나갔다. 마이클은 악단에 뭔가를 주문하고 되돌아왔다. 바이올린을 시작으로 익숙한 멜로디가 흘러나왔다.

[마이클, 설마……]

[맞아.]

[하지만 춤을 안 춘 지 너무 오래됐는데……]

[금세 기억날 거야. 나를 믿고 따라와.]

마이클의 확신에 찬 말에 세희는 고개를 흔들다가 자세를 잡았다. 느린 탱고 음악에 맞춰 한 발자국을 떼었지만 그만 그의 발을 밟고 말았다.

[아, 미안.]

[괜찮아. 힘을 빼고 음악에 맞춰봐.]

마이클의 속삭이는 말에 조금씩 긴장이 풀어졌다. 그녀는 마이클의 리드에 맞춰 점점 리듬을 타기 시작했다. 어색했던 몸짓이 금세 균형을 찾아 유연하게 움직였다. 그녀는 어느새 즐기며 춤을 추고 있었다. 마치 오 년 전으로 되돌아간 듯했다.

지혁은 세희가 춤추는 모습을 바라보았다. 그녀는 굉장히 능숙하게 춤을 추고 있었다. 그는 지난 몇 주 동안 세희를 볼 때마다 러닝머신 위에서의 모습과 겹쳐져 무척이나 당혹스러웠었다. 그건 누구도 알지 못하는 세희의 다른 면을 엿보았기 때문일 것이다. 오늘 세희의 성장(盛裝)한 모습 또한 그의 기억에서 잊혀지지 않을 것이다. 지금도 그녀의 아름다운 모습과 그날의 기억이 겹쳐졌다.

지혁은 세희가 굉장히 매력적인 여자라는 것을 인정했다. 그 동안 감춰져 있던 그녀의 아름다운 외모뿐만 아니라 명석한 두뇌까지 그녀에게선 거의 단점을 찾을 수 없었다. 그녀는 그가 본 여자들 중 가장 완벽한 모습이었다. 마이클의 리드에 맞춰 허리를 젖히는 세희의 모습에 그는 침을 삼켰다. 아마 대부분의 남자들이 그와 같은 증상을 느낄 것이었다. 곧게 뻗은 하얀 등

위로 마이클의 손이 오르내릴 때마다 그는 숨을 참아야 했다. 감미롭고 자극적인 음악이 끝도 없이 계속된다고 생각했을 때, 그의 마음에 보답이라도 하듯이 음악이 끝났다. 그는 한숨을 내쉬었다. 하지만 곧이어 빠른 템포의 음악과 함께 그들의 춤이 다시 시작되자 또 숨을 멈출 수밖에 없었다. 아까처럼 끈끈하게 달라붙어 추는 탱고는 아니었지만, 빠르게 회전하는 동작으로 접시처럼 활짝 펼쳐진 드레스 아래로 세희의 하얀 허벅지가 드러났기 때문이다. 남자들의 시선은 그녀의 다리에 쏠려 있었다. 그는 그 아찔한 모습을 보면서 달려가서 그녀의 다리를 가려주고 싶었다. 그러나 그는 그럴 권리도, 자격도 없었다. 이제부턴 세희를 볼 때마다 또 다른 영상이 그녀에게 겹쳐질 것이 분명했다. 지혁은 고개를 흔들었다.

'젠장! 이세희라니!'

지금 그는 세희를 여자로서 느끼고 있었다. 하지만 감정을 따를 수는 없었다. 그렇게 된다면 여태까지 자신이 쌓아온 규칙이 허물어질 것이다. 게다가 그 누구도 아닌 '이세희'였다. 자신의 충직한 부하 직원이며 지금 그가 믿을 수 있는 몇 안 되는 사람이 바로 '이세희'였던 것이다. 그런 그녀를 한순간의 충동으로 유혹한다는 것은 굉장히 큰 손실임에 틀림없었다. 물론 누구보다 자신의 행실을 잘 아는 그녀가 받아들이지도 않을 것임엔 분명하지만 말이다. 그러나 지금 그는 다른 사람이 아닌 그녀를 원하고 있었다. 어쩌면 단순한 욕구불만일 수도 있었다. 하지만 딜레마에 빠진 그는 혼란스러운 시선으로 세희를 바라보았다.

춤이 끝나자 여기저기서 박수와 함께 환호성이 터져 나왔다. 그들은 장난스럽게 무릎까지 굽혀 관객에게 인사하고 손을 흔들며 댄스 플로어에서 나왔다.

[토리, 역시 실력이 줄지 않았어.]

세희는 거칠게 숨을 몰아쉬며 말했다. 그녀의 눈은 흥분으로 반짝였고, 뺨은 열기로 달아올라 있었다.

[휴우, 후우, 숨 쉬기도 힘들어. 하아, 이젠 너무 체력이 딸리나 봐. 마이클, 오랜만에 춤추게 해줘서 너무 고마워.]

[천만에, 너니까 나도 춤출 생각을 한 거지.]

그의 그윽한 눈빛에 세희는 눈길을 돌렸다. 졸업 파티에서의 일이 생각났기 때문이다. 그때에도 이렇게 춤을 추고 나서 마이클이 저런 눈빛으로 고백을 했었다. 지금도 같은 마음일 리는 없었지만 그녀는 부담이 되어 더욱 과장된 목소리로 말했다.

[에이, 설마. 천하의 마이클 존스께서.]

그녀의 마음을 눈치챘는지, 그도 장난스런 표정으로 가슴 위에 손까지 올리며 애처롭게 말했다.

[믿어줘.]

[음, 믿어주지.]

세희는 마이클과 농담을 주고받다 누군가 바라보는 눈길이 느껴져 고개를 돌렸다. 몇 발자국 떨어진 곳에 서 있는 지혁과 시선이 마주쳤다. 그녀는 마이클에게 양해를 구하고 그에게 다가갔다.

"휴우, 오랜만에 추니까 너무 숨이 차네요."

세희는 샴페인을 들어 마른 입술을 축였다.

"이런 실력이 있는 줄 몰랐군."

"어릴 때 엄마 손에 끌려가 배웠거든요. 또 제가 좋아하기도 했구요."

"이 실장은 못하는 게 없나 보군."

"후훗, 못하는 게 얼마나 많은데요."

"뭐가 있지?"

지혁은 정말 궁금했다. 그녀는 뛰어난 춤 솜씨 말고도 명석한 두뇌의 소유자이며 5개 국어를 소화해 내는 여자이기도 했다.

"글쎄요, 제 스스로 단점을 알려 드리고 싶지는 않네요."

세희는 절대 입을 열지 않겠다는 듯이 손을 휘휘 저었다.

"후우, 땀을 흘렸더니 너무 덥네요. 저 잠깐 바람 좀 쐬고 올 게요."

"같이 나가지. 나도 답답하군."

세희는 질리언의 저택에서 자신이 가장 좋아하던 장소로 그를 이끌었다. 저택에서 벗어나 좁게 나 있는 산책로를 따라가다 보면 아담한 장미 정원이 나왔다. 저택에서 흘러나오는 불빛이 달빛과 어우러져 그곳을 운치있게 만들었다.

그들은 정원 한구석에 마련된 벤치에 앉았다. 풀벌레 소리와 함께 장미 향이 바람을 타고 코끝에 스쳤다.

"이런 곳도 있었군. 향기가 좋군."

"질리언의 집에 놀러올 때마다 이곳에 들르곤 했어요. 이곳에서 장미를 보는 것도 좋아했지만 이 향기에 더욱 매료됐죠."

세희는 고개를 젖혀 하늘을 올려다보았다.

"여기선 별도 잘 보이네요. 서울에서는 잘 안 보이던데. 런던하고 또 다르네요."

그녀의 말에 지혁도 하늘을 바라보았다. 까만 밤하늘엔 별들이 총총히 박혀 있었다. 그는 별을 바라보다 그동안 궁금했던 것을 물어보기로 했다.

"왜 우리 회사에 머물지? 내가 알기론 증권으로도 돈을 많이 모은 것으로 아는데."

그는 지금까지 일어난 사건들로 인해 관련 직원들에 대해 여러 가지를 조사했었다. 거기엔 물론 세희도 포함되어 있었다. 사실 처음엔 그녀의 자산 증식에 대해 의심했지만, 그녀에 대한 조사를 하면서 주식으로 상당한 돈을 벌었다는 것을 알게 되었다. 그는 세희가 그런 능력을 두고 왜 자신의 회사에 들어왔는지가 궁금했다.

"그거 아세요? 서양 속담 중에 '금의 반짝임을 알게 된 사람은 별의 반짝임을 잊어버린다' 라는 말을. 전 돈을 쫓아가고 싶지 않아요. 분명 증권으로 돈을 번다는 것은 순간의 승부가 좌지우지되지요. 전 승부욕보다는 성취욕이 마음에 들거든요. 모르죠, 나중에는 제가 경쟁사 사주가 될지. 긴장하세요."

웃음기 가득한 세희의 얼굴에서 그는 또 다른 그녀의 모습을 엿본 것 같았다.

"맞아, 이 실장이 경쟁사 사주가 된다면 아마 최고의 라이벌이 될 거야."

세희는 장난스럽게 한쪽 눈을 찡긋하며 물었다.

"후후. 우와, 사장님. 그러면 다음 연봉 협상에선 아주 많이 불러야겠는데요?"

"그러든지."

별이 유난히도 빛나는 밤, 장미 향을 머금은 바람이 그들을 에워싸고 있었다.

"이 실장은 사귀는 사람 없나?"

아무렇지 않은 듯 물어봤지만 지혁의 얼굴은 긴장으로 굳어졌다.

"아직은 그냥 일만 하고 싶어요."

"그럼 나야 좋지만, 친구들을 보면 부럽지 않나?"

"음, 솔직히 부럽죠. 주말을 혼자 보내야 할 때라든지 특별한 날이면 같이 축하해 줄 사람이 있었으면 할 때는 그렇죠. 그런데 그런 걸 바라고 인위적으로 누군가를 사귀는 것보단……."

그는 말끝을 흐리는 세희를 유심히 지켜보았다. 그녀의 얼굴이 발갛게 달아올라 있었다. 그것이 달빛으로 인해 잘못 본 건지 아니면 샴페인으로 인해 달아오른 것인지는 모르겠지만 그녀의 얼굴은 옅은 홍조를 띠고 있었다.

"보단?"

"그런 것보단 운명적인 만남을 원한다고나 할까요? 좀 엉뚱하죠?"

쑥스러운 듯 머리칼을 만지작거리며 세희가 그의 눈길을 피했다.

"첫눈에 반한다는 뭐 그런 건가?"

"음, 그렇다고 볼 수도 있고, 또 아닐 수도 있죠. 피하려고 해도 살면서 운명적으로 이끌릴 때가 있잖아요? 훗, 로맨스 소설을 너무 많이 읽었나 봐요."

그는 불과 몇 달 전이라면 세희와 로맨스 소설이 어울리지 않다고 생각했을 것이다. 하지만 지금 그녀는 로맨스 영화에 나오는 주인공처럼 아름답고 몽환적이었다.

"사장님은 어떠세요?"

생각해 보면 그가 편하게 만났다고 생각했던 여자들은 그에게서 무언가를 얻어가기를 원했다. 때로는 사랑의 맹세였고, 때로는 금전적인 약속이었다. 조건으로 만났던 사람들에게 사랑을 기대할 수 있을까. 그렇기 때문에 그는 어느 누구도 사랑할 수 없었다. 그래서 아직까지 결혼에 대한 생각을 해보지 않았다. 하지만 어느덧 제법 나이가 들어가고 여태까지 혼자 자식들을 키우신 어머니를 생각하면 지혁도 이젠 달라져야겠다는 생각이 들었다.

"나는…… 글쎄, 그런 것에 환상을 둔 적은 없었던 거 같아."

　너무 많은 여자들을 만나왔기 때문에 환상이 사라진 건가? 아니면 너무 현실적인 건가? 세희는 그의 말을 이해하기 힘들었다.

　그녀의 마음을 알아차렸는지, 지혁이 머뭇거리며 말을 이었다.

　"남들이 나에 대해 뭐라고 하는지는 나도 알고 있어. 그런데 여태까지 그 누구한테도 큰 의미를 두지 못했던 거 같아. 원래 환상이 없던 사람이어서인지, 그것도 아니라면 이미 현실을 너무나 잘 알아서일까?"

　세희는 그의 착잡한 목소리에 귀를 기울였다.

　"가끔 그런 생각을 할 때도 있어. 내가 평범한 샐러리맨이었다면 나도 누군가를 믿고, 환상을 꿈꿀 수 있지 않았을까 하는."

　그의 얼굴엔 쓸쓸한 기색이 지나갔다. 세희는 어쩌면 그도 외로울지 모른다는 생각이 들었다. 그가 여자들을 장신구 정도로 생각하는 것처럼 여자들도 그를 자신을 돋보이게 만들어주는 명품 정도로 여겼을지도 모른다. 그렇다고 그가 이해가 되는 것은 아니었다. 어찌 됐든 상대방을 진심으로 대하지 않는 것에는 그의 책임도 어느 정도 있는 것이니까.

　"하지만 현실은 현실이겠지. 이 실장은 어떤 남자가 이상형이지?"

　갑작스런 질문에 세희는 의아한 표정을 지었지만 이내 생각에 잠겼다.

“전 순정이 있는 남자가 좋아요.”

“순정?”

“네. 한 여자만을 생각하고 그 여자만을 위하는 남자. 한 여자를 위해 순결한 남자.”

‘젠장! 나하고는 거리가 멀군.’

그녀는 평범한 듯하면서도 절대 평범하지 않은 남자를 이상형으로 생각하고 있었다. 그는 그녀의 이상형과 비교하는 자신을 발견했다.

“그런 남자가 있을까?”

“하지만 분명히 있는걸요?”

지혁은 눈썹을 치켜 올렸다.

“그게 누구지?”

“아빠가 그러시거든요.”

그는 세희의 말에 긴장이 풀어지는 것을 느꼈다.

“풋.”

“왜 웃지?”

“그냥 옛날 생각이 나서요. 어렸을 때 엄마랑 싸운 적이 있었어요.”

지혁은 그녀의 말을 경청했다. 어린 시절을 떠올리는 듯 그녀는 꿈결 같은 목소리로 말하고 있었다.

“엄마랑 아빠를 두고 싸웠죠. 아빠가 누구를 더 사랑하는지에 대해서요. 그러고 보면 엄마도 참 유치했어요. 어린 저랑 싸우다니.”

“그래서?”

“엄마랑 싸우고 있는데 아빠가 오신 거예요. 저는 얼른 달려 갔죠. 아빠를 끌어안고 엄마를 의기양양하게 바라봤어요. 그리 곤 ‘아빠! 아빤 엄마보다 날 더 사랑하지?’ 이렇게 물어봤지요.”

세희의 표정은 그때를 상기하고 있는지 애절해 보였다.

“그런데 아빠가 이렇게 말씀하시는 거예요, ‘미안하지만 아 빤 엄마를 더 사랑하는데?’ 라고요. 전 너무 충격을 받았어요. 막 울고불고 하니까 아빠가 절 안아주시면서 ‘네 왕자님은 나중 에 나타날 거야. 엄마한테는 아빠가 왕자님이니까 아빤 엄마를 더 사랑하는 거야’ 라고요.”

“왕자님?”

“후후, 네. 하여튼 정말 유치한 커플이었다니까요 그날 전 너 무나 속이 상해 엉엉 울었어요. 엄마한테 진 것도 그렇고, 엄마 한테 있는 왕자님이 저한테 없다는 것도 그렇고요. 어쨌든 너무 억울했거든요.”

지혁은 웃음이 났다. 어찌 보면 정말 유치하다고 할 수 있었 지만 그 속엔 따뜻함이 흘러나오고 있었다.

“아빤 그렇게 엄마밖에 몰랐어요. 어렸을 때는 그게 불만이었 죠. 자식보다 항상 엄마를 먼저 챙기는 아빠가 미워서요. 그런 데 이렇게 크고 보니까 저도 아빠 같은 남자를 만나고 싶더군 요. 지금 생각해 보면 부모님께 고마워요. 너무 이상적인 모습을 보여주셔서요. 세상에는 불우한 가정이 참 많잖아요.”

“그렇군, 그런 가정에서 자란 것은 정말 복받은 거지.”

왠지 쓸쓸한 목소리에 세희가 그를 쳐다보았다.

“난 불우한 가정에서 자란 건 아니지만 아버지가 일찍 돌아가셔서 어머니 혼자서 여동생과 날 키우셨지. 어머니는 큰 회사를 꾸려 나가셔야 하니까 항상 바쁘셨어. 우리 남매를 키우기 위해서 어쩔 수 없었다는 건 알지만 그래도 불만이었지. 또 커가면서는 아버지의 정이 그리울 때가 많았어. 너무 어릴 때 돌아가셔서 아버지에 대한 기억도 별로 없었거든.”

세희는 그의 어머니인 황 여사를 떠올리며 고개를 끄덕였다. 여장부라고 불리는 그녀는 사장으로 취임한 후 회사를 지금의 규모로 성장시켰다. 황 여사는 맺고 끊는 것이 분명했고, 직원들의 후생에도 많은 관심을 기울여 모두들 그녀를 존경했다. 그런 그녀의 뒤에는 남모를 아픔이 있었을 것이다. 자식보다 회사를 더 신경 써야 하는 부모의 심정은 그리 편하지만은 않았을 것이라고 생각했다. 세희는 지혁이 측은한 반면, 자신이 얼마나 행복한지를 새삼 느꼈다.

“여자에 대한 환상이 없는 대신, 가정에 대한 환상은 있는 것 같아.”

“가정이요?”

“응, 말했다시피 어머니가 항상 회사를 나가셔야 해서 집에는 동생과 나밖에 없었지. 집안일을 도와주시는 분이 있었지만, 어머니와는 달랐으니까."

"아!"

세희는 그가 자라왔던 시간들이 상당히 외로웠으리라 생각했다.

"따뜻한 집과 아이들, 그리고 나를 기다리는 아내. 정말 평범하지?"

그녀는 지혁에게 이런 평범한 소망이 있으리라고는 생각하지 못했었다. 쑥스러워하는 그에게 세희는 미소 지었다.

"평범하면서도 어려운 거죠."

"그렇겠지. 아마 나에겐 정말 환상에 불과한 일일지도 모르지."

세희는 그의 체념 어린 얼굴에 연민을 느꼈다. 많은 사람들에게 둘러싸여 화려해 보이는 그지만, 실상은 소박한 꿈을 간직하고 있는 평범한 사람이었다.

"꼭 이루실 거예요."

"후후, 고맙군."

그의 밑에서 오 년간 일해왔지만, 지난 오 년보다 지금의 삼십 분도 채 되지 않는 시간 동안에 그를 더 많이 알게 되었다. 언제나 냉철한 모습만 보이던 그에게 이런 면이 있을 줄은 몰랐다.

조용한 침묵이 흐르자 세희는 저택에서 흘러나오는 음악 소리에 맞춰 발을 흔들었다.

“자, 우리도 한 곡 출까?”

지혁이 분위기를 바꾸려는 듯 일어서서 손을 내밀자, 세희는 그의 손을 잡고 일어섰다.

“샌들 끈이 풀려 있군.”

“아!”

세희는 자신의 발을 내려다보았다. 그의 말대로 발목을 감싸고 있던 샌들 끈이 풀려 있었다. 그녀는 끈을 묶기 위해 다시 앉았지만 난감했다. 몸을 숙이려니 목선이 깊이 파인 드레스로 인해 가슴이 다 보일 것만 같았다.

“내가 해주지.”

“고, 고맙습니다.”

지혁이 몸을 숙이고 앉아 그녀의 발목을 잡았다. 따스한 손길이 그녀의 발목을 감싸자 온몸이 긴장되었다. 그의 손길이 스칠 때마다 묘한 느낌이 그녀를 사로잡았다. 한쪽 무릎을 꿇고 앉아 그녀에게 고개를 숙이고 있는 남자의 모습 또한 익숙하지 않았다. 여태까지 그녀의 앞에서 무릎을 꿇은 남자는 없었다. 그리고 그 남자가 그 누구도 아닌 최지혁이기에 더욱 그러했다. 지혁이 가죽 끈을 발목에 두르고 매듭을 짓는 동안 그녀는 숨을 삼키고 있었다. 일 분도 채 되지 않는 그 시간이었지만 그녀에게는 한없이 길게만 느껴졌다. 마침내 그가 일어섰을 때에야 그녀는 참았던 숨을 내쉬었다.

“다 됐군. 이렇게 매듭을 지으면 괜찮은 건가?”

지혁의 검은 눈동자가 그녀를 향해 있었다. 그녀는 그제야 정신을 차리고 대답했다.

"네? 아, 네. 고맙습니다."

"자, 그럼."

그가 다시 손을 내밀자, 세희는 손을 맞잡고 일어섰다. 그리고 멀리서 들려오는 음악 소리에 맞춰 스텝을 떼기 시작했다.

느린 음악에 맞춰 춤을 추는 동안, 세희는 지혁의 탄탄한 몸을 의식했다. 그와 한 번도 이런 신체적인 접촉이 없었기에 더욱 긴장되었다. 달빛에 비춰진 그의 얼굴은 잘 다듬어놓은 조각 같았다. 예전부터 그가 잘생겼다고 생각은 했지만, 가까이에서 본 그의 얼굴은 정말 예술이었다. 짙은 속눈썹 아래로 강렬한 눈동자가 숨겨져 있었고, 쭉 뻗은 콧날은 강인한 턱 선과 잘 조화되어 있었다.

그녀의 탐색하는 시선 때문인지 그의 강렬한 눈이 세희에게 향했다. 세희는 춤이 멈춘 것도 모른 채 최면에 걸린 듯 그에게서 시선을 돌릴 수 없었다. 뿌연 달빛에 가려졌는지 아무 소리도, 움직임도 느낄 수 없었다. 오로지 그와 그녀만이 있을 뿐이었다. 달빛에 그늘진 그의 얼굴이 점점 가까워졌다. 그녀는 파르르 눈을 감았다. 샴페인에 취한 듯 몽롱한 기분이 들었다. 마침내 깃털처럼 부드러운 감촉이 입술에 닿는 순간, 세희는 최면에서 깨어난 듯 급히 그의 몸을 밀었다.

"죄, 죄송해요. 먼저 들어갈게요."

서둘러 들어가는 그녀를 바라보며 지혁은 자책했다.

'젠장!'

그는 자신의 다짐이 무너졌다는 것을 깨달았다. 달빛에 취했는지 그는 자신의 규칙을 허물어뜨리며 그녀에게 키스하려 했다.

'빌어먹을!'

하지만 그에게 부딪치는 세희의 몸은 너무나 부드러웠다. 게다가 그를 바라보는 시선에 그는 욕망을 이기질 못했다. 정말, 그녀는 달콤했다. 잠시나마 닿았던 입술의 감촉이 그를 애타게 만들었고, 동시에 절망에 빠뜨렸다.

그는 방금 전의 일을 떠올렸다. 혹시 이 일로 인해서 그녀와의 거리가 멀어질까 두려웠다. 하지만 지혁은 이걸로 세희가 자신을 상사가 아닌 한 남자로 인식할 수도 있다는 생각을 했다. 그는 상반된 생각으로 갈등하면서도 입가엔 계속해서 비실비실 웃음을 짓고 있었다.

세희는 서둘러 저택 안으로 들어서며 자책했다.

'미쳤어! 미쳤어! 빌어먹을, 샴페인 때문이야!'

지혁의 얼굴을 어떻게 볼지, 그가 자신을 어떻게 생각할지 정말 암담했다. 한순간의 실수로 그와의 관계가 허물어질까 봐 걱정이었다.

세희가 속으로 자책하고 있을 때, 질리언이 그녀의 곁으로 다가왔다.

[그렇지 않아도 널 찾아 나서던 참이었어. 장미 정원에 다녀온 거야?]

그녀는 질리언의 질문에 뜨끔해 얼굴을 붉혔다.

[어? 어.]

[네가 그곳을 무척 좋아했었지.]

[응, 여전히 좋더라. 질리언, 다시 한 번 축하해. 네가 행복해 보여서 정말 다행이야.]

[고마워. 너도 얼른 네 짝을 찾았으면 좋겠어.]

세희는 정말 부러웠다. 하나둘씩 자신의 반려자를 찾아내는 친구들을 보니 새삼 자신의 처지가 생각났다.

[언젠가는 생기겠지? 설마 노처녀로 늙어 죽진 않겠지.]

[설마.]

그녀는 질리언의 뒤로 지혁이 보이자 얼굴을 붉혔다. 상사와 입을 맞추다니! 그녀는 할 수만 있다면 머리 속에 새겨진 아까의 기억을 도려내고 싶었다.

[너의 보스는 어때?]

뜬금없이 묻는 질리언의 말에 그녀는 가슴이 덜컹 내려앉는 것 같았다. 그러고 보니 질리언은 그녀가 장미 정원에 다녀온 것을 알고 있었다. 혹시라도 정원에서 그들의 모습을 본 게 아닌가 하는 생각이 들자 그녀는 더듬거렸다.

[뭐, 뭘? 무슨 소리야?]

[왜 더듬어? 충분히 매력적인 남잔데 아무 감정이 없냐고.]

[무, 무슨 소리야. 그 사람은 그냥 상사야.]

서둘러 부정하는 세희의 말에 질리언은 갑자기 의미심장한 표정을 지었다. 세희는 그녀의 표정에 등줄기가 서늘해졌다.

[정말?]

[정말이야, 내가 말했잖아. 엄청난 바람둥이라고.]

[아하! 네가 말했던 사람이 바로 저 사람이군.]

[그래.]

질리언은 고개를 끄덕였다. 그녀는 아까 세희를 찾아 나섰다가 그들의 모습을 보게 되었다. 간발의 차이로 세희와 마주치지는 않았지만 그 모습은 충분히 로맨틱했다. 그녀는 세희와 지혁이 꽤 잘 어울린다고 생각했다. 하지만 바람둥이라니!

질리언은 화려한 여자들에게 둘러싸여 있는 지혁에게 다가갔다. 그는 그의 명성에 걸맞게 이곳에서 유감없이 실력 발휘를 하고 있었다. 그의 출중한 외모는 서양 여자들에게도 잘 어필되고 있었고, 특유의 유머가 그를 더욱 돋보이게 했다.

[미스터 최, 와주셔서 감사해요.]

[천만에요. 저야말로 이 자리에 오게 되어 영광입니다.]

지혁이 미소 짓자 질리언은 혀를 찼다. 저 미소에 넘어간 여자들이 상당했으리라.

[비키와 함께 해주신 것만으로도 저한테는 감사해요. 저한테 몇 안 되는 친구거든요.]

[그렇군요. 이 실장과 대학 동창이시라구요? 거기서 알게 됐

나 보죠?]

　질리언과 세희는 사는 세계가 다른 사람들이었다. 질리언의 가문은 영국 내에서도 손꼽히는 전통있는 가문이었고, 세희는 질리언에 비해서는 평범한 외교관의 딸이었다.

　그의 질문에 질리언은 과거를 회상했다.

　[물론 비키를 만난 건 옥스퍼드에서였죠. 처음엔 비키에 대해 잘 몰랐어요. 그저 장학금을 놓치지 않는 머리 좋고, 동양애치곤 키가 큰 여자애라는 것밖에요. 아마 비키에게 전 돈 많은 금발 계집애에 불과했을 거예요.]

　그녀는 동창들과 대화하고 있는 세희를 보며 미소 지었다.

　[사람들은 제가 가진 것만을 보고 저를 대했죠. 하지만 비키는 달랐어요. 저를 저라는 인간 그 자체로 봐준 최초의 친구였어요.]

　아름답고 부유한 그녀에겐 친구들이 넘쳐 났다. 하지만 그들 중 진심으로 그녀를 대한 사람은 아무도 없었다.

　[제가 말도 안 되는 일을 저지른 적이 있었어요. 전 잘못했다는 말을 하지 않았죠. 또 그 누구도 제게 사과를 요구하지 않았구요. 그런데 어떤 계집애가 다가와 저를 지체없이 비난했죠. 처음엔 뭐 저런 당돌한 계집애가 있나 했어요. 별로 가진 것도 없는 동양 계집애라고 생각했으니까요. 근데 참 이상하죠? 씩씩거리며 뒤돌아섰는데 절로 웃음이 나오는 거예요. 통쾌했죠. 그러면서 혹시 제가 마조이스트는 아닌가 걱정했다

니까요?]

　그녀의 말에 지혁은 웃었다.

　[후후, 그러고 나서 얼마 후 우린 또 다퉈야 했죠. 이번엔 남자 때문이었어요. 아, 이건 비밀이에요. 약혼식 날 다른 남자 얘길 하다니!]

　그녀의 비밀스러운 어조에 그는 고개를 끄덕였다.

　[어느 날 보니 비키가 제 남자 친구랑 같이 다니는 거예요. 그래서 비키를 불러서 한바탕했죠. 그런데 알고 보니 그 자식이 양다리를 걸치려고 했더라고요. 그래서 우린 협의를 했어요, 그 자식을 벌주기로.]

　[그래서 어떻게 됐죠?]

　[망신을 줬죠. 그것도 아주 공개적인 장소에서 말이죠. 그리고 우린 친구가 됐어요.]

　질리언은 멀리 떨어져 있는 세희와 눈이 마주치자 그녀를 향해 손을 흔들었다. 그녀는 자신의 말을 경청해 준 지혁을 바라보았다. 그가 세희에게 어떤 마음을 갖고 있는지는 모르지만, 만약 세희에게 다가가려 한다면 그가 알아야 할 것이 하나 있었다.

　[비키는 진실만이 통한다고 생각하는 사람이에요.]

　그녀는 자신의 말을 이해하지 못한 남자에게 숙제를 던져 준 채, 약혼자에게 돌아갔다.

　"진실만이 통한다라."

지혁은 질리언이 남기고 간 말을 되삼켰지만 여전히 혼란스
러울 뿐이었다. 다시 한 번 질리언 쪽으로 눈을 돌렸을 땐, 환호
하는 사람들 속에서 아랑곳하지 않고 키스하는 두 남녀가 보였
을 뿐이었다.

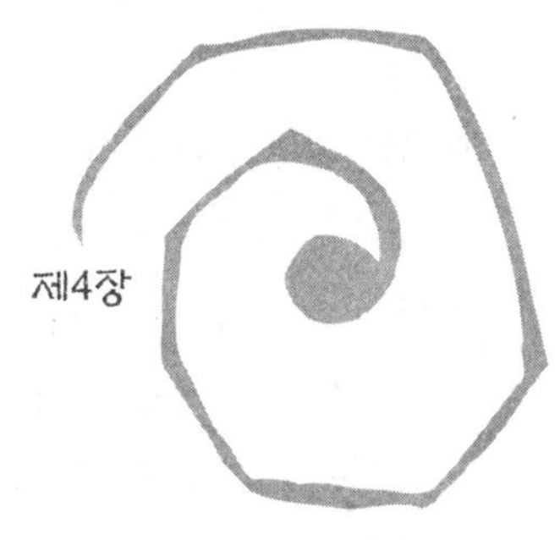

제4장

한국에 돌아온 그들에게는 영국에서의 일을 말할 시간조차 주어지지 않았다. 예측했던 대로 그들이 자리를 비운 사이 누군가가 회사 네트워크에 침입을 시도한 것이다. 다행히 미강 프로젝트의 기밀 파일은 건드리지 못하고 실패하고 사라졌다. 하지만 이것으로 회사 내부의 일을 잘 아는 사람이 이번 일에 연류되었다는 것을 알 수 있었다. 추측으로만 끝났던 그간의 일들이 사실로 밝혀진 것이다.

지혁은 이번 일을 철저히 함구시켰다. 때문에 간부급과 몇몇을 제외하고는 아무도 이 사실을 알지 못했다. 회사 내의 분위기에 끼칠 영향과 소문이 밖으로 새어나갈 경우에 일어날 파장이 염려되었기 때문이다.

회사의 일이 이렇다 보니 영국에서의 일은 자연스럽게 묻혀졌다. 지혁을 만날 때마다 세희는 그날을 떠올리곤 했지만 내색하지 않았고, 그것은 지혁 또한 마찬가지였다.

세희는 지혁에게 미강 건에 대해 보고하기 위해 비서실에 들어섰다. 그러나 지혁은 부재중이었다.

"그럼 사장님은 언제 들어오셔? 시간이 걸리는 거면 조금 있다가 올게."

"곧 들어오실 거예요. 그나저나 요즘 사장님이 조용하시네요. 데이트 안 하신 지 꽤 된 듯한데."

다른 사람들의 일에 유난히 관심이 많은 지수가 지혁을 신기해했다. 일이 많아서 여자를 만날 시간도 없었겠지만 그래도 이런 공백은 전례가 없던 일이었다.

"그러게."

"난 우리 사장님도 멋있지만, 한 실장님도 멋있더라구요. 그 깨끗하고 맑은 얼굴에서 가끔 가다가 뿜어져 나오는 카리스마, 와우! 실장님은 누가 더 멋있으세요?"

가끔 가다 지수가 어이없는 질문을 하기는 했지만, 오늘 같은 질문은 처음이었다.

"글쎄, 어쩌지? 난 두 분 모두 관심이 없는데?"

"아우, 실장님. 거짓말하지 마세요. 매일 한 실장님하고 커피 드시는 거 제가 모를 줄 알아요?"

“무슨 소리야? 그럼 커피도 같이 마시면 안 되는 거야?”

“쳇, 그게 아니라 매일 같이 드신다는 것에 문제가 있죠. 지금 이 실장님 때문에 여직원들이 비상 체제예요.”

“비상?”

“어쩌면 다른 후보를 찾아야 하니까요.”

세희는 도대체 지수가 무슨 말을 하는지 알 수 없어서 바보처럼 계속 되묻고 있었다.

“다른 후보?”

“꽃미남 미혼 후보.”

이십대 초반인 지수 또래는 이런 것도 만드나 보다.

“별걸 다 만들어요. 남자 친구는 지수 씨가 이러는 거 알아?”

그녀의 질문에 지수의 얼굴이 순간 굳어졌다.

“몰라요. 싸웠어요.”

“왜? 누가 우리 지수 씨처럼 예쁜 사람한테 화를 내? 내가 장담하건대 금방 풀릴 거야.”

그녀의 위로에 지수는 힘없는 얼굴로 미소 지었다.

“정말 그럴까요?”

“그럼, 당연하지. 우리 지수 씨처럼 예쁘고 애교있는 여자가 어디 있다고.”

“헤헤, 그러게 말이에요. 실장님, 저 화장실에 갔다 올게요. 잠시 자리 좀 봐주세요.”

지수의 눈가에 얼핏 이슬이 맺힌 것 같기도 해 세희는 모르는 척 고개를 돌리며 말했다.

"그래. 얼른 갔다 와."

저렇게 항상 씩씩하고 밝은 아가씨에게도 사랑은 쉽지 않은 모양이었다. 세희는 지수의 자리에 앉아 멍하니 생각에 잠겼다. 영국에서의 일이 있은 후 그들은 일부러 그 일에 대해 아무 언급도 하지 않았다. 불편한 마음이 사실이었지만, 서로 모른 척함으로써 약간은 불안정한 사무실 공기를 유지했다. 세희는 이런 상태가 마음에 들지 않았다. 키스도 아니고 단순히 입술이 스친 건데도 그가 의식되고 있었다.

'단순하진 않지, 그래도 입술이 닿았으니.'

누구나 평범하게 직장 상사와 입술을 스치진 않을 것이다. 어떤 여자가 신경 쓰지 않겠는가. 세희는 자신의 입술을 어루만졌다. 그날 스친 그의 입술은 따스하면서도 부드러웠다. 짧은 순간이었지만 그 감촉은 그녀의 뇌리에 깊숙이 새겨져 있었다. 세희는 고개를 흔들었다. 그녀는 한낱 이런 실수로 그와의 관계가 틀어지길 바라지 않았다. 여태까지 그녀가 이 회사에서 쌓아왔던 실적도 그랬고, 지혁만큼 자신의 능력을 인정해 주는 상사도 드물었기에 더욱 그러했다. 게다가 그는 자타가 공인하는 바람둥이가 아닌가. 그날의 실수는 아무것도 아닐 것이다. 아마 그런 일이 있었는지조차 기억하지 않을 것이다. 이렇게 생각하니 자신의 고민이 더욱 하찮게 느껴졌다.

'그래. 아무것도 아니야, 아무것도.'

세희는 자기 암시를 하며 중얼거렸다.

"이 실장님?"

그녀는 민준의 목소리에 깜짝 놀라 일어섰다.

"한 실장님."

"무슨 생각을 그렇게 해요? 몇 번이나 불렀는데."

세희는 그의 궁금해하는 얼굴을 보며 얼버무렸다.

"아니, 그냥 이것저것요."

"오늘 약속 잊지 않았죠?"

"그럼요."

그들은 지난번에 못한 저녁 식사를 오늘 하기로 약속했었다.

"그럼 이따가 로비에서 봐요."

"네, 그런데 사장님 뵈러 오신 거예요? 지금 안 계신데."

그때 지혁이 들어섰다.

"들어가지. 이 실장은 잠시 기다리지."

"네, 사장님."

그의 뒤를 따라가면서도 민준이 세희에게 눈인사를 했다. 지혁은 그 모습에 가슴이 답답해졌다.

"앉자."

민준이 지혁에게 서류를 건넸다.

"이번 우신 건은 아직까진 잘 진행되고 있어."

지혁은 서류를 넘기며 고개를 끄덕였다.

"여러 가지로 복잡했는데, 모두 네 덕분이다."

“덕분은…… 어차피 그게 내 일인데.”

“네가 있어서 얼마나 든든한지 몰라.”

“고맙다, 그렇게 말해 줘서. 그런데 조사는 진척되어 가는 거야?”

지혁은 고개를 흔들었다.

“그건 그렇고.”

지혁은 화제를 돌리며 조심스럽게 물었다. 지금 그의 머리 속을 점령하고 있는 것은 민준과 세희의 약속이었다.

“들으려고 한 건 아닌데, 이 실장하고 약속이 있나 보지?”

“응. 참, 이 실장님은 정말 대단해. 웬만한 남자들보다 더 나은 거 같아. 최지혁, 하여간에 인복은 있다니까.”

지혁은 그의 말에 동문서답하는 민준 때문에 갑갑해 미칠 지경이었다. 혹시라도 세희에게 마음이 있는 것은 아닌지 불안했다.

“그 말 자화자찬이냐?”

“어? 그런가? 하하, 하여튼 대단한 여자임엔 분명해.”

지혁이 수긍하는 의미로 고개를 끄덕였다. 정작 듣고 싶은 이야기를 못 들어서 안달이 났지만, 자꾸 세희에 대해 물으면 자신의 마음을 다 드러나는 것 같아서 할 수 없었다.

“나중에 술이나 한잔하자. 우신 건은 이대로 진행하면 될 것 같다.”

지혁은 서류에 사인을 해 민준에게 건넸다.

"그래. 그럼 나가볼게."

민준이 나가자, 지혁은 친구를 질투하는 자신의 모습에 화가 났다. 객관적으로 민준은 깔끔한 외모에 다정다감한 성격을 지니고 있었다. 따지고 보면 세희의 이상형에 가장 근접한 사람이 바로 민준이었다. 그것을 깨닫자 그는 가슴속의 불길이 소용돌이치는 것을 느꼈다.

지혁의 소용돌이치던 마음은 퇴근을 기점으로 더해졌다. 퇴근 후 로비에 도착했을 때, 사이좋게 어깨를 나란히 하며 사라지는 세희와 민준의 모습을 보았기 때문이다. 그는 그들의 모습에 속이 뒤틀렸다. 그들은 너무나 잘 어울렸다.

지혁은 집에 들어서자마자 넥타이를 풀어 바닥에 팽개쳤다.

"젠장! 젠장! 젠장!"

냉장고에서 차가운 맥주를 꺼내 벌컥벌컥 들이켰다. 맥주 캔을 하나 다 비우고 나자 마음이 조금 가라앉았다. 지혁은 지금 자신의 행동이 평소와는 다르다는 것을 알고 있었다. 그가 그들의 모습에 이렇게 흥분할 필요는 없었다. 하지만 영국에서의 그 밤 이후, 그는 다른 여자를 만나도 세희와 비교를 하는 자신을 발견했다. 때문에 더 이상 여자들과 만나지 않았다. 비록 바람둥이라는 말을 듣는 그였지만, 누군가의 대용품으로 이용하는 것 같아 양심에 꺼려졌기 때문이다.

이제 그는 세희에 대한 소유욕으로 밤잠을 이루지 못하는 날이 많아졌다. 그의 예상대로 그녀를 볼 때마다 러닝머신 위에서 뛰는 모습과 함께 매끈한 등을 드러내며 탱고를 추던 모습이 겹쳐졌다. 게다가 그녀와의 입맞춤은…… 너무나 달콤했다. 스치듯 지나갔던 그녀의 입술은 그 어떤 키스보다 부드럽고 감미로웠다. 또한 자신의 팔에 안겼던 그녀의 여성스러운 곡선은 지혁을 밤마다 지옥으로 떨어뜨리고 있었다.

그는 머리를 쓸어 올렸다. 자신의 복잡한 머리를 해결해 줄 방안이 필요했다. 어쩌면 가질 수 없기에 더욱 원하는지도 몰랐다. 초조한 마음에 그는 습관처럼 손가락으로 탁자를 두드리다 갑자기 떠오른 생각에 동작을 멈췄다.

지혁은 불현듯 '이 여자라면?' 이라는 생각이 들었다. 어차피 그는 독신주의자는 아니었다. 그리고 지금은 정착할 시기이기도 했다. 사실 '이세희' 라는 여자만큼 그에게 잘 어울릴 만한 여자도 없었다. 객관적인 기준으로 봐도 그녀는 최상의 신붓감이었다. 게다가 보너스로 그녀에 대한 갈망도 해결할 수 있을 것이다. 그는 모든 것이 정리되는 느낌이 들었다.

문제는 여태까지의 자신의 행동이었다. 요즘 그는 잠잠하긴 했지만, 세희의 머리 속엔 바람둥이로서의 모습이 각인되어 있을 것이다. 하지만 항상 그러하듯이 그는 대책을 찾아낼 것이다.

지혁은 자신만만한 미소를 띠며 앞으로의 계획을 짜기 시작했다.

민준이 예약한 레스토랑은 편안하게 식사할 수 있는 가족 레스토랑이었다. 그들은 식사를 하며 소소한 얘기를 했다. 그는 대화하기 좋은 상대였다.

"영국 출장은 어땠어요?"

"네?"

세희는 영국에서의 얘기만 나오면 저도 모르게 깜짝깜짝 놀라곤 했다.

"대학을 그곳에서 다니셨죠?"

"아…… 그렇죠. 오랜만에 가니까 좋던데요?"

"지혁이하고 단둘이 출장 간 것은 처음이죠?"

세희는 그의 말에 경직되었다. 그가 그 일을 아는 것도 아닌데 도둑이 제 발 저린 격처럼 뜨끔해 그의 눈을 피하게 되었다.

"그, 그렇죠."

"어땠어요?"

"정말 바빴죠. 눈코 뜰 새 없었어요. 게다가 마지막 날이 제 친구 약혼식이었거든요. 그래서 거기에도 들렀죠."

그녀의 말에 민준이 눈을 빛내며 물었다.

"영국에서도 지혁이한테 몰리는 여자들이 많았었죠? 짐작하건데 그곳 여자들마저 다 홀리고 왔을 겁니다."

그의 말대로 지혁은 자신도 홀리고 말았다. 어찌 됐든 그녀의 머리 속을 맴돌고는 있으니까. 그녀의 입에서 실소가 흘렀다.

"훗."

"왜 웃으세요?"

"아니, 그냥요. 한 실장님은 사장님과 같은 학교를 다니셨죠?"

"네, 질긴 인연이죠."

민준이 얼굴을 붉히며 머리를 긁적거렸다.

"실은 저에게 콤플렉스를 준 당사자가 지혁이죠."

"네에? 한 실장님이 어때서요?"

"사실 지혁이를 만나기 전엔 일등을 놓친 적이 없었어요. 그런데 어느 날 지혁이가 전학을 오고부터 사태가 달라졌죠. 저한테 붙던 1이라는 숫자가 2로 바뀐 거예요. 그와 동시에 저를 추종하던 여자들도 모두 지혁이에게 가버렸죠. 솔직히 처음엔 지혁이를 질투도 많이 하고 그랬어요. 제가 좋아한 여자들이 모두 지혁이를 좋아하더라구요. 그럴 때는 정말 지혁이가 미웠죠. 왜냐하면 지혁이는 그 여자들한테 아무 관심 없었거든요. 그게 더 비참하더군요."

"그런데 어떻게 친구가 되셨어요?"

그녀의 질문에 민준은 생각에 잠긴 얼굴로 말했다.

"글쎄요, 어떻게 친구가 됐을까요? 저한테도 미스테리네요. 그냥 자연스럽게 친구가 된 것 같아요. 만남, 관계라는 것은 인위적으로 되는 게 아니니까요. 그저 물이 흐르는 것처럼, 항상 그 자리에 있었던 것처럼 그렇게 여태까지 유지된 것 같아요. 덕분에 항상 제 앞에는 2라는 숫자가 붙어 있지만 말이죠."

"음, 전 한 실장님 앞에 붙어 있는 숫자가 고정되어 있지 않다고 생각해요. 어느 곳에 가든지 그 자리엔 그에 맞는 역할이 있을 테니까요. 그런데 지금 우리 너무 철학적이지 않나요?”

“하하하. 그런가요? 사실 그동안 궁금했어요. 대부분의 여자들은 지혁이한테 잘 보이고 싶어하는데 이 실장님은 다른 것 같아서요.”

“그럼 저는 대부분의 여자가 아닌가 보죠.”

찔리는 감이 없지는 않았지만 세희는 미소 지으며 말했다.

“그런가 보군요. 사실은 영국에서 돌아온 후, 뭔가 달라진 거 같아서요.”

세희의 얼굴이 순간 경직되었다. 그들 사이의 이상 기류가 그토록 확연히 티가 났던 것일까. 그녀는 두근거리는 가슴을 진정시키며 입을 떼었다.

“그게 무슨…….”

“그냥 지혁이도 그렇고, 이 실장님도 그렇고 왠지 모르게 예전과는 달리 불안정해 보여서요. 그래서 혹시 영국에서 무슨 일이 생겼나 했지요.”

항상 동글동글하게 보이던 사람이 오늘따라 날카롭게 느껴져 세희는 심장이 따끔따끔했다. 그녀는 경직된 얼굴에 억지로 미소를 지으며 부정했다.

“무슨 일은요. 그저 요즘 회사 상황이 이러니 불안한 티를 안 내려고 해도 밖으로 드러나나 보네요.”

“그렇군요. 그래도 일은 잘 해결되셨으니, 이제 진행만 남은 건가요?"

"거의 그렇죠. 참, 우신 쪽도 잘되어간다면서요?"

그녀가 말을 돌리는 것을 알아차렸는지, 민준이 씁쓸한 미소를 지었다.

"참 불편하죠?"

"네?"

"같은 직원들끼리 이렇게 서로에게 숨겨야 하니 말이죠."

"아…… 그러게요."

그녀는 그의 말에 공감했다. 같은 동료를 의심해야 하고, 또 서로에게 벽을 쌓아야 한다는 것은 정말 힘든 일이었다.

"빨리 누군지 찾아내고 싶어요. 돈 때문에 어떻게 같이 일한 동료를 배신할 수가 있죠?"

"그러게 말입니다. 그런데 과연 돈 때문일까요?"

민준의 말에 세희는 놀란 눈을 했다.

"네?"

"아니, 세상엔 배신할 이유도 많으니까요."

"그렇다면 무슨 원한일 수도 있다는 건가요?"

"여러 각도로 원인을 찾아볼 수 있겠죠."

그녀는 고개를 끄덕였다. 그의 말도 일리는 있었다. 세상엔 이해하지 못할 일들이 많기 때문이다. 지금 그녀의 머리 속을 뒤죽박죽으로 만들어놓은 영국에서의 입맞춤도 그중 하나였다. 그날은 참으로 이상했다. 이국적인 정취에 휩쓸려서인지, 아니

면 친구의 행복한 표정에 전염돼서인지 지혁과 그렇게 사적인
대화를 많이 한 것은 처음이었다. 그것도 그녀의 이상형까지 말
하다니. 왜 그랬을까. 달빛 때문이었을까, 아니면 장미 향 때문
이었을까. 둘 다 로맨틱한 밤을 만드는 데 일조했을 것이다. 만
약 그날 세희가 밀치지 않았다면 어떻게 됐을지 궁금해하다가
스스로 드는 생각에 깜짝 놀랐다.

　'미쳤어, 미쳤어. 미치지 않고서야.'

　그녀는 고개를 흔들다가 이상한 눈으로 바라보는 민준과 시
선이 마주쳤다.

　"어디 불편하세요?"

　"아, 아니에요. 머리가 좀 아파서요."

　"이런, 그럼 이만 일어날까요?"

　"네."

　계산을 하는 민준의 등을 바라보면서도 그녀의 머리는 다른
생각으로 꽉 차 있었다. 그녀를 이상하게 쳐다보는 민준을 의식
하고서야 그녀는 어색한 미소를 지으며 레스토랑을 나섰다. 밖
은 어둠이 내려 있었다. 하늘을 올려다보니 온통 까만 밤하늘에
흐릿한 별들이 점점이 흩어져 있었다. 세희는 그 별들을 보며
또다시 떠오르는 기억에 머리를 흔들고 단호히 털어버렸다. 그
런 그녀의 뒤를 민준의 의아한 눈빛이 따르고 있었다.

　다음날 세희는 민준에게 감사의 전화를 했다. 오늘 민준은 출

장으로 인해 회사에 출근하지 않았다.

"어제저녁 감사했어요."

―뭘요. 제가 매일 신세지는 것에 비하면 아무것도 아니죠.

"신세라니요. 그런데 오늘은 커피를 같이 못 마셨네요."

―그러게 말입니다. 오늘 이 실장님이 타주시는 커피를 못 마셔서 그런지 이 저녁까지 기운이 없네요.

"한 실장님도 그런 농담 하실 줄 아시네요? 다음엔 제가 저녁 살게요."

―그럼 이제부턴 이 실장님이 타주시는 커피를 못 마시는 건가요?

세희는 풀죽은 그의 목소리에 웃음을 터뜨렸다.

"어머, 무슨 그런 말씀을요. 이제 더 열심히 맛있는 커피를 타 드려야죠."

―하하. 그러면 저야 좋죠.

"그럼 내일 아침에 봬요."

세희는 미소를 지으며 수화기를 내려놓았다. 어제저녁 식사로 민준과 한결 가까워진 느낌이 들었다.

"무슨 전화지?"

그녀는 깜짝 놀라 소리나는 곳으로 고개를 돌렸다. 지혁이 책상에서 조금 떨어진 곳에 서 있었다. 세희는 놀란 얼굴로 일어섰다.

"네?"

'오늘 보고할 내용은 다 올린 것 같은데…….'

갑자기 사무실까지 찾아온 지혁을 보며 그녀는 머리 속으로 빠진 보고서가 있는지 살피고 있었다.

"찾으시는 게 있으세요? 아니면 보고서 내용 중에 미흡한 점이 있어선지……."

"아니, 오늘 저녁에 약속있나?"

세희는 스케줄 표를 봤다. 프로젝트를 같이 진행하면서 그녀의 스케줄은 모두 지혁에게 맞춰져 있었다.

"오늘 저녁엔 별다른 일정이 없습니다."

그녀의 말에 지혁의 이마가 구겨졌다.

"아니, 흠흠, 오늘 시간있냐고."

지혁이 그녀를 집게손가락으로 가리키며 다시 물었다. 그녀는 눈을 동그랗게 뜬 채 한참을 생각했다.

"네? 저 말입니까?"

"그래. 이번 프로젝트가 성공적이어서 저녁 사주려고."

"아니, 괜찮습니다."

"약속이 없으면 오늘 같이 하지."

그녀가 뭐라고 거절을 하기도 전에 지혁은 몸을 돌렸다. 세희는 그의 뒷모습을 보며 뭔가 찜찜한 기분을 느꼈다. 프로젝트로 인해 가끔 저녁 식사는 같이 하긴 했지만, 그것은 다 그녀의 동의 하에서였다. 그런데 지금 그의 모습은 어딘지 모르게 강압적인 느낌이었다. 세희는 앞서 걸어가는 그의 등을 바라보며 고개를 갸웃했다. 서둘러 앞장서 가던 지혁은 이번엔 굳이 세희의 차는 기사에게 넘기고 자신의 차를 타고 가자고 했다. 세희는 하는 수 없이 기사에게 열쇠를 넘기고 지혁이 운전하는 차를 탔다. 그렇다고 해서 그가 달리 특별한 말을 한 것도 아니었다. 오히려 평상시보다 더 조용히 운전만 하고 있을 뿐이었다. 세희는 그의 그런 행동을 보며 혀를 찼다.

'정말 이해 못할 사람이야.'

그녀의 찜찜했던 마음은 레스토랑에 도착해서도 마찬가지였다. 지혁이 안내한 곳이 '프로방스'였기 때문이다. 자리에 안내되고서도 그는 별다른 말 없이 가만히 앉아 있었다. 하지만 그녀가 일 얘기라도 꺼낼라치면 그는 갑자기 화제를 돌려 버렸다. 식사하는 내내 그녀는 지혁의 그런 행동에 가시 방석에라도 앉은 듯 불편함을 느꼈다.

"음식이 맞지 않나 보지?"

"아니에요. 점심에 먹은 게 소화가 덜 돼서요."

"소화제라도 먹어야 하는 건가?"

"그 정도는 아니에요."

지혁은 오늘따라 계속해서 이상한 행동을 보이고 있었다. 사사로운 배려들은 그에게서 찾기 힘든 것 중의 하나였다. 때문에 어울리지 않는 그의 배려는 그녀에게 어색함만을 주었을 뿐이었다. 그녀는 지혁을 의심스런 눈으로 바라보았다.

'저 인간이 왜 저러지?'

그녀는 혹시나 그가 영국에서의 일을 꺼낼까 봐 노심초사하고 있었다. 에어컨 때문인지 몸에 한기까지 들자 세희는 드러난 팔을 살짝 쓸었다. 그녀는 얼른 집에 가서 쉬고 싶었다.

"왜, 추운가?"

"네, 조금요."

지혁은 지배인을 불러 에어컨의 온도를 낮춰달라고 부탁하고는 자신의 윗옷을 손수 그녀의 어깨에 걸쳐 주었다.

"아니, 괜찮은데……."

"덮고 있어."

지혁은 오늘을 디데이로 잡았다. 아까 세희와 민준의 통화를 듣고 천천히 다가가려고 했던 생각을 급선회했다.

식사가 거의 끝날 무렵, 지혁은 그녀에게 운을 떼어보기로 했다. 그는 마른침을 삼켰다. 누구보다 선수임에 분명한 그가 지금 긴장하고 있었다. 지혁은 스스로를 비웃으며 마음을 가다듬었다. 그는 볼우물이 파일 정도로 미소를 지으며 세희와 마주 보았다. 이것은 그의 필살기 중 하나로 그의 미소를 보면 대부분의 여자들은 사족을 못 썼다.

"저기……."

"지혁 씨!"

지혁은 이런 중요한 시점에 끼어든 사람이 누군지 신경질적인 눈으로 쳐다보았다.

'이런, 젠장!'

“혜미 씨.”

그는 한숨을 쉬었다. 옆에 선 채 날카로운 시선으로 그들을 번갈아 보고 있는 혜미의 눈이 심상치 않아 보였다.

“흥, 고상한 척은 혼자 다 하더니, 결국은 당신도 마찬가지였군요.”

독이 잔뜩 오른 목소리로 혜미가 비아냥거렸다.

“네? 무슨 말씀인지…….”

“모른다고? 남의 남자한테 눈독 들이니까 좋니?”

혜미가 버럭 소리 지르자 주위의 시선들이 그들에게 향했다. 남의 애인을 가로챈 사람인 양 비난의 시선들이 세희에게 쏟아졌다.

프로방스는 아무나 들어올 수 있는 곳이 아니었다. 우아하고 고급스러운 인테리어에 걸맞게 상류층의 사람들만이 드나들 수 있는 그런 곳이었다. 좁은 사회이기 때문에 그들은 지혁과 혜미의 관계도 어느 정도 알고 있었다. 그들은 지혁의 바람기로 인해 벌어진 일이라고 판단할 것이다. 그리고 소문은 호사가들에의해 널리 퍼질 것임에 틀림없었다.

“무슨 일이야? 식사하러 왔으면 조용히 있다가 가지.”

지혁의 냉정한 말에 혜미는 눈물을 흘리며 소리 질렀다.

“남의 가슴에 못 박아놓고 당신은 어떻게 편하게 지낼 수 있어요? 나랑 헤어진 지 얼마나 됐다고 벌써 이 여자랑 놀아나?”

세희는 혜미의 말에 기가 막혔다. 아직도 이 남자를 모르나?

이 남자는 그 누구도 아닌 최지혁이었다. 혜미와 헤어진 후에도 여러 여자들과 만나왔던 바로 그 최지혁이었다.

'그런데 자기랑 헤어지고 뭐, 나를 만났다고? 아직도 상황 파악을 못하는구만. 아니지, 어디서 이 남자랑 나를 이어 붙여, 붙이기를?'

그러나 지금 중요한 것은 오해를 푸는 것이었다. 세희는 격한 감정을 누르며 차근차근 설명했다.

"혜미 씨, 그건 오해예요. 오늘은 일 때문에……."

"닥쳐! 남 생각해 주는 척하면서 뒤통수치는 당신한테는 아무 말도 듣고 싶지 않아."

"그만 하지. 이게 뭐 하는 짓이야?"

지혁은 혜미의 행동에 어처구니가 없었다. 그와 헤어진 지가 언젠데 아직도 그를 자신의 남자인 것처럼 행동하다니 기가 막힐 따름이었다. 그녀의 행동으로 그는 바람을 피우다 현장에서 걸린 남자가 되었고, 세희는 그를 유혹한 여자가 되어버렸다.

"뭐 하는 거냐고? 그러는 당신은 뭐 하는 건데?"

지혁은 이제 거의 악을 쓰다시피 하는 혜미를 잡았다.

"나가지, 나가서 얘기하자고."

"이거 놔!"

지혁은 세희를 향해 나직이 속삭였다.

"오늘은 날이 아닌 것 같군. 다음에 다시 시간을 잡지."

"네, 그게 좋겠어요."

그는 하는 수 없이 이성을 잃은 혜미를 끌고 나갔다.

세희는 그들이 사라지는 모습을 바라보다 주변을 둘러보았다. 그녀의 시선에 그들을 구경하던 사람들이 재빨리 고개를 돌렸다. 그녀는 쓴웃음을 지으며 가방을 들고 일어섰다. 조금 떨어진 곳에 한 남자가 지혁과 혜미의 뒷모습을 보며 서 있었다. 아마도 혜미의 일행인 듯했다. 그들의 모습이 사라지자 남자가 시선을 거두다 그녀와 눈이 마주쳤다. 황당하게도 그들은 서로 어처구니없다는 듯이 고개를 흔들며 웃어버리고 말았다. 그녀는 그에게 목례하고 프로방스에서 나왔다.

세희는 집으로 가는 내내 이를 바드득 갈았다. 오늘의 일은 결코 잊혀지지 않을 것이다. 엉망이 된 식사는 둘째치더라도 이제 프로방스에서 식사하는 일은 영원히 없을 것이다. 정말 망신도 이런 망신도 없었다. 하지만 이런 일은 그에게 한두 번이 아닐지도 모른다. 그 뻔뻔한 인간은 예전 여자 친구와 데이트 한 곳을 다음 여자 친구와 함께 가니까 말이다.

'세상에! 어떻게 나를 남의 남자나 뺏는 파렴치한 여자로 몰아붙일 수 있지?'

집에 도착해서도 그녀의 분은 풀리지 않았다. 씩씩거리며 냉장고에서 생수를 꺼내 벌컥벌컥 마셨다. 잠시 후, 화가 가라앉고 나자 뜨거운 분노가 사라지고 차가운 이성이 돌아왔다. 그녀는 소파에 앉아 차근차근 생각을 정리했다. 그러고 보니 장혜미 이후에 여러 명의 여자들이 있었지만, 대부분 일주일 안팎이면

교체되곤 했다. 그러니까 그의 마음을 사로잡는 여자는 없었던 것이다. 그나마도 최근엔 아예 여자들과의 만남이 일절 없었다.

"가만, 혹시 그동안 여자를 못 만나서 그날 나한테 입맞춘 거 아냐?"

생각할수록 기분이 나빠지는 세희였다.

지혁은 울며 매달리는 혜미를 돌려보낸 뒤 집에 돌아왔다. 그는 들어오자마자 냉장고에서 시원한 맥주를 꺼내어 들이켰다. 하지만 아무리 들이켜도 갈증은 없어지지 않았다. 그는 소파에 기대어 지끈거리는 머리를 손가락으로 눌렀다. 오늘 일은 정말 최악이었다. 다시는 기억하고 싶지 않은 하루였다.

한동안 호사가들 사이에서 그들의 이름이 거론될 것이다. 소문이 나는 것은 상관없었다. 그는 소문이 나는 걸 두려워하는 사람이 아니었고, 자신에 관한 것들은 얼마든지 감당할 수 있었다. 하지만 세희는 달랐다. 자신의 행동 때문에 그녀에게 피해를 줄 수는 없었다.

사실 오늘 그가 겪은 일은 심한 편에 속하긴 했지만, 처음 있는 일은 아니었다. 그가 만나왔던 여자들은 대부분 쿨했기 때문에 그런 상황에서도 대체로 잘 넘어갔었다. 또한 그도 불편한 상황에 대해 별로 신경을 쓰지 않았었다. 어차피 그를 모르는 사람은 거의 없었기 때문이다.

"젠장!"

그는 혜미를 떠올리며 이를 갈았다. 그는 혜미를 쿨한 여자라 생각했었다. 하지만 오늘 그녀가 보여준 행동은 그의 생각을 뒤 엎고도 남았다. 그녀가 세희에게 소리치며 몰아붙이는 순간, 그 는 자신이 알고 있던 '장혜미'가 맞는지 한참을 생각해야 했다.

혜미와 헤어지고 난 후, 혜미와 몇 번이나 마주쳤었다. 그중 에는 다른 여자와 데이트를 할 때도 있었다. 하지만 오늘 같은 모습은 처음이었다. 여자의 직감으로 세희는 다르다는 것을 짐 작한 것일까?

그는 한숨을 쉬었다. 혜미가 그와 세희의 관계를 의심할 때 세희의 황당해하는 표정이 떠올랐다. 그녀는 그런 오해 자체를 기분 나빠하는 것 같았다.

'하아, 모든 게 엉망이군.'

지혁은 흘러내린 머리를 쓸어 올렸다. 맥주 캔 하나를 다 비 웠지만, 갈증은 멈추지 않았다. 그의 손 안에서 텅 빈 맥주 캔이 처참하게 구겨졌다. 그는 다음을 기약하면서 또 다른 맥주를 꺼 내 들이켰다.

하지만 지혁에게 다음 기회는 찾아오지 않았다. 장혜미를 만 난 이후 세희의 벽은 더욱 견고하게 쌓여졌고, 프로젝트가 막바 지에 이르러 그도 정신이 없었다. 게다가 창립 기념행사 준비로 회사도 어수선한 분위기였다. 그렇게 또다시 몇 주가 지나자 그 도 조급해지기 시작했다.

매일 아침 민준이 세희와 함께 커피를 마신다는 사실을 알고는 그는 더욱 초조함을 느꼈다. 그는 몇 번이나 세희가 있는 사무실 앞을 서성이곤 했다. 그럴 때면 문 하나를 사이에 두고 단절된 느낌이 들었다. 가끔 가다 밖으로 흘러나오는 웃음소리는 항상 그의 앞에선 무표정한 세희의 것이었다. 그녀의 맑은 웃음은 그를 위한 것이 아니었다. 그녀의 웃음소리를 들을 때마다 그는 가슴속에 불길이 치솟는 듯했다. 또한 그런 자신을 발견할 때마다 기분이 더욱 나빠졌다.

그리고 마침내 창립 기념일이 닥쳤다.

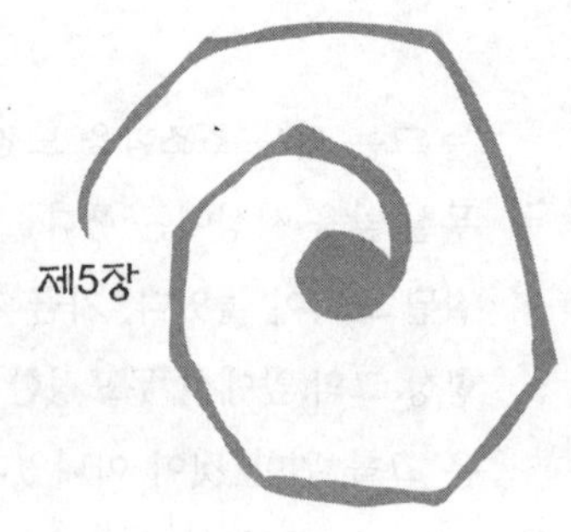

창립 기념일이 되자 회사 안은 부산스럽게 움직였다. 대부분의 부서는 쉬었지만 홍보부와 비서실은 기념행사를 주관하기 때문에 쉴 수가 없었다. 세희는 기획실이었지만, 간부급이었기 때문에 회사에 출근해 미강 건을 마저 정리했다.

"이제 미강과 J&J의 최종 합의만 남았습니다."

"그래, 수고했어. 이제 조만간 결과가 나오겠지."

"네."

지혁이 보고서를 덮고 세희를 바라보았다.

"오늘 행사 시작하기 전에 같이 점심이나 할까? 프로젝트 막바지 기념으로 점심이나 함께하지."

"아니, 괜찮습니다."

"약속있나?"

"그건 아니고……."

"그럼 같이 하지."

모든 결론을 내듯 그가 말하자 그녀는 하는 수 없이 고개를 끄덕였다.

"네."

"잠깐 나가 있어. 이것만 마치고 나갈 테니."

"네, 사장님."

세희는 사장실 문을 닫고 나오며 한숨을 쉬었다. 또다시 그와 함께할 생각을 하니 답답했다.

"실장님, 보고는 마치셨어요? 오늘 같은 날 이게 뭐예요. 다른 부서는 오늘 다 쉬는데."

지수의 불만 가득한 말에 옆에 앉아 있던 정 실장의 무표정한 얼굴에 빠르게 미소가 지나갔다. 그에게도 지수의 이런 행동이 귀여운 모양이었다. 그녀는 피식피식 웃다가 정 실장과 눈이 마주치자 재빠르게 지수에게 얼굴을 돌렸다.

"어쩌겠어, 이게 일인데. 나도 출근했으니까 그걸로 위안을 삼아. 그런데 오늘 데이트있었어?"

"데이트는 무슨, 그냥 약속이 있었어요."

지수의 얼굴이 화르르 붉어졌다.

"어? 데이트있었나 보네? 이거 내가 다 미안해지는데?"

“실장님이 왜요. 그나저나 사장님은 안에서 뭐 하시는 거예요?”

“뭐 하시긴, 일하고 계시겠지.”

세희도 보고서를 다시 들어 올렸다. 지혁을 기다리는 동안 아까 정리한 내용들을 다시 숙지하기 위해서였다.

“실장님은 오늘 같은 날에도 일하세요?”

“오늘 같은 날이 뭐 별다른가?”

그때 지혁의 어머니인 황 여사가 비서실에 들어섰다. 황 여사는 그녀의 단아한 분위기에 잘 어울리는 샤넬 정장을 입고 있었다. 처음 세희가 입사했을 때, CEO는 황 여사였다. 이 자리에까지 올라오게 만들어준 게 지혁이라면 그녀를 이곳에 입사시켜 기회를 만들어준 것은 황 여사다. 비록 삼 년 전에 CEO 자리에서 물러나긴 했지만 황 여사의 입지는 여전했다. 전 C&H의 사장이자 대주주인 그녀는 오늘 창립 기념행사에 참석하기 위해 회사를 방문했다.

“안녕하십니까, 사장님.”

“어? 이 실장 여기에 있었어요?”

“네, 사장님.”

“이젠 사장이 아니라니까?”

“아, 자꾸 습관이 돼서…….”

“그렇기도 할 거야. 그런데 진짜 사장님은 안에 있죠? 나 커피 한 잔만 갖다 줘요. 아, 이 실장도 들어와 같이 한 잔 해요.”

지혁은 문을 열고 들어서는 황 여사를 보며 긴장된 얼굴로 일어섰다. 언제나 거침없는 그였지만, 어머니 앞에서만은 그렇지 못했다.

"어머니."

소파에 앉으며 황 여사는 칼칼한 목소리로 질책했다.

"보고 싶은 사람이 와야지 어쩌겠니?"

"죄송해요."

"네 얼굴 본 지가 언젠지 모르겠구나. 아무리 바빠도 점심 정도는 함께할 수 있지?"

"그럼요. 당연히 사드려야죠."

지혁의 대답에 만족스러운지 황 여사는 이내 화제를 바꿨다. 하지만 그것은 그에게 직격탄이나 다름없었다.

"이 여사한테 전화가 왔더라. 이번에도 거절했다더구나. 정말 결혼할 마음이 없는 게냐?"

그는 지난번에 걸려온 전화를 기억해 내며 이마를 찌푸렸다.

"아가씨가 참하다던데."

"선은 싫습니다."

"그럼 결혼할 여자가 있는 게냐?"

지혁은 어머니의 말에 세희를 떠올렸다. 하지만 곧 지워 버렸다. 적당한 여자이긴 했지만 그것은 그 혼자만의 생각이었다.

"그건 아니에요."

"그럼?"

엄격하게 대하긴 했지만 평소엔 그의 생각을 존중해 주는 어머니였다. 하지만 오늘은 뭔가 달라 보였다. 그는 '프로방스'에서 있었던 일을 기억해 냈다. 젠장! 그 소문이 어머니의 귀에 들어가지 않을 리가 없었다.

"혹시 무슨 소문 들으셨어요?"

그의 질문에 황 여사가 미간을 찌푸렸다.

"'프로방스'에서 소란이 있었다더구나."

"네, 하지만 그건 정말 작은 소란이었어요. 오해였구요."

"그래, 네 말대로 오해였겠지."

낮은 음성으로 말하는 황 여사의 모습에 지혁은 긴장했다.

"죄송해요."

황 여사의 탐색하는 듯한 시선이 그를 파고들었다. 그는 그녀의 시선에서 이번만큼은 그냥 넘어가지 않겠다는 확고한 의지를 읽었다.

"도대체 언제까지 그럴 거냐? 십대 때는 어리다고 넘겼고, 이십대 때는 한창 혈기 왕성할 때라고 해서 넘겼다. 하지만 네 나이가 지금 몇이니? 내가 이런 말까지 해야 하는 게냐?"

지혁은 어머니가 이렇게 낮은 음성으로 조목조목 따질 때가 제일 무서웠다. 어린 시절에도 황 여사는 큰 소리로 잘못을 나무라는 것보다 조용하게 잘못을 나열했었다.

"죄송해요."

"긴말은 안 하겠다. 또다시 스캔들이 나면 그때는 그 여자랑 결혼하겠다는 걸로 알겠다."

"어머니!"

지혁은 소리쳤지만 찌르는 듯한 황 여사의 시선에 고개를 숙였다. 제길! 왜 어머니 앞에만 서면 항상 주눅이 드는 걸까.

"그날 누구랑 같이 있었던 게냐?"

"이 실장이랑 있었어요."

"이 실장? 이세희 실장을 말하는 게냐?"

황 여사의 눈썹이 치켜 올라갔다. 그녀의 예리한 시선에 지혁은 살짝 얼굴을 돌렸다. 능구렁이 같다는 그였지만 어머니에게만은 모든 것을 들키곤 했기 때문에 그는 재빨리 표정을 숨겼다.

"네, 이번 프로젝트 때문에 같이 저녁을 먹으러 간 거예요."

"그래?"

황 여사는 고개를 끄덕이며 생각에 잠겼다.

똑똑.

"들어와요."

세희가 커피를 들고 들어오자 지혁의 시선이 자연스레 그녀를 좇았다.

"이 실장이 왜?"

"내가 같이 차 한 잔 하자고 했다. 이 실장, 앉아요."

황 여사의 말에 지혁의 표정이 살아났다. 그는 이 기회를 빌어 어머니의 추궁에서 벗어나고자 했다.

"잘됐네요. 오늘 이 실장하고 점심 하려고 했거든요. 셋이 같이 나가면 되겠네요."

세희는 황 여사의 방문을 빌미로 식사를 빠질 생각이었다. 그녀는 손을 저으며 말했다.

"아니, 모처럼 두 분이서 오붓하게 드시고 오세요."

"아니에요, 이 실장. 우리 같이 나가요. 생각해 보니까 이 실장하고 같이 식사한 적이 몇 번 안 되네요. 우리 맛있는 점심 얻어먹어요."

황 여사가 장난스럽게 윙크까지 하며 말하자 그녀는 고개를 끄덕일 수밖에 없었다.

"그럼, 지금 나가죠?"

시계를 보며 지혁이 일어섰다.

"뭐가 그렇게 급하니? 커피도 제대로 마시지 못했는데."

"식사하시고 드시면 되죠."

서둘러 웃옷을 집어 드는 지혁을 보며 황 여사도 일어섰다.

"알았다. 이 실장, 가죠."

"네."

세희는 불편한 마음으로 그들의 뒤를 따랐다.

지혁이 안내한 곳은 시내의 유명한 한정식 집이었다. 방으로 들어서자 지혁은 세희의 옆으로 자리를 잡았다. 황 여사는 고개를 돌리다 황급히 그녀의 눈을 피하는 아들을 발견했다. 그 모습을 보던 황 여사의 눈이 가늘어졌다. 그녀는 고개를 갸웃하다

다소곳이 앉아 있는 세희에게 시선을 돌렸다.

"이 실장은 참 한결같아."

황 여사와 함께 일한 이 년 동안에도 세희는 항상 만족할 만한 모습을 보여줬었다. 세희가 대단한 인재라는 것은 그 누구도 인정하지 않을 수 없는 사실이었고, 인간적으로도 바른 사람이라는 점은 그녀가 익히 봐온 바였다.

"과찬이십니다."

"우리가 그동안 봐온 지 오 년은 됐죠? 그때나 지금이나 항상 똑같은 모습이야."

황 여사가 살아온 세월에 비춰 보면, 사람은 처음과 달리 점점 그 색깔이 옅어지게 마련이었다. 그러나 세희는 항상 그 색을 유지하고 있었다. 황 여사는 세희를 겪으면 겪을수록 며느릿감으로서 탐이 났지만, 아들의 행실을 잘 알기에 이내 포기할 수밖에 없었다. 다만 이런 아가씨를 데려가는 사람은 정말 복받을 거라고 생각했다.

"이 실장은 애인 있나?"

황 여사의 질문에 지혁의 어깨가 움찔했다. 그녀는 아들의 얼굴에 서린 긴장감에 또다시 고개를 갸웃했다.

"아, 아닙니다. 애인은 아직 없습니다."

황 여사는 세희의 대답을 들은 아들의 얼굴에서 미약한 변화를 발견했다.

"그래요? 그럼 내가 아주 괜찮은 남자 하나 소개시켜 줄까?"

황 여사는 물을 마시며 살짝 아들을 지켜보았다. 표정 변화를 아까보다는 조금 더 느낄 수 있었다. 그녀의 눈이 가늘어졌다. 설마 여자 보는 눈이 얕았던 아들이 지금에서야 제정신이 들었을 리가 없겠지 하면서도 그녀는 일말의 기대를 가졌다.

"네?"

"어머니, 왜 그러세요. 이 실장 불편하게."

"왜 불편해요? 이 실장같이 괜찮은 사람이 혼자라는 건 말이 안 되지. 혹시 너……."

지혁은 긴장된 얼굴로 침을 삼켰다.

"혹시 너 유능한 직원이라 애인 생기면 일에 등한시할까 봐 그러니? 아니면 결혼해서 직장을 그만둘까 봐 그래?"

아들의 얼굴에서 긴장이 빠져나가자 황 여사는 점점 확신이 굳어져 갔다.

"그게 아니면 가만있거라. 이 실장, 불편한 거 아니죠?"

"아니, 그건 아니지만……."

우물쭈물 대답하는 세희를 보며 아들은 초조한지 연신 테이블에 손가락을 두드리고 있었다. 정말 아들이 세희에게 마음을 빼앗긴 걸까? 황 여사는 주사위를 던져 보기로 했다.

"내 조카, 그러니까 내 여동생의 아들인데, 이 실장이랑 참 잘 어울릴 것 같네요. 지혁아, 그렇지 않니?"

그녀의 설명에 지혁은 떨떠름한 얼굴로 물었다.

"수형이 말씀이세요?"

“그래, 수형이.”

그는 수형이한테는 미안하지만 약간의 거짓말을 하기로 했다.

“수형이는 저번에 보니까 만나는 여자가 있더라고요.”

“그래, 금시초문이구나.”

“저번에 같이 만났었어요.”

지혁은 어머니의 눈길을 피하며 물컵을 들어 올렸다.

“그럼 준형이는 어떠니. 준형이는 없지?”

황 여사는 수형의 동생을 들먹였다.

“어머니, 준형인 아직 나이가 어리잖아요. 아마 이 실장보다 더 어릴걸요?”

“요즘 연하도 많이 만난다는데…….”

“나중에 천천히 생각해 보세요. 이 실장이 정말 부담되겠어요.”

황 여사는 어쩔 줄 몰라 하는 세희를 보며 사과했다. 어찌 됐든 그녀가 원하는 반응은 거의 다 본 셈이었다. 마지막으로 한 가지만 더 확인하면 되겠다고 생각하며 그녀는 한 발자국 물러섰다.

“그런가? 미안해요, 이 실장. 정말 본인을 앞에 두고 내가 뭐 하는 건가 모르겠네. 정말 이 실장한테 좋은 사람 소개시켜 주고 싶어서 그런 거니까 이해해요.”

“아니, 괜찮습니다.”

"참, 오늘 이 실장 바빠요? 오늘 창립 기념일이니까 다른 할 일은 없는 거죠?"

"그렇긴 한데……."

"지혁아, 오늘 내가 이 실장 좀 빌리면 안 될까? 오늘 이 실장은 더 이상 할 일 없지?"

지혁이 의심스러운 눈으로 황 여사를 바라보았다. 도대체 어머니의 속을 알 수가 없다.

"오늘 파티에 입을 옷을 미리 준비하지 못했구나. 명색이 내가 대표로 있었던 회사인데 이렇게 입고 나설 수 있겠니? 혼자 쇼핑하기도 그렇고. 이 실장, 어때요? 힘들면 나 혼자 가도 되고."

지혁은 눈을 가늘게 떴다. 오늘 어머니의 의상은 결코 나쁘지 않았다. 그런데 갑자기 파티 의상 운운하는 것도 그렇고, 직원을 데리고 가겠다고 제안하시는 것도 이상했다.

"이 실장, 괜찮겠나?"

"네."

"젊은 사람이 보면 아무래도 나보다는 낫겠지. 이 실장, 부탁 들어줘서 고마워요."

"아니, 괜찮습니다."

지혁은 세희에게 미안하다는 눈빛을 보냈다. 그는 어머니의 이상한 행동에 의아함을 감출 수 없었다.

"왜 이렇게 못 먹니? 입맛이 안 맞니? 이 실장도 많이 들어요.

늙은이가 주책맞게 자꾸 말을 시켜서 먹지도 못하나 보네. 호호
호."
　황 여사의 웃음에 지혁은 음습한 기운이 자신을 덮는 듯했다.
　식사를 마치고 나오면서도 지혁은 떨떠름한 기분을 버릴 수
없었다.
　'오늘따라 정말 이상하시군.'
　지혁은 고개를 몇 번 흔들곤 차를 출발시켰다.

　황 여사는 지혁을 회사에 돌려보낸 후, 세희와 가까운 커피숍
에 들렀다. 그녀는 세희에 대한 정보를 캐고 싶었다. 결혼 적령
기에 있는 자식을 둔 부모인만큼 처음 세희를 봤을 때, 이미 그
녀에 대한 신상명세는 꿰고 있었다. 게다가 오 년 동안 지켜보
면서 세희가 얼마나 됨됨이가 된 사람인지는 알고 있었다. 하지
만 며느릿감 후보에 오른 이상 그녀를 더 자세히 알고 싶었다.
　"이 실장이랑 같이 쇼핑 나와서 좋네. 불편한 건 아니죠?"
　"그럼요."
　"그냥 딸 같아서. 영은이 알지요? 우리 영은이가 미국에 간
지도 벌써 이 년이나 됐네. 집 안에 딸이 없으니까 적막하고 그
래요. 지혁이야 일찍이 따로 분가해 나가서 별로 못 느꼈는데
딸은 다른 거 같아."
　쓸쓸한 황 여사의 목소리에 세희는 고개를 끄덕였다. 그녀는
자신의 부모님도 그럴 거라는 생각에 마음이 가라앉았다.

“이 실장도 부모님과 떨어져 지내고 있다고 들었는데.”

“네, 벌써 십 년 가까이 되어가고 있어요. 대학을 영국에서 보내고 한국에서 직장 생활을 했으니까요.”

“어머. 그럼 부모님이 많이 적적하시겠네. 전화는 자주 드려요?”

“전화는 자주 못 드리는 편이에요. 대신 가끔 동영상 메일을 드리고, 인터넷으로 화상 채팅도 하고 그래요.”

“나이가 들면 자식 보는 낙으로 사는데, 자식을 못 보니 외로워. 아마 이 실장 부모님도 그럴 거야.”

세희는 황 여사의 말에 고개를 끄덕였다. 그녀도 멀리 떨어져 있는 부모님이 많이 그리웠다.

“젊어서는 회사 때문에 아이들과 떨어져 지내야만 했지. 알다시피 우리 바깥양반이 먼저 가고 내가 나서야만 했거든. 그때는 회사가 이렇게 크지 않았었지.”

황 여사는 회한에 잠긴 얼굴로 말을 이어갔다.

“우리 지혁이가 고생을 많이 했지. 어린아이였지만 장남이라는 무게를 느끼고 있었던 거 같아. 기특하게 내가 곁에서 지켜보지 않아도 모든 걸 척척 다 했었지. 게다가 어린 동생까지 돌봤으니. 그래서 그런지 영은이는 나보다 제 오빠를 더 잘 따라.”

“영은 씨랑은 나이 차이가 많이 나나요?”

“영은이가 지금 스물일곱이니까 여섯 살 차이지. 후후, 엄마 닭을 따라다니는 병아리처럼 그렇게 따라다녔었지. 지혁이도 동생이라면 끔찍했고.”

“상상이 안 가네요.”

“그렇지? 내 앞에서는 안 그러는데, 동생 앞에서는 하소연도 하고 그러는 거 같아.”

황 여사의 얼굴엔 쓸쓸한 기색이 스쳤다. 여장부라는 호칭으로 불리는 그녀도 어머니라는 이름 앞에서는 약해질 수밖에 없는 모양이었다.

“섭섭하세요?”

“조금. 회사를 키워놓은 만큼 그렇게 자식들도 커 있었어. 어느 날 주위를 둘러보니 내 손에 잡히지 않을 만큼 그렇게 멀어져 있었지. 그래서 가끔은 슬프기도 해. 내가 그때 그렇게 회사에 뛰어든 게 잘한 건가 회의도 들고. 지혁이가 그렇게 여자들에게 정을 못 붙이는 게 혹시 나 때문인가도 싶고 말이지. 어릴 때부터 후계자라는 명목 하에 내가 너무 밀어붙인 것 같아 후회가 돼. 대학에 입학하자마자 실무를 배웠으니, 사랑에 대해서도 정상적인 단계를 밟지는 못했지. 왜 있잖아, 대학에 들어가 미팅하고, 연애하는 그런 일들.”

그녀는 새삼 지혁이 안됐다는 생각을 했다. 누군가를 설레면서 기다리고, 그리워하는 그런 기분을 그가 느껴봤을지 그녀는 궁금해졌다.

황 여사가 붉어진 눈가를 추스르고 나서 세희의 손을 잡았다.

“내가 너무 말을 많이 했네. 이렇게 이 실장을 보니 자꾸 딸 생각이 나서. 우리 자주 만나요. 서로 외로운 사람들끼리 만나서 차도 마시고, 쇼핑도 하고 그래요. 바쁘게 살다가 요즘 집에만 있으니까 너무 적적하더라고. 아이구, 내가 너무 부담을 주는 건 아닌가 몰라.”

“아니에요. 저도 좋아요. 객지 생활을 오래해서 항상 혼자 있는 것 같거든요. 어쩌면 제가 귀찮게 해드릴지도 몰라요.”

세희는 황 여사의 모습을 보며 그동안 그리워했던 어머니의 모습을 그렸다. 황 여사는 카리스마 있는 모습으로 사람들을 이끌기도 했지만, 항상 남을 배려하며 따뜻하게 아랫사람을 다스리는 사람이기도 했다. 때문에 그녀는 황 여사를 존경해 왔다.

“그럼 세희 씨라고 해야겠다. 이 실장은 너무 딱딱하니까.”

“네, 그렇게 불러주세요.”

붙임성있게 말하는 세희를 보며 황 여사는 흐뭇한 미소를 지었다. 정말 볼수록 마음에 드는 아가씨였다.

“자, 그럼 이제 쇼핑하러 가볼까?”

황 여사는 그녀가 자주 들르는 부티크로 세희를 안내했다. 부티크에 들러 쇼핑하는 동안 그녀는 세희의 조언대로 이것저것 구입했다. 그녀는 오늘 연회에 세희가 아름다운 모습으로 나타나면 아들이 어떤 모습을 보일까 궁금했다.

“세희 씨, 내가 오늘 고마워서 옷을 하나 선물하고 싶은데……”

“어머, 아니에요. 전 한 것도 없는데요 뭐.”

"그래도 오늘은 연회에 가는 거니까 그렇게 해요."

"아니에요. 저는 그냥 이대로 가도 돼요."

세희는 무척이나 난감한 얼굴로 황 여사를 바라보았다. 이런 호의를 받는 것이 세희에겐 부담스러웠다. 하지만 그녀의 거절을 다르게 받아들였는지 황 여사가 금세 서운한 표정을 지으며 돌아섰다.

"내가 주책이지? 늙은이가 뭘 안다고. 젊은이들이 입는 취향을 몰라서……."

세희는 안절부절못하며 얼른 부정했다.

"아니에요. 마음에 들어요. 단지 너무 비싸서……."

황 여사는 웃음을 삼키며 다시 돌아섰다.

"그럼 이거 입어봐. 정말 딸 같고 좋네. 남자들은 뭘 입히고 싶은 마음이 들지 않잖아. 얼마나 좋아. 정말 이래서 여자들하고 쇼핑을 해야 해. 예쁜 옷 입는 모습도 보고."

너무나 좋아하는 황 여사의 모습에 세희는 이게 아닌데 싶으면서도 쭈뼛쭈뼛 탈의실로 들어갔다.

황 여사가 골라준 옷은 아이보리 색의 시폰 원피스였다. 세희는 옷을 입고 거울에 비친 자신의 모습을 바라보았다. 황 여사의 눈은 정확했다. 그녀의 하얀 피부와 큰 키에 드레스는 굉장히 잘 어울렸다.

"너무 예쁘네. 이 구두도 신어봐."

세희가 나오자마자 황 여사가 반짝이는 눈으로 원피스에 어울리는 샌들을 내밀었다. 세희는 속으로 한숨을 쉬었지만, 겉으로는 환하게 웃으며 샌들을 신었다. 황 여사가 만족스러운 표정으로 고개를 끄덕였다.

그들의 모습을 지켜보던 부티크 사장은 정말이지 궁금했다. 사실 처음 봤을 땐 별 볼일 없는 아가씨라고 생각했었다. 그런데 황 여사와 같이 있는 폼이 결코 예사롭지 않았다. 게다가 까다로운 황 여사가 저 아가씨의 조언에 고분고분 구입하는 것도 심상치 않았다. 항상 혼자 쇼핑하던 황 여사가 데리고 온 아가씨라면 분명 특별한 아가씨일 것이다. 그녀는 고객을 관리하는 차원에서 물어보기로 했다. 더불어 궁금증도 풀린다면 일석이조일 것이다.

"어머, 사모님, 정말 예쁜 아가씨네요. 그런데 정말 누구예요?"

황 여사는 따뜻한 눈으로 세희를 바라보았다.

"글쎄."

"따님은 지금 미국에 유학 가 계시고, 혹시 며느리 되실 분?"

사장의 추측에 황 여사가 아무 말 없이 방긋 웃었다. 그런 그녀의 모습에 사장은 의미심장한 얼굴을 했다.

세희는 원피스의 값이 얼마일까 생각했다. 아마 그녀의 한 달 월급을 통틀어봐야 이 원피스 한 벌 값이 안 될 듯싶었다. 어릴 때부터 절약하는 습관이 있는 세희에게는 이런 선물은 부담스러웠다.

"우리 위로 올라가서 머리 손질도 하고 가자. 참, 렌즈 있지?
아무래도 안경보다는 나을 것 같은데."

세희는 끌려가면서 뭔가 말려든 듯한 느낌을 지울 수 없었다.
하지만 그녀를 바라보는 황 여사의 기대하는 얼굴에 그저 고개
를 끄덕일 수밖에 없었다.

황 여사와 함께 파티장에 들어서자 호기심에 찬 시선이 세희
에게 쏟아졌다. 전직 회사 대표이자 사주의 모친인 황 여사와
같이 등장한 젊은 여성이 누구인지 궁금해하는 시선이었다.

황 여사는 주변의 시선이 그들에게 향하자 더욱 환한 미소를
지었다. 아직 그들은 자신의 옆에 서 있는 여자가 누군지 눈치
채지 못하고 있었다. 만약 세희라는 것을 알게 된다면 그들이
어떤 표정을 지을지, 거기에 더불어 자신의 아들이 어떤 반응을
보일지도 궁금했다. 그녀는 아들이 만약 세희에게 관심이 있다
면 무언가 반응을 보일 것이라 생각했다. 혹 그녀가 잘못 추측
한 것이라 할지라도 오늘을 기점으로 세희에게 다른 마음이 생
기길 바랐다.

세희는 황 여사에게 양해를 구하고 동료들 쪽으로 발걸음을
옮겼다. 많은 사람들의 시선이 그녀의 움직임을 따라다니고 있
었다. 하지만 어느 누구도 그녀가 C&H의 이세희 실장이라는
것을 깨닫지 못하고 있었다. 지수마저도 그녀가 가까이 다가가
자 생경한 눈으로 바라보았다.

"지수 씨, 많이 바빴어?"

지수가 경악한 얼굴로 소리 질렀다.

"이, 이 실장님?!"

"깜짝이야. 소리는 왜 질러."

"정말 이 실장님이세요?"

지수가 다시 묻자 세희는 지수 쪽으로 고개를 바짝 댔다.

"그래, 왜? 못 알아보겠어?"

"우와! 긴가민가했어요."

"그 정도야? 변신이 아니라 변장 수준이야?"

그녀의 말에 지수가 고개를 저었다.

"아니요, 너무 예뻐요. 그러게 왜 안 꾸미고 다니셨어요. 이렇게 하시니 얼마나 좋아요? 진짜 예쁘세요."

"칭찬은 고마운데, 너무 띄우지 마. 멀미나니까."

"농담 아니에요. 우와! 회사 사람들이 알면 정말 난리나겠는데요?"

지수의 흥분한 얼굴을 보니 세희는 쑥스러워 화제를 돌렸다.

"마무리는 다 됐나 보지?"

"네. 어차피 나머지는 홍보실에서 하는 거니까요."

"수고했어. 사장님은 아직 안 내려오셨어?"

"네, 아직요. 조금 후에 내려오실 거예요. 연설 준비가 제대로 됐나 잠깐 보고 올게요."

"그래."

“이 실장님?”

그녀의 등 뒤에서 민준의 목소리가 들려왔다.

“한 실장님, 언제 오셨어요?”

“조금 전에요. 오늘 정말 근사한데요?”

민준의 칭찬에 세희의 얼굴이 붉어졌다.

“그래도 알아보시네요. 지수 씨도 못 알아보던데.”

“매일 커피를 얻어 마시는데 당연히 알아봐야죠. 그리고 제가 보기엔 그렇게 많이 달라진 것도 아닌데요.”

“어? 한 실장님도 아부가 많이 느셨는데요.”

“하하하, 그렇습니까?”

그들의 웃음을 뚫고 지혁의 목소리가 들려왔다.

“재미있는 얘기를 하고 있나 보지?”

지혁은 세희와 웃으며 대화하고 있는 민준에게 극렬한 질투를 느꼈다. 언제나 자신과의 대화에선 딱딱한 모습만을 보였던 세희이다. 영국에서의 그 밤을 제외하고는 항상 한결같이 그를 대했다. 그는 불만에 가득 찬 얼굴로 그녀의 옷차림을 바라보았다. 단순한 스타일의 원피스였지만 그녀의 아름다움을 드러내기엔 충분해 보였다. 그는 주위를 둘러보았다. 많은 남자들의 시선이 그녀를 향해 있었다. 그녀가 이세희라는 것을 알면 그들이 어떤 표정을 지을까 생각하니 그는 불쾌해졌다.

“아, 지혁아, 이 실장님 정말 아름답지?”

민준이 웃으며 그를 쳐다봤지만, 지혁은 아무 대답도 하지 않았다.

"이 실장, 어머닌 어디 계시지?"

때마침 황 여사가 그들 쪽으로 걸어왔다.

"아, 저기 오시네요."

황 여사는 입가에 잔잔한 미소를 띠었다.

"민준이도 있었구나."

"어머니 오셨어요? 오늘 저만 빼놓고 점심 식사를 하셨다면서요? 서운했습니다."

황 여사는 미소 지으며 민준의 팔을 토닥였다.

"녀석, 여전하구나. 나중에 같이 저녁이라도 하자꾸나."

"하하, 약속하셨습니다."

"그래. 그런데 넌 아직 애인이 없는 거니?"

지혁은 황 여사의 말에 또다시 긴장했다.

"네, 아직."

민준이 머리를 긁적이며 말하자, 황 여사는 의미심장한 표정을 지었다.

"멀리서 찾을 거 뭐 있니? 가까운 데서 찾아보렴."

"네?"

젠장! 지혁은 인상을 쓰며 어리둥절한 얼굴로 서 있는 민준에게 불퉁거렸다.

"그냥 어머니가 하시는 말씀이야."

황 여사는 자신의 예상이 점점 맞아떨어지고 있다고 확신했다.

"그냥 하는 말이라니? 민준아……."

그때 지혁에게 정 실장이 다가왔다. 그는 이마에 주름을 잡으며 정 실장을 따라갔다. 하지만 그의 시선은 그들에게 맴돌고 있었다. 어머니가 뭐라고 하셨는지 세희의 얼굴엔 홍조가 피어올랐다. 지혁은 그들이 하는 모양을 보며 주먹을 쥐었다. 갑자기 세희 주변의 남자들이 모두 경계되기 시작했다. 연회 일정에 관한 정 실장의 보고도 귀에 들어오지 않았다. 그는 오늘 세희에게 무슨 말이라도 해야겠다는 생각을 했다.

정 실장의 보고가 끝나자마자, 손님들이 다가와 그에게 창립을 축하한다는 인사를 했다. 지혁은 인사를 받느라 더욱 민준과 세희에게서 멀어졌지만, 그의 머리엔 민준과 세희의 생각으로 꽉 차 있었다. 축하객들에게 둘러싸인 와중에서도 그의 눈은 계속해서 그들에게 고정되어 있었다. 간혹 가다가 그들 사이에서 웃음이라도 터져 나오면 지혁의 미간엔 주름이 새겨졌다. 그는 황 여사가 자신을 주시하는 것도 느끼지 못한 채 그렇게 표정을 드러내고 있었다.

마침내 그가 다시 그들에게 서둘러 돌아왔을 때, 그들은 어느새 주말 약속까지 잡고 있었다.

"세희 씨, 팝페라 좋아하세요?"

"네, 좋아해요."

"그럼 이번 주말에 시간이 되시면 '사라 브라이트만' 공연 보러 가실래요?"

"어머, 그 표는 구하기 힘드셨을 텐데 어떻게 구하셨어요? 저
도 구하려고 했는데 이미 매진되었더라구요."

"그럼 승낙하신 겁니다."

지혁은 눈까지 반짝이며 흔쾌히 응수하는 세희로 인해 가슴
에서 불길이 올라오는 것 같았다.

'제기랄! 나도 알았다면 구할 수 있었을 텐데.'

그리고 세희에게 자연스럽게 다가갈 수도 있었을 것이다.

"그래, 민준아, 맛있는 저녁도 사주고 그래야 한다."

어머니의 목소리가 그의 귓가에 파고들었다. 저녁까지 같이
먹을 거란 말인가.

"네, 어머니."

지혁은 그들 사이를 어떻게든 떼어놓아야겠다고 생각하며 한
발자국 앞으로 나아갔다. 하지만 그때 지수가 다가왔다.

"사장님, 연설 준비 다 됐습니다."

지혁은 얼굴을 구기며 지수의 뒤를 따랐다. 그는 연설하는 내
내 세희에게서 시선을 떼지 않았다. 그는 초조함에 입이 바싹
말랐다. 그가 연설하는 동안, 그를 약 올리려는 것인지 민준은
세희의 옆에서 떨어질 줄 몰랐다. 지혁은 십 분도 채 되지 않는
연설이 한 시간은 된 듯한 기분이 들었다.

연설을 마치고 내려서자 지혁은 하객들에게 둘러싸여졌다.
축하한다는 말에 일일이 대답을 하면서도 그의 눈은 세희를 찾
아 헤맸다. 하지만 그의 눈에 그녀는 포착되지 않았다. 하객들

을 내팽개치고 세희를 찾으러 다닐 수도 없기에 그의 마음은 조급해졌다.

어느 정도 한가해졌을 때, 그는 세희를 찾기 위해 양해를 구하고 빠져나왔다. 그러나 곧 또 다른 방해꾼을 만나게 되었다.

"지혁 씨, 축하해요."

검정 슬립형 드레스를 입은 혜미가 그의 곁으로 다가왔다.

"우리 얘기 좀 해요."

"그날 확실하게 얘기한 것 같은데?"

"정말 너무하네요. 옛 애인한테 십 분도 할애 못해줘요?"

혜미가 그의 팔을 살짝 잡으며 말하자 지혁은 그녀의 손을 떼어내며 차갑게 말했다.

"일행이 있는 거 같은데 그만 하지."

"어머, 질투하는 거예요? 저 사람은 그냥……."

"이봐, 나한테 설명할 필요 없어. 그럼 난 이만."

혜미의 뻔뻔한 말에 지혁은 기가 찼다. '프로방스'에서 본 사내가 조금 떨어진 곳에서 혜미를 쓸쓸하게 바라보고 있었다. 혜미가 저 남자에게 한 것처럼 그도 다른 여자들을 대했을 거라는 것을 깨닫게 되자 그는 씁쓸한 기분이 들었다.

지혁은 두리번거리다가 비상구로 나가는 세희를 발견했다. 지혁이 비상구 문을 열자 계단 위를 올라가는 세희가 보였다. 옥상으로 올라가는 모양이었다. 그는 그녀의 뒤를 재빠르게 따랐다. 옥상엔 직원들을 위한 작은 휴식 공간이 마련되어 있었다. 자잘한 화분들과 함께 이국적인 식물들로 이루어진 그곳에서 도시의 야경을 바라보는 세희의 뒷모습이 보였다.

"여기 있었군."

그의 갑작스러운 목소리에 세희는 놀라 뒤돌아섰다.

"저를 찾으셨나요?"

세희는 그와 단둘이 있는 이 공간이 불편했다. 그녀는 지혁을 피하고 싶었다. 그와의 입맞춤 후, 그와 단둘이 있는 상황이 신경 쓰였다. 지금처럼 아무도 없는 공간에서 그와 단둘이 있는 것은 더 더욱 피하고 싶었다.

"그냥. 나도 답답해서 나왔어."

그들의 머리 위로 은은한 달빛이 비추고 있었다. 세희는 샴페인을 마시며 옥상 난간에 기대는 그를 슬쩍 바라보았다. 달빛에 그의 그늘진 얼굴이 더욱 위험해 보였다.

"어머니와 많이 친해진 것 같더군."

세희는 황 여사를 생각하자 긴장된 마음이 많이 풀렸다.

"네, 정말 좋으신 분이세요."

그녀의 미소에 그도 편안한 마음으로 말없이 서 있었다. 살짝 불어오는 미풍에 그녀의 향기가 희미하게 전해져 왔다. 그는 그녀의 향기를 맡으며 조급했던 마음을 가라앉혔다. 스피커를 통해 잔잔히 흘러나오는 음악을 들으며 그들은 조용한 침묵을 즐겼다. 묘한 긴장감이 그들을 사로잡고 있긴 했지만, 이 조용한 여유도 그럭저럭 마음에 들었다. 둘만이 있는 이 공간이 그에게 특별하게 느껴졌다.

우르르 쾅.

하늘에서 천둥치는 것처럼 거대한 소리가 들려오더니 갑자기 하얀 불꽃이 솟아올랐다. 그것을 시작으로 갖가지 모양의 불꽃들이 하늘을 수놓고 있었다.

"불꽃 축제를 하나 봐요."

어린아이처럼 기뻐하며 세희가 하늘을 올려다보았다.

"그러게."

"생각보다 가까운가 봐요. 불꽃이 정말 크네요."

그녀는 황홀한 듯 계속해서 새로운 모양의 불꽃을 바라보고 있었다.

"너무 예쁘네요."

세희는 한참 동안 까만 하늘에 그려지는 그림들에 흠뻑 빠져 있었다. 펑펑 요란한 소리들이 들릴 때마다 꽃, 하트, 새 모양의 불꽃들이 하늘에 그려졌다. 하지만 화려하게 아름다움을 뽐내던 불꽃이 사라지고 나자, 도시는 언제 그랬냐는 듯 다시 조용해졌다.

"끝났나 보군."

"저렇게 한번 하늘에 오르고 나면 아무 흔적 없이 사라지니까 너무 허무하네요."

"불꽃이 계속 남아 있다면 그만큼 가치는 덜해지겠지. 잠깐의 즐거움이지만, 그래서 더욱 아름다운 게 아닐까?"

"그래도 아쉽네요."

그녀의 아쉬워하는 얼굴을 보며, 지혁은 세희에게 다가와 그녀의 손에 들린 샴페인 잔을 한쪽에 내려놓았다. 그는 세희의 의아해하는 눈을 바라보며 나직한 어조로 말했다.

"한 곡 추지."

지혁이 손을 내밀자 그녀는 긴장된 얼굴로 그의 손을 맞잡았다. 느린 음악에 맞춰 스텝을 밟으며 세희는 영국에서의 그 밤을 떠올렸다.

은은한 달빛 아래서의 로맨틱한 춤, 그리고 입맞춤…….

그녀는 고개를 젖히며 그를 바라보았다. 지혁의 뜨거운 눈이 그녀를 삼킬 듯이 내려다보고 있었다. 아마도 그녀와 같은 생각을 하고 있었던 듯 그의 시선은 그 어느 때보다 강렬했다. 한참을 마주 보고 있던 그의 얼굴이 점점 아래로 내려오고 있었다. 세희는 마법에 걸린 양 움직일 수 없었다. 그의 입술이 닿는 순간 스르르 눈이 감겼다. 단단할 것 같은 그의 입술은 예상외로 너무나 부드럽고 따뜻했다. 그의 혀가 그녀의 입술을 부드럽게 핥자 그녀의 입술이 벌어졌다. 그 틈으로 그가 파고들자 부드럽게 시작했던 입맞춤은 점점 자극적으로 변해갔다. 그와의 입맞춤은 너무나 달콤하고 강렬했다. 그녀는 그 강렬함에 더욱 빠져들어 갔다. 그녀의 반응에 그는 세희의 등을 쓸며 더욱 깊게 키스했다. 그와 서로의 입술을 탐하는 동안 그녀는 아찔한 느낌에 정신이 아득해져 갔다.

"으음……."

누구의 것인지도 모르는 신음 소리에 세희는 깜짝 놀라 정신을 차리고 그의 가슴을 밀어냈다. 그러자 불만에 찬 한숨을 쉬며 지혁이 물러섰다.

세희는 숨을 거칠게 몰아쉬며 호흡을 다졌다. 그와 키스한 자신을 믿을 수 없어 고개를 숙였다.

"나를 봐, 고개 숙이지 말고."

허스키한 그의 목소리가 들렸지만 세희는 고개를 들을 수가 없었다. 분명 거절할 수도 있었다. 하지만 그녀는 그러지 않았다. 오히려 그의 키스에 열렬히 응한 건 바로 그녀 자신이었다. 아니, 어쩌면 춤에 응했을 때부터 이렇게 되리라는 것을 예감했는지도 모른다. 그녀는 자신의 행동에 머리가 혼란스러웠다.

지혁이 고집스레 고개를 숙이고 있는 그녀의 턱을 들어 올렸다.

"실수였어요."

여전히 눈을 내리깔며 세희가 나직이 속삭였다.

"어쩌지, 난 실수가 아닌데?"

그의 조롱하는 듯한 말에 그녀는 고개를 저었다. 이런 일이 벌어져서는 안 되었다. 그는 분명 그녀의 상사였다. 그녀는 이런 식으로 그와의 관계가 틀어지길 원하지 않았다. 세희는 키스의 여파로 떨리는 가슴을 누르며 확고하게 말했다.

"다시는…… 이런 일이 없었으면 좋겠어요."

"후우, 내 말 잘 들어. 당신은 내 부하 직원이야. 물론 나도 그건 알고 있어. 하지만 언제부터인지 당신한테 끌리고 있었어. 이런 말을 하는 내가 우습겠지만……."

지혁이 말을 멈추고 그녀의 얼굴을 감쌌다.

"당신과 사귀고 싶어."

마침내 지혁이 속에 감추어두었던 말을 꺼냈다. 하지만 세희의 반응은 그가 원하던 것이 아니었다.

"죄송해요. 저는 그럴 수 없어요."

지혁은 단호한 얼굴로 그를 외면하는 세희를 보자 속이 쓰렸다.

"왜 안 되지?"

그의 따뜻한 손끝이 그녀의 얼굴을 쓰다듬자, 세희는 세차게 고개를 흔들었다.

"그러지 마세요. 우린 이러지 말았어야 했어요. 사장님과 저의 관계를 망칠 뿐이에요."

"지혁!"

"사장님!"

"지혁이라고! 당신과 일 얘기를 하고 있는 게 아니야! 그런 호칭 쓰지 마!"

그가 어깨를 잡으며 말하자 그녀는 한숨을 쉬었다. 하지만 곧 단호한 어조로 자신의 심경을 토로했다.

"휴우, 좋아요. 지혁 씨. 우린 공적으로 만났어요. 그리고 더 이상 사적인 만남을 갖고 싶진 않아요."

"당신은 우리가 끌리고 있지 않다는 거야? 만약 그렇다면 당신은 거짓말쟁이야!"

그의 추궁에 세희는 할 말을 잃었다.

"생각할 시간을 줄게. 섣부르게 결정짓지 마."

"그러고 싶지 않아요."

"부탁이야……."

세희는 그의 말에 놀라 눈을 동그랗게 떴다. 한 번도 그의 입에서 부탁이란 말을 들어본 적이 없었다. 진지한 그의 눈과 마주치자 세희는 마지못해 고개를 끄덕였다.

"생각해 볼게요. 하지만……."

그녀의 말을 가로채며 지혁이 진지하게 말했다.

"생각해 봐. 그리고 나중에 말해 줘."

"……그럴게요."

그녀의 말이 떨어지자 지혁은 세희를 한참 바라보다 문을 열고 사라졌다. 그녀는 지혁이 문을 나서자 긴장으로 후들거리는 몸을 난간에 기댔다. 세희는 떨리는 손으로 자신의 입술을 만졌다. 그와의 입맞춤은 무척이나 좋았다. 아니, 그저 좋다는 말로 표현할 수 없을 정도였다. 역시 바람둥이답게 그의 키스 실력은 정말 뛰어났다. 하지만 그게 문제였다. 그는 바람둥이였다. 그 것도 고단수 중에 고단수였다. 그런 그가 그녀에게 사귀자고 한다. 하지만 아무리 그가 매력적인 남자라고 해도 세희는 받아들일 수 없었다. 그에게 있어서 그녀는 스쳐 가는 여자밖에 되지 않을 것이기 때문이다. 게다가 그가 원하는 관계는 육체적인 것임에 틀림없었다. 자신은 특별하다고 생각할 정도로 스스로를 과대평가하는 그녀도 아니었다. 어쩌면 지혁은 그녀의 변화된 모습을 보고, 새로운 먹잇감으로 그녀를 점찍었을지도 모른다.

답은 이미 나와 있었다. 물론 지금 세희는 지혁에게 끌리고 있었다. 대부분의 여자들이 그에게 끌리고 있는데 그녀라고 다를 것은 없었다. 하지만 그게 전부일 것이다. 그동안 그의 여자들을 보며 비웃어왔는데 자신이 그 대상이 될 수는 없었다.

게다가 그와의 가벼운 만남으로 인해 그녀가 버려야 할 것은 너무나 상당했다. 한순간의 연애로 오 년간 일해왔던 직장을 버릴 수는 없었다. 그와의 관계는 그저 상사와 부하 직원으로 만족하는 것이 바람직했다. 세희는 마음을 다잡으며 스스로에게 최면을 걸었다.

지혁은 문을 닫으며 눈을 질끈 감았다. 세희의 거부는 어느 정도 예상했었지만 이렇게 확고할 줄은 몰랐다. 하지만 옥상 문을 여는 순간, 달빛에 감싸인 그녀의 모습에 매료되어 영국에서의 밤을 떠올렸고 그 밤에 못다 한 것을 오늘에서야 했다. 그녀와의 키스는 어느 누구와의 키스보다 감미로웠다. 그는 처음으로 키스만으로도 흥분할 수 있다는 것을 알게 되었다. 그의 성난 몸은 더한 것을 요구했지만 더 이상은 나아갈 수 없었다. 그녀는 다른 여자들과 달랐기에 신중해야만 했다.

어쩌면 오늘 세희에게 키스하지 말았어야 했는지도 모른다. 좀 더 차분하게 다가갔어야 했는지도 모른다. 하지만 스스로 자제하기에 세희는 너무나 아름다웠다.

아마 그녀는 모를 것이다. 오늘 그가 한 행동과 말 안에는 더 깊은 뜻이 있다는 것을, 이 말을 하기까지 많은 용기가 필요했다는 것을, 그녀는 모를 것이다. 비록 바람둥이로 불리는 그였지만 유능한 직원을 그저 단순히 육체적인 관계로 만날 생각은 하지 못한다는 것을, 오늘의 일로 그녀와 틀어질까 두렵다는 것을, 그녀는 모를 것이다.

지혁은 거칠게 머리를 쓸어 올렸다. 처음 그가 생각했던 것보다 그녀에 대한 갈망이 점점 깊어지고 있었다. 그녀를 갖고 싶다는 욕심이 그를 점점 나락에 빠뜨리고 있었다. 그는 벽에 기댔던 몸을 일으켰다. 분명 확답은 받지 못했지만, 그녀에게 생각할 시간은 받아놓았다. 그것으로 충분하지는 않지만, 그녀를 쉽게 얻을 수 있다고 생각하지 않았기에 만족해야 했다.

지혁은 그녀에 대한 관심이 생긴 후, 끊임없이 자신을 돌아보게 되었다. 그는 점점 자신감이 사라지고 있었다. 어느 누구에도 보이지 않았던 초조함과 소유욕을 느끼게 되었다. 한없이 되풀이되는 감정에 그는 어찌할 바를 몰랐다. 이것은 너무나 생소한 경험이었다. 지혁은 가슴 한켠에 밀려드는 의문을 안고 연회장으로 향했다. 그의 발걸음이 무거웠다.

세희는 마음을 정리하며 옥상 문으로 다가섰다. 하지만 그녀의 안정된 마음은 벌컥 문을 열고 들어서는 혜미로 인해 무너져 버렸다.

"당신이 그렇게 한다고 해서 달라질 게 있을 거 같아?"

들어오자마자 다짜고짜 소리를 지르는 혜미는 그녀가 알던 사람이 아니었다. 마치 성난 코뿔소처럼 씩씩대는 혜미를 보니 세희는 한숨이 절로 나왔다. 예전의 우아했던 모습은 사라지고, '프로방스'에서 보았던 것처럼 질투에 가득 찬 여자만 남았을 뿐이다.

"혜미 씨, 저한테 왜 이러시는지 모르겠어요."

"하! 왜 이러는지 몰라?"

혜미는 화가 났다. 처음 그와의 만남을 시작했을 때부터 그녀는 그와의 이별을 어느 정도 예상했었다. 가벼운 관계로 시작했지만, 혜미는 점점 그에게 빠져들고 있었다. 그의 갑작스러운 이별 통보를 받았을 때, 그녀의 마음은 갈기갈기 찢어졌다. 처음엔 붙잡고 애원도 했지만 그가 마음을 바꾸지 않을 거란 걸 깨닫고 물러섰다. 여자가 매달리는 것을 무척이나 싫어하는 그였다. 어차피 그와 헤어진다면 좋은 모습으로 헤어지고 싶어서였다.

하지만 '프로방스'에서 본 지혁의 세희에 대한 태도는 확연히 다른 것이었다. 그가 아무리 매너가 좋다고 하더라고 그것은 그의 진심에서 우러난 것이 아니었다. 그러나 세희에게 옷을 덮어주고 세심히 걱정하는 표정은 그가 저 여자에게 얼마나 빠져 있는지를 보여주는 것이었다. 그 눈빛을 보는 순간, 혜미는 충격을 받았다. 그리고 화가 나서 참을 수가 없었다. 그녀가 그렇게 원하던 눈빛을 자신이 아닌 다른 여자에게 보내고 있다는 것을 믿을 수 없었다. 그리고 오늘 옥상 문을 여는 순간 보게 된 장면은 혜미의 분노를 자아내게 만들었다. 키스라니! 그것도 저 하찮은 여자와 하는 키스라니!

"모르겠어요. 그리고 예의를 갖추고 말씀하시죠."

세희의 조용한 말속에 들어 있는 경고에 혜미는 가늘게 몸을 떨었다. 하지만 그녀는 고집스럽게 고개를 빳빳이 들고 소리쳤다.

"흥! 당신이 뭔데?"

"다시 한 번 말씀드리지만 예의를 갖추고 말씀하시죠."

이성을 잃지 않고 계속해서 평이한 어조로 말하는 세희의 모습에 혜미는 화가 나면서도 조금은 오싹했다. 그녀는 지금 이 순간에도 침착하게 말하는 세희에게서 지혁의 모습을 발견했다. 무서운 인간들! 혜미는 처음의 기세가 한풀 꺾이는 것을 느끼며 달싹거리는 입술을 움직였다.

"내가 왜? 당신 따위한테 왜 그래야 되지?"

"이런 식이라면 더 이상의 대화는 불필요할 것 같군요."

그녀가 몸을 돌리자, 혜미는 다급하게 그녀의 팔을 잡았다.

"흥, 좋아요. 난 당신 같은 여자가 지혁 씨 곁에 있는 꼴은 못

보겠어요."

"나 따위라니요. 그게 무슨 뜻이지요? 그리고 당신은 최지혁 씨와는 몇 달 전에 이미 헤어졌으니 상관없는 일일 텐데요?"

"말 그대로예요. 나보다 잘난 여자에게 뺏겼다면 인정해요. 하지만 당신이 나보다 잘난 여자가 아니라는 것은 스스로가 잘 알 거 아니에요?"

비웃듯이 물어보는 혜미를 보자 세희는 가슴속에서 스멀스멀 오기가 치솟았다.

"그러니까 당신 말은 내가 최지혁 씨에게 어울리지 않단 말이군요. 당신에 비해 떨어지는 외모와 집안 때문에."

"맞아요. 그러니까 이쯤에서 물러나요."

세희는 인신공격을 서슴치 않는 혜미 때문에 화가 나 비아냥거렸다.

"그런데 어쩌죠? 우린 이미 진지하게 사귀기로 했는데? 그것도 최지혁 씨가 제안한 거구요."

세희의 말에 혜미는 다시 이성을 잃고 소리쳤다.

"흥! 어차피 그 남자한테 당신은 장난감에 불과할걸? 다른 여자들처럼 당신도 버려지고 말 거야! 설마 당신은 다르다고 생각하지 않겠지? 그건 나도 알고, 당신도 아는 일일 테니까."

조롱기 어린 말만을 남겨둔 채 혜미는 문을 닫고 나갔다. 혜미의 마지막 말이 세희의 가슴에 비수처럼 박혔다. 혜미의 말이 모두 맞다는 것은 알고 있었다. 하지만 혜미의 말이 사실이어도 그녀가 자신을 이렇게 공격할 권리는 없었다. 그리고 마찬가지로 아무리 혜미가 공격한다고 해도 자신이 거짓말을 할 이유가 없었다. 세희는 오기로 거짓말을 한 자신이 혐오스러웠다. 만약 이 사실이 알려진다면 얼굴을 들고 다니지도 못할 것이다. 그녀는 자존심 강한 혜미라면 그녀의 거짓말을 인정하지 않을 것이라고 생각했다. 그렇다면 다른 누군가에게 발설할 일도 없을 것이다. 이런 예측에 안도감이 드는 한편, 그녀의 마음 한구석이 불편해졌다. 자신이 받은 모욕 때문에 본의 아니게 혜미에게 상처를 줬다는 사실이 그녀를 죄책감에 빠뜨렸다. 그녀는 자신의 행동이 한심스러웠다.

세희가 연회장으로 내려오자 제일 먼저 눈에 보인 것은 여자들에게 둘러싸여 있는 지혁의 모습이었다. 역시 제 버릇 남 못 준다고, 의도했든 의도하지 않았든 간에 그는 세희가 기억하는 한 늘 저런 모습이었다. 그리고 항상 여자들은 지혁의 관심을 끌고 싶어했다.

세희는 쓴 웃음을 삼키며 시선을 돌렸다. 멀리서 그런 그녀를 바라보고 있는 혜미의 시선이 느껴졌다. 그녀는 그 시선이 자신을 비웃는 것 같아 속이 상했다.

'알아, 안다고! 제발 그렇게 좀 보지 마!'

세희는 혜미의 시선을 등 뒤로 느끼며 연회장의 중심지로 걸어갔다.

"젠장!"

지혁은 기획3팀장이 나가자마자 보고서를 책상 위에 내팽개쳤다. 3팀장이 참담한 얼굴로 보고한 상황은 그에게 불리한 일이었다. 그가 여태까지 미강 쪽으로만 신경을 집중해 있는 동안, 기획3팀이 이끌어가던 작은 규모의 프로젝트를 지난번과 똑같은 수법으로 라이벌 회사인 대정에게 빼앗겼다.

"빌어먹을!"

그는 화를 가라앉히며 눈을 감고 생각에 잠겼다. 그동안 미강 건을 다루면서 수많은 미끼를 던져 왔지만 적은 교묘하게 그것들을 피해 갔다. 그들이 영국으로 출장 가 있는 동안, 그의 컴퓨터에 진입하려던 것도 이상하리만치 쉽게 물러섰었다. 지금 생각해 보면 이상한 일이었다. 지혁은 눈을 번쩍 떴다. 적은 이미 알고 있었던 것이다. 그리고 오히려 그들이 던진 미끼를 역이용해서 상대적으로 보완이 소홀했던 작은 규모의 일에 손을 댄 것이다.

"제기랄! 이제야 깨닫다니!"

어쩐지 이상하다고 생각했었다. 자신들이 세운 방어벽은 초짜 해커라도 뚫을 수 있을 정도로 약했다. 그렇기 때문에 쉽게 간파당한 것이었으리라.

똑똑.

"들어와요."

정 실장이 굳은 얼굴을 하고 들어왔다.

"무슨 일이지?"

"대일에서 계약을 파기하고 싶다는 의사를 표시했습니다."

"이번 일 때문인가?"

"네."

젠장! 이번 프로젝트는 작은 규모였지만, 회사의 약점을 고스란히 외부에 드러내 보이는 결과를 가져왔다. 그는 이마를 구겼다.

"처리해 줘."

"그리고……."

"그리고? 또 무슨 일이 있는 건가?"

"명성에서 의뢰했던 일을 철회하겠다고 연락이 왔습니다."

이번 일로 회사의 신뢰도가 점점 떨어지고 있었다. 지혁은 싸늘한 얼굴로 고개를 끄덕였다.

"또 다른 일은?"

"없습니다."

"나가봐요."

정실장이 문을 닫고 나서자, 지혁은 책상을 주먹으로 내려쳤다. 주먹에 와 닿는 통증도 그의 마음을 헤집고 있는 일들로 인해 금세 사라졌다.

지혁은 점점 초조해지기 시작했다. 적은 점점 대담해지고 있었고, 그들은 아직 작은 단서도 발견하지 못하고 있었다. 그는 피로에 지친 몸을 의자에 기댔다.

창립일이 며칠 지나지도 않은 지금, 어떤 것도 제대로 되는 것이 없었다. 회사는 기밀이 새어나가 손실이 생겼고, 세희는 그를 피하고 있었다.

"정말 되는 일이 없군."

그가 중얼거리고 있을 때, 노크 소리가 들려왔다.

똑똑.

세희는 사장실 문 앞에 섰다. 창립 기념일 이후, 지혁의 집요한 시선이 그녀를 따라다니고 있었다. 그는 애써 내색하지 않으려 했지만, 지난 오 년 동안 그의 아래에서 일했던 세희는 그의 초조함을 여실히 느끼고 있었다.

세희는 지난 며칠 동안 많은 생각을 해보았다. 그녀는 지혁처럼 가벼운 관계는 생각할 수 없는 사람이었다. 여태까지도 그래 왔고, 이후에도 마찬가지일 것이다. 그것이 그녀의 가치관이었다. 지금 끌리고 있는 감정은 정말 찰나에 불과할 것이다. 금세 사그라지는 불꽃이라 그래서 더욱 강렬했을지도 모른다. 그런 가벼운 감정 때문에 지금의 관계를 깨뜨릴 수는 없었다. 그러기에 그녀는 지금의 생활에 만족하고 있었다.

그녀는 거절하기로 마음을 먹었다. 그리고 거절하기로 한 이상 지체할 수도 없었다. 그건 상대방에 대한 예의가 아니기 때문이었다.

"들어와요."

세희가 문을 열고 들어서자 지혁이 서류에서 고개를 들었다.

"말씀드릴 일이 있어요."

지혁은 그녀의 긴장한 얼굴을 보며 어떤 말이 나올지 짐작했다.

"말해 봐."

"저번에 제의하신 것 때문이에요."

그제야 그는 펜을 내려놓고 일어섰다.

"아무래도 안 될 것 같아요."

그는 세희에게 다가갔다. 그녀의 거절을 예상했지만 한 번도 여자에게 거절당해 본 적이 없는 그에게 이 사실은 충격으로 다가왔다.

"왜지?"

"전 이대로가 좋아요."

지혁은 그녀가 무슨 말을 하는지를 알았지만 수긍할 수 없었다. 아니, 수긍하고 싶지 않았다.

"나만 느꼈던 건가? 분명히 당신도 끌리고 있다고 생각했는데?"

"지금의 관계를 깨뜨리고 싶을 정도는 아니에요."

그가 다가오자 세희가 한 발자국 물러섰다. 그녀의 단호한 말과 거부의 몸짓에 지혁은 전기에 감전된 듯 움직일 수 없었다. 그는 한참 동안 세희의 눈을 바라보았다. 그의 눈길을 피하지 않고 당당하게 바라보는 세희에게 그는 마침내 고개를 끄덕이고 떨어지지 않는 입을 열었다.

"좋아, 당신 말대로 하지. 당신이 원한다면 그저 사장과 부하 직원으로만 지내는 걸로 하지."

　지혁은 단호하게 등을 돌렸다. 더 이상 세희를 보는 것이 힘들었다. 그녀를 보고 있으면 또다시 다가설 것만 같았다. 잠시 후, 그의 등 뒤로 조용히 문이 닫혔다. 그제야 지혁은 목을 조이던 넥타이를 잡아당기며 소파에 주저앉았다. 그는 그녀도 조금은 끌리고 있다고 생각했었다. 하지만 이젠 모든 게 끝나 버리고 말았다. 그녀는 그의 부하 직원으로 남고 싶다고 했다. 지혁은 그녀의 결정을 뒤늦게나마 공감했다. 누구보다 그의 행실을 잘 아는 세희가 자신을 받아들일 리가 없었다. 지혁은 미약하게나마 기대했던 자신에게 실소를 금치 못했다.

　지금 그는 해야 할 일이 있었다. 사사로운 감정을 앞세울 시간이 없었다. 이번 미강 건마저 대정에 빼앗긴다면, 회사는 정말 걷잡을 수 없을 정도로 악화될 것이다. 그렇기에 세희의 말처럼 공적인 관계로 지내는 것이 옳았다. 만약 미강 프로젝트에서 세희가 빠진다면 커다란 균열이 생길 것이라는 것은 불을 보듯이 빤한 일이었다. 그는 자신에게 되새겼다. 지난 오 년 동안 해왔던 대로 지내면 될 것이다. 원래 있던 자리로 돌아가는 것뿐이라 생각하면 된다. 그러면 된다. 하지만 그가 마음속에 되새길수록 가슴속 한구석이 이상하게 조여왔다.

　지혁은 소파 등받이에 기대어 눈을 감았다. 피로했다. 여태까지의 긴장감이 눈 녹듯이 녹아 흘러 그의 가슴을 적셨다.

지혁과 진행 중인 미강 프로젝트로 인해 하루하루가 숨막히게 흘렀다. 세희는 지혁과의 회의를 끝내고, 사무실로 돌아와 의자에 기대어 앉았다. 회사의 사활이 걸린 문제라 어느 때보다 긴장이 되어선지 어깨가 딱딱하게 굳었다. 역시 사장은 타고난 일꾼이었다. 그녀도 일에 대해서는 누구 못지않았지만, 지혁은 그녀가 상대하기엔 벅찼다.

그의 제의를 거절한 지 한 달이 지난 지금, 지혁은 그녀의 거절을 자연스럽게 받아들이는 듯했다. 하지만 오히려 세희는 그런 그에게 신경이 쓰였다. 여러 가지 상황이 그녀를 힘들게 하고 있었다.

피로감이 몰려오자 그녀는 안경을 벗고, 관자놀이를 문질렀다. 그때 책상 위에 놓인 핸드폰 벨이 울렸다.

"C&H의 이세희입니다."

—하이, 토리.

그녀를 '토리'라고 부르는 사람은 유진과 연수뿐이었다.

"연수니?"

—응, 토리.

"잘 지냈어? 파리는 지금 몇 시지?"

—토리, 나 여기 인천공항이야.

"뭐어?"

'아니, 애들이 하나같이 깜짝 놀라게 하려고 하나?'

그녀는 몇 개월 전에 아무런 언질도 없이 찾아온 유진을 떠올렸다.

"너 지금 근무 중 아니야?"

연수는 패션 디자이너의 꿈을 꾸며 파리에서 경력을 쌓고 있었다. 그리고 그 꿈에 차근차근 가까워져 가고 있었다. 그런데 이 한여름에 휴가라니! 연수는 크리스마스가 아니면, 휴가를 쓰지 않았다. 무슨 일이 있는 게 아닌지 세희의 얼굴은 걱정으로 굳어졌다.

—토리, 그건 이따가 만나서 얘기하자. 네가 다니는 회사 앞으로 갈게. 어떻게 가야 하는지 좀 알려줘.

"알았어. 우선 강남으로 오는 공항버스를 타고, 삼성역에 내려서 나한테 전화해."

—오케이. 이따 봐.

세희는 친구의 갑작스런 방문에 반가움보단 걱정이 앞서 평소보다 일하는 데 소요되는 시간이 배가되었다. 연수는 길을 잘 헤매는 편이었다. 그녀를 만나기 위해 여러 번 한국에 왔었지만, 프랑스에서 오랜 생활을 한 연수에겐 한국의 길은 복잡해서 어려운 듯했다. 그렇게 헤매면서도 연수는 꼭 혼자서 찾아오려고 했다. 때문에 기다리는 세희의 속은 항상 까맣게 타버리기 일쑤였다.

십 분에 한 번 꼴로 핸드폰을 바라보았지만, 퇴근 시간이 지나도 연수에게선 전화가 오질 않았다. 그녀는 걱정이 되어 안절부절못하며 기다렸다.

똑똑.

"들어오세요."

사무실 문이 열리며 지혁이 들어섰다.

"이 실장, 가지."

"아!"

그제야 낮에 지혁이 저녁 식사를 제의했던 것이 생각났다. '미강' 건에 대한 얘기를 나누자고는 했지만, 그 초대가 그녀의 수고를 치하하는 의미라는 걸 알고 있었다. 하지만 연수와의 전화로 까맣게 잊어버리고 말았다. 좀처럼 실수를 하지 않던 그녀이기에 세희 자신도 놀라서 한동안 아무 말도 하지 못하고 있었다.

“잊어버렸나?”

“아, 죄송합니다.”

“가지.”

“잠깐, 먼저 내려가시겠어요? 곧 따라 내려가겠습니다.”

“그럼 내려와요. 차 대기시킬 테니까.”

“네, 사장님.”

그녀는 유진에게 전화를 걸었다.

—하이, 토리.

“하이, 유진. 저기 유진, 내가 아까 전화한다고 하고 까맣게 잊었는데 아까 연수한테 전화 왔었거든?”

—연수? 연수가 왜?

유진의 목소리가 다급해졌다.

“한국에 왔대. 삼성역에 내려서 전화하라고 했는데 아직 전화가 없거든? 지금 난 사장님하고 일이 남아 있어서 나가봐야 해. 그래서 그런데, 혹시 전화 오면 내가 너한테 전화할 테니까 우리 집으로 연수 좀 데려다 줄래? 미안해.”

—알았어. 그런데 전화 온 지 얼마나 된 거야?

“한…… 두 시간?”

그녀의 말에 유진의 한숨 소리가 들렸다.

—알았다. 차가 막히나 보지. 인천에서 여기까지 제법 시간이 걸릴 테니까.

“그러게, 그랬으면 좋겠네. 작년에 한국에 와서도 길을 헤매고 다녔거든. 회사까지 혼자 찾아온다고 하지나 않았으면 좋겠다."

—알았어. 내가 기다릴 테니까 넌 걱정 말고 가봐.

"고마워."

그제야 세희는 마음 놓고 일어섰다. 회사 안은 사람들이 거의 퇴근을 했는지 조용했다. 엘리베이터를 타고 내려가니 로비에 지혁이 자그마한 여자와 함께 서 있는 것이 보였다. 지혁이 무슨 얘기를 했는지 여자의 웃음소리가 로비 안에 맑게 울려 퍼졌다.

'또 한 건 했나? 하긴 요즘 만나는 여자가 없긴 했지. 그래도 너무 빠른 거 아니야? 나한테 사귀자고 한 지 얼마나 됐다고.'

세희는 구시렁거리며 지혁의 새 여자 친구를 힐끔 쳐다보았다. 여자의 체형은 지혁이 데이트를 하는 보통 여자들과 비슷해 보였다. 어쩌면 저 여자 덕분에 오늘 지혁과의 저녁 식사가 취소될지도 몰랐다. 그렇게 되면 연수를 기다리지 않게 해도 된다는 생각에 그녀는 빠르게 걸었다. 하지만 세희는 곧 멈춰 설 수밖에 없었다. 여자는 그녀가 애타게 기다리던 연수였기 때문이다.

"연수야!"

"하이, 토리!"

반갑게 포옹하는 동안 지혁이 한쪽에 서서 그 모습을 지켜보고 있었다. 세희는 포옹을 풀고, 연수에게 물었다.

"어떻게 된 거야? 얼마나 걱정했는 줄 알아? 왜 전화를 안 했어? 어떻게 찾아온 거야? 택시 탔어?"

“아직도 그 버릇 못 고쳤어?”

연수가 고개를 흔들며 묻자, 세희는 그제야 자신이 한꺼번에 여러 개의 질문을 퍼부었다는 것을 깨달았다. 그녀가 얼굴을 붉히며 고개를 돌리자, 지혁의 재밌어하는 얼굴이 눈에 들어왔다. 세희는 다시 몸을 곧추세우며 나직이 물었다.

“어떻게 된 거야?”

“아, 배고프다. 일단 밥부터 먹자. 참, 이분이 네가 곧 나올 거라고 말씀해 주셨어.”

“아, 사장님, 소개시켜 드릴게…….”

그녀의 소개가 채 끝나기도 전에 연수가 지혁에게 윙크하며 손을 내밀었다.

“사장님이셨어요? 그렇구나. 아시다시피 전 세희의 친구 민연수라고 해요. 아까는 고마웠어요. 사장님 아니셨으면 큰일날 뻔했다니까요? 정말 급했거든요.”

그녀가 연수 때문에 어쩔 줄 몰라 할 때, 지혁의 호탕한 웃음소리가 들려왔다. 그는 곧 정중하게 손을 맞잡으며 명함을 건넸다.

“하하. 전 최지혁입니다. 이 실장, 오늘 저녁은 연수 씨도 함께하는 게 어때?”

환하게 웃으며 제안하는 사장의 얼굴에 볼우물이 패였다.

‘불안해. 정말 왠지 모르게 불안한데?’

세희는 사장의 깊게 패인 볼우물에서 시선을 떼며 미적미적 말했다.

"네? 하지만…… 저기 연수야, 네가 온다고 해서 유진한테 전화했는데. 유진이 지금 기다리고 있을 거야."

"그럼 그 친구도 오라고 하지. 저번에 본 남자 친구 말하는 거지?"

"네? 네. 하지만……."

연수의 얼굴이 미약하게 굳어졌지만, 세희가 의아한 눈을 하자 곧 밝은 표정을 지었다.

"난 괜찮은데. 혹시 불편하면 나와는 나중에 식사하지."

"그럼……."

세희가 긍정의 답을 하려고 할 때, 연수가 눈치없이 끼어들었다.

"어머, 무슨 말씀을요. 전 괜찮은데. 세희야, 괜찮지?"

"어? 어."

그녀는 살짝 얼굴을 붉히며 말하는 연수에게 저도 모르게 대답을 하곤 이마를 구겼다.

'얼굴을 붉혀?'

그제야 세희는 불안의 원인이 무엇인지를 깨달았다. 그것은 두 사람의 표정 때문이었다. 저 남자의 볼우물은 진짜로 기쁠 때나 마음에 드는 여자를 만났을 때만 생겼다. 그렇다면 지금도 둘 중에 하나일 것이다. 그런데 저 남자에게 기쁜 일이 있었던가? 아니면……. 그녀는 상상도 하고 싶지 않았다. 그리고 민연수가 얼마나 뻔뻔한 인간인가. 그런 친구가 얼굴을 붉혔다면 그건 사소한 일이 아니었다.

'이런, 젠장!'

"프로방스로 가지."

삐뽀삐뽀. '프로방스'라니! 그녀의 머리에 비상벨이 울렸다.

"친구한테 전화해 볼게요. 먼저 나가 계세요."

"그러지."

그녀는 얼굴을 찌푸리며 유진에게 전화를 걸었다. 유진은 지금 목이 빠지게 그녀의 전화를 기다리고 있을 터이니. 아니나 다를까, 신호음이 한 번 울리자마자 유진의 다급한 목소리가 들렸다.

—연수는?

"지금 나랑 같이 있어. 같이 식사하러 갈 건데 올래? 사장님도 같이 계셔."

—사장님?

유진의 목소리가 날카롭게 변했다.

"그래. 너도 '프로방스'로 올래? 어딘지 알지?"

—알아. 그런데 내가 가도 돼?

"응, 사장님이 같이 저녁 먹자고 제안하셨어."

—알았어. 그럼 그쪽으로 갈게.

유진과의 통화를 끝내고 앞을 보자, 지혁의 친절한 에스코트를 받으며 차에 오르고 있는 연수가 보였다. 그녀는 고개를 흔들며 그들에게 다가갔다.

"연수야, 내 차 타고 가야지."

곁눈질을 하며 세희가 말했다. 하지만 눈치가 없는 건지 없는 척을 하는 건지, 연수가 동그란 눈을 그녀에게 돌리며 순진한 어조로 말했다.

"응? 벌써 탔는데?"

"그러니까 물어보고 탈 것이지."

그녀가 이를 갈듯이 나직이 질책하자 깜짝 놀랐다는 듯이 연수가 지혁을 올려다보았다.

"어머, 내려야 되나?"

"같이 가지? 이 실장 차는 김 기사한테 부탁하고."

세희는 친구를 노려보다 하는 수 없이 지혁을 바라보았다.

"아닙니다. 뒤따라가겠습니다."

지혁에게 목례한 후, 그녀는 연수에게 경고의 눈빛을 보내는 것을 잊지 않았다. 하지만 그녀의 친구는 모르는 척 고개를 돌려 버렸다. 그녀는 떠나가는 차를 바라보며 얼굴을 일그러뜨렸다.

지혁의 뒤를 쫓아가는 세희의 손아귀에선 땀이 새어나왔다. 그녀의 머리 속엔 경고음이 점점 크게 울리고 있었다. 그녀는 조급한 마음에 평소보다 거칠게 운전했다. 하지만 강남의 퇴근 길은 정체가 심했다. 평소라면 이십 분이면 가는 곳이 지금은 두 배나 걸렸다.

마침내 '프로방스'에 도착해 주차를 하고 안으로 들어섰다. 고풍스러운 소품들로 채워진 그곳엔 은은한 조명과 함께 잔잔한 음악이 흘러나오고 있었다. '최지혁'이란 이름을 대니 곧 그들이 앉아 있는 자리로 안내되었다. 예약하지 않았음에도 불구하고 이 레스토랑의 VIP 고객답게 그들은 가장 좋은 창가 좌석에 앉아 있었다. 그들은 무슨 이야기를 하고 있었는지 그녀가 가까이 갈 때까지도 그녀의 존재를 눈치채지 못하고 있었다.

"일찍 오셨네요."

"이제 오는군."

"토리, 왔어?"

연수의 옆에 앉으며 세희가 말했다.

"응, 유진도 곧 올 거야."

그녀의 말에 연수가 눈을 반짝였다.

"그래?"

"그분하곤 오랜 친군가 보지?"

"네, 오랜 친구지요. 소꿉친구예요. 어렸을 때, 아버지께서 영국으로 발령이 나셨는데 유진의 아버지도 그곳에 계셨었거든요."

"아, 이 실장 아버님이 외교관이라고 하셨지? 그럼 많이 옮겨 다녔어야 했을 텐데, 친분이 오랫동안 유지됐나 보군."

"네, 워낙 절친한 친구 사이셔서 일 년에 한두 차례는 가족 모임을 가졌죠. 또 유진과는 대학 동창이기도 했고요. 영국에서

학교 다닐 때는 유진네 집에서 다녔어요.”

그녀의 말에 지혁이 고개를 끄덕였다.

“정말 오랜 친구군.”

“네. 아, 저기 오는군요.”

유진이 그들이 있는 쪽으로 성큼 걸어왔다. 오랜만에 만날 친구에 대한 설렘 때문인지 유진의 얼굴은 약간 상기되어 있었다.

“저까지 초대해 주셔서 감사합니다.”

유진이 정중하게 인사했다.

“아닙니다. 이 실장과 어차피 저녁을 먹으려고 하던 참이었습니다.”

지혁도 예의 바르게 말하고 앉았다.

“오랜만이구나.”

“그러게.”

왠지 모르게 두 사람 사이엔 서먹함이 흘렀다. 세희는 그들이 파리에 있었을 때 다툼이 있었나 하는 생각이 들었지만, 이내 생각을 떨쳐 버렸다.

테이블 위엔 지혁과 연수의 웃음으로 채워졌다. 무엇이 그렇게 재미있는지, 하루 종일 비행기를 타느라 힘들었을 텐데도 연수는 끊임없이 수다를 떨고 있었다. 그리고 그런 연수의 말에 지혁은 매력적인 웃음을 흘렸다. 상대적으로 세희와 유진은 그들의 그런 모습만 응시한 채 조용히 앉아 있었다.

주문한 식사가 나오고 이젠 조용히 식사만 할 수 있겠다고 생각했을 때, 연수가 입을 열었다.

"참, 지혁 씨. 아, 지혁 씨라고 해도 되죠?"

"쿡, 그럼요. 아까부터 저도 그렇게 말씀드리고 싶었습니다."

그들의 행태를 보던 세희는 얼굴을 굳히며 말했다.

"연수야, 사장님께 무례하게 뭐 하는 거야."

이를 악물고 연수를 나무랐지만, 지혁의 반응은 그녀의 뒤통수를 강타하고도 남았다.

"공적으로 만나는 자리도 아니고, 사적으로 만나는 건데 사장님이라고 하는 건 좀 그렇잖아. 나이 들어 보이고."

'윽, 그럼 자기가 우리보다 많지, 안 많은가? 그리고 사적인 자리? 나쁜 놈!'

"헤헤, 하긴 제 사장님도 아닌데 사장님이라고 하려니 좀 그랬었거든요."

'둘이서 아주 주거니 받거니 잘하는군. 정말 저 인간들이 왜 그러는 거지? 그리고 왜 내가 불안한 거지?'

세희는 불안감에 식사도 제대로 하지 못했다. 옆을 보니 유진도 굳은 얼굴로 식사하고 있었다. 아무래도 그녀가 말한 사장의 여성 편력이 떠올랐나 보다.

지혁의 예절 바른 행동은 여자를 사로잡기에 아주 제격이었다. 왜 바람둥이란 칭호를 받는지 그녀는 오늘에서야 알 수 있었다. 몸에 베인 자연스런 매너가 여자들을 편안하게 기대게 만들고 있었고, 뛰어난 화술로 상대를 사로잡고 있었다. 그녀는

지혁을 경계하면서도 저도 모르게 웃고 있는 자신을 발견하곤
했다. 지난 오 년간, 그의 어떤 점이 여자들을 사로잡는지 궁금
했었는데 실제로 그가 어떻게 여자를 유혹하는지를 보니 이해
가 됐다. 물론 영국에서의 그 밤도 로맨틱했지만 지혁은 연수에
게처럼 그녀를 대하지는 않았었다. 알 수 없는 감각이 그녀의
심장을 관통했다.

'바람둥이!'

식사가 끝나자 연수가 피곤하다는 한마디에 바로 일어서는
지혁의 모습을 보고 그녀는 속으로 이죽거렸다.

'저러니 여자들이 맥을 못 추는구만.'

유진과 함께 그들의 뒤를 따라가면서 세희는 시선을 뗄 수가
없었다. 피곤했던 하루의 끝에 더한 피로가 몰려왔다. 그리고
그 원흉은 바로 민연수와 최지혁이었다.

세희는 와인을 따라 거실로 나갔다. 피로를 푸는 데는 와인이
적격일 것이다. 거실로 들어가니 연수가 목욕 가운을 입고 앉아
있었다.

"역시 샤워하니까 상쾌하다."

"이거 한 잔 마시고 자. 피곤하지?"

"응. 고마워."

연수는 그녀가 건넨 와인을 한 모금 마시며 노곤한 다리를
쭉 펴고 있었다. 세희는 아까 다하지 못한 대화를 하기 위해 물

었다.

"어떻게 된 거야? 휴가 내고 온 거야?"

"응, 갑자기 네가 막 보고 싶어지잖아. 그래서 휴가 내고 왔어. 근데 넌 반갑지 않은가 보네?"

뾰로통한 얼굴로 연수가 말하자 세희는 깜짝 놀라 손사래를 쳤다.

"어머, 아니야. 난 무슨 일이 있나 싶어서 그랬지. 나도 얼마나 보고 싶었는데."

"정말? 참, 지혁 씨 정말 멋있더라."

"사장님?"

세희의 목소리가 날카로워졌다.

"응, 솔직히 멋있지 않니?"

"저기, 연수야. 우리 사장님하고는 가까워지지 않는 게 좋을 거야. 왜냐하면……."

그녀의 말이 다 끝나기도 전에 연수가 이해할 수 없다는 얼굴로 반박했다.

"왜? 세련되고 매너있고 경제력있고, 그 정도면 최고의 애인감 아냐?"

사실 애인감으로만 따진다면 지혁만큼 적당한 사람도 없을 것이다. 하지만 그 이면에 있는 그의 모습은 연수가 감당하기엔 벅찼다. 여자와 헤어질 땐 얼마나 냉정하던가. 게다가 그녀가 거절한 지 얼마나 됐다고 그녀의 눈앞에서 연수에게 그러는 건지. 그녀는 지혁이 그런 남자라는 것을 알았기에 거부했지만, 아무것도 모르는 연수는 달랐다. 연수가 상처받을 것을 상상하곤 그녀는 진저리를 쳤다.

"연수야, 그 사람 별명이 뭔 줄 아니? 바람둥이, 카사노바, 돈 주앙이야. 그것 말고도 별명은 셀 수도 없어. 여자를 장신구쯤으로 생각하는 사람이라고. 난 그런 사람이랑 네가 만난다는 건 반대야. 그럴 거면 짐 싸서 가."

세희는 단호한 어조로 말했다.

"토리, 너무하는 거 아냐? 난 그저 매력적인 애인감이라고 했지, 내가 언제 그 사람이랑 사귄다고 했어? 만약 내가 사귄다고 해도 이건 분명히 사생활 침해야. 혹시 나를 경쟁 상대로 생각하는 거야?"

연수가 의심스런 눈으로 바라보자 그녀는 뜨끔해 소리쳤다.

"뭐…… 뭐어? 너 내가 미쳤다고 생각해? 난 그런 사람 트럭 가득 줘도 싫은 사람이야. 내가 말했듯이 그 사람은 여자를 장난감으로밖에 생각 안 하는 사람이야. 그리고 나는 그걸 지난 오 년간 지켜봤고. 휴우, 넌 정말 내 소중한 친구니까 이렇게 미리 경고해 주는 거야. 하지만 네 기분을 상하게 했다면 미안해."

"알았어, 나도 미안해. 그런데 너무 정색하니까 그렇다. 그 사람이 나한테 관심이 있는지 없는지도 모르는데."

'오, 마이 갓!'

세희는 지금의 상황에 머리가 아팠다.

"연수야, 그 사람은 오늘 널 처음 봤어. 그리고 프로방스로 가자고 했지. 그 사람은 아무에게나 저녁을 대접하는 사람이 아니야. 프로방스는 그가 사냥감에게 처음 식사를 대접하는 곳이지. 알겠니?"

차근차근 설득하듯이 그녀가 연수의 어깨를 토닥거리면서 말했다. 사실 프로방스에 데리고 갔다는 이유 하나만으로 그가 연수를 유혹하고 있는 거라고 말하긴 힘들었지만, 미연에 방지하기 위해선 어쩔 수 없었다. 그녀의 예리한 직감이 적색 신호를 보내고 있었기에.

"정말? 그 사람은 최고만 상대할 거 같은데, 내가 그렇게 매력이 있나?"

연수가 장난기 어린 눈으로 말하자, 세희의 모양 좋은 눈썹이 일그러졌다.

"너 여태까지 뭐 들었어. 내가 말했지? 그 사람은 바람둥이라고! 절대 안 돼! 절대!"

"푸하하하. 토리, 흥분하지 마. 농담이야. 킥킥. 거울 봐봐. 네 얼굴 진짜 가관도 아니야."

붉으락푸르락 일그러진 그녀의 얼굴을 보고 연수가 놀리자 세희는 그제야 흥분을 가라앉혔다. 연수도 웃음을 가라앉히고 던지듯 물었다.

"알았어. 안 만나. 어차피 만날 일도 없잖아? 그건 그렇고, 유진과는 어떻게 되어가는 거야?"

연수의 예리한 눈이 그녀를 파고들자 소름이 오소소 돋아났다.

"어떻게 되다니? 유진하고는 친구인 거 너도 알잖아?"

"정말이지?"

그녀는 확인하듯이 묻는 연수를 이상한 눈으로 바라보았다.

"당연하지. 그리고 갠 좋아하는 여자가 있다더라."

"좋아하는 여자? 그게 누군데?"

연수가 다급하게 소리 질렀다.

"깜짝이야. 왜 소리는 지르고 그래? 그건 모르겠어. 근데 네가 왜 이렇게 궁금해해?"

"어? 아, 아니. 유진은 나한테도 소중한 친구잖아. 그리고 혹시 너 때문에 한국으로 온 건가 해서."

"무슨 소리야. 한국 지사는 발령나서 온 건데. 너 몰랐어?"

"아, 아니, 알았는데…… 혹시나 해서."

"혹시나는……. 그리고 걔가 좋아하는 여잔 한국에 없어."

"그래? 그렇단 말이지."

고개를 끄덕이며 중얼거리던 연수는 먼저 자겠단 말을 웅얼거리며 방으로 들어갔다. 세희도 하루의 피로를 풀기 위해 와인을 마저 마시고 일어섰다.

너무나 긴 하루였다.

지혁은 집에 들어와 한바탕 웃었다. 식사 내내 세희가 안절부절못하는 게 느껴졌다. 오 년을 함께 일해왔지만, 오늘 같은 세희의 모습은 처음이었다. 커다란 프로젝트를 다룰 때에도 항상 의연하게 대처하는 모습만 봐온 터라 오늘의 그런 모습은 신선하기조차 했다.

"쿡쿡, 푸하하하. 내가 그렇게 못 미덥나? 설마 내가 자기 친구를 꼬드길 거라 생각하다니. 의외로 귀여운 구석이 있는데?"

회사 기밀이 유출되는 사건이 있은 후로 그는 웃을 일이 별로 없었다. 게다가 세희에게 거절을 당한 이후엔 더욱 그랬다. 그는 오랜만에 웃게 해준 그들이 고맙기까지 했다. 생각해 보면 친구들 앞에서의 세희는 그가 알던 모습과 달랐다. 항상 완벽에 가까울 정도로 포커페이스를 유지하던 그녀가 친구들을 만날 때면 확연히 달라졌다.

세희의 거절을 받아들이겠다고 다짐했지만 지혁의 마음 한구석에는 아직까지도 그녀에 대한 미련이 남아 있었다. 그는 창립일의 그 밤에 기대를 걸었다. 영국에서의 그 밤은 우연이었다고 치부하더라도 창립일의 그 키스는 우연이 아니었다. 게다가 세희 같은 여자가 한순간의 유혹에 넘어갔다고 그는 생각하지 않았다. 그는 세희의 마음이 어떤지를 알고 싶었다. 이대로 물러나기엔 자신의 마음이 너무나 깊었다. 아직까지의 그녀의 반응은 나쁘지 않았다. 어쩌면 그의 기대가 맞을지도 모른다. 하지만 지혁은 갑자기 떠오른 생각에 몸을 굳혔다.

"아니면 내가 그 정도로 파렴치한으로 보이는 건가?"

그로부터 일주일 동안, 아무 일도 일어나지 않았지만 세희는
살얼음판을 걷는 기분이었다. 지혁이 때때로 연수의 안부를 물
어왔기 때문이다. 지나가는 말로 물어본 것뿐이었지만, 그녀는
안절부절못하며 그에게 연수에 대한 그릇된 정보를 흘렸다. 하
지만 일주일이 지나자 그녀도 그저 예의상의 안부로 치부했다.

그리고 오늘 아침 세희는 연수를 통해 그동안 연수와 지혁이
연락을 주고받았다는 사실을 알게 되었다. 세희는 몸이 부들부
들 떨릴 정도로 화가 났지만, 아무리 친구라 해도 사생활에 대
해 이래라저래라 할 수 없어 가만히 사태를 지켜볼 수밖에 없었
다. 서로 연락하고 있었다는 것도 기막힌데, 더욱 황당한 것은
지혁이었다. 여태까지 연락을 주고받았으면서도 그는 그녀에게
연수에 대해 물어보았다. 그렇다면 지혁은 그녀가 거짓 정보를
흘렸다는 것도 알고 있을 것이다. 지혁에게 화가 났지만 그가
지나가는 말로 물었던 것에 거짓말을 한 것은 결국 자신이었다.
그렇기 때문에 그녀는 화를 낼 수도 없었다. 또 연수의 말로는
교제를 하는 것이 아니라고 했기에 예민한 반응을 보일 수도 없
었다. 어쩌면 친구의 말대로 그녀의 오버일지도 몰랐다. 하지만
만약을 무시할 수도 없었다. 이것은 그야말로 그녀 혼자만의 고
민이었다.

세희가 이런저런 생각으로 고민에 빠져 있을 때, 전화벨이 울
렸다. 지혁이었다.

—이 실장, 집주소 좀 김 기사한테 불러줘요. 오늘 이 실장 집

으로 차를 보낼 거니까.

이게 또 무슨 마른하늘에 날벼락 떨어지는 소린가.

"오, 오늘 연수하고 약속있으신 거예요?"

—아, 연수 씨가 말 안 했나? 오늘 김자영 패션쇼에 같이 가기로 했거든.

김자영은 삼 년 전쯤에 그와 사귀었던 여자다.

—연수 씨가 패션계 쪽에서 일을 하니까 좋은 기회라 생각했지. 자영이와 인사도 시켜줄 겸 알아두면 좋겠지?

그의 옛 애인을 연수와 인사시킨다는 것이 내키지 않았지만, 연수 입장에서 보면 분명 좋은 기회였다. 세희는 그의 말에 반박할 수가 없어 떨떠름한 어조로 대답했다.

"그, 그렇죠."

그가 이 자리에 있었으면 발로 걷어차 주고 싶었지만, 세희는 이를 갈며 예의 바르게 인사했다.

"챙겨주셔서 감사합니다."

그의 전화를 끊고서도 세희는 멍하니 있었다. 지혁의 행동은 아무리 생각해도 수상쩍었다. 그의 행동이 단순한 친절로는 생각되지 않았다. 무슨 의도가 있을 것이다. 아무리 생각 해도 결론은 하나였다. 그가 가장 잘하는 것 중에 하나인 여자 사냥이 아니겠는가.

'나쁜 자식! 나로 부족해서 이젠 내 친구까지 넘봐?'

세희의 마음이 다급해졌다. 이런 상태가 지속된다면 속이 까맣게 타서 재가 될 것만 같았다. 무슨 수를 써야 한다.

세희의 머리가 빠르게 움직이고 있을 때, 유진에게서 전화가 왔다.

"응, 유진."

―토리, 오늘 패션쇼에 같이 안 갈래?

유레카! 유진이 패션계에서 일하고 있다는 것을 그녀는 잊고 있었다.

"혹시 김자영?"

―어? 어떻게 알았어? 며칠 전에 초대장이 왔거든. 미리 말했어야 했는데 내가 바빠서. 연수도 좋아하겠지?

"바보, 빨리 좀 말해 주지."

그녀는 중얼거렸다. 유진이 빨리 말해 줬으면 오늘 같은 사태는 막을 수 있었을지도 모른다. 하지만 다시 기회가 왔으니 이제 그 기회를 잡으면 된다. 그녀의 눈은 의지로 활활 불타올랐다.

―왜, 시간 안 돼?

"아니야. 난 좋아. 그런데 어쩌지? 연수는 사장님하고 같이 가기로 했대."

괜찮지. 그럼, 괜찮고말고.

―사장님?

유진의 목소리가 날카롭게 변했다.

"응, 둘이 그동안 연락을 하고 있었대. 나도 몰랐는데 오늘 알았어. 어떻게든 못 만나게 해야 할 텐데 걱정이야.”

—그래, 바람둥이라며. 친구를 지켰어야지.

친구의 책망이 깃는 목소리에 세희는 기운이 빠졌다.

“그러게. 있다가 패션쇼에 가면 우리가 갈라놓든지 하자. 도와줄 거지?”

—당연하지. 나한테도 소중한 친군데.

어디서 많이 들어본 멘트라고 생각하며 그녀는 씩씩하게 전화를 끊었다. 자신의 의견에 동조해 주는 든든한 친구 덕에 세희의 불안했던 마음이 조금씩 풀려갔다.

패션쇼가 열리는 곳은 취재하러 온 기자들과 초청받은 사람들이 뒤섞여 장사진을 이루고 있었다. 그 가운데에서 세희는 연수를 찾아냈다. 연수는 무대 근처에 자리 잡고 있었다. 패션계에 종사하는 사람답게 눈에 띄는 옷차림을 한 연수는 단연 돋보였고, 까만 정장을 입고 앉아 있는 지혁도 눈에 띄었다.

곧 조명이 꺼지고 쇼가 시작되자 무대 위로 시선을 집중시켰지만, 세희의 신경은 오로지 그들에게로 쏠려 있었다. 옆에 앉아 있던 유진도 딱딱하게 굳은 얼굴로 그들 쪽을 주시하고 있었다.

마침내 디자이너인 김자영이 인사를 하는 것을 마지막으로 쇼가 성공적으로 끝났다. 김자영을 아는 사람들은 인사를 하기 위해 무대 뒤쪽으로 향했고, 지혁 일행도 마찬가지였다. 세희는

유진과 함께 그들의 뒤를 쫓아갔다. 그들이 김자영과 담소하는
게 보이자 그녀는 조금 떨어진 곳에서 기다렸다. 아직 그들은
세희와 유진을 보지 못한 모양이었다. 김자영과 인사를 마치고
가는 그들의 뒤를 따라가려고 할 때, 자영의 목소리가 들려왔
다.

"어? 세희 씨?"

그녀는 걸음을 멈추고 자영에게 다가갔다. 민망한 마음이 들
었지만 그녀는 애써 미소를 띠었다.

"자영 씨, 축하드려요."

자영은 가까이에서 보니 더욱 아름다웠다. 삼 년 만의 만남이
었지만, 정말 세월은 그녀를 비껴가는 듯했다.

"어머, 정말 세희 씨군요. 너무 반가워요. 오랜만이죠?"

"하하, 그렇죠. 오늘 쇼 너무 멋졌어요."

"고마워요. 그런데 지혁 씨와 같이 온 게 아닌가 보군요?"

자영은 옆에 서 있는 유진에게 목례하며 물었다.

"네, 사장님은 동행이 있으셔서……."

세희는 말끝을 흐리며 말했다.

"하긴 오늘 새로운 애인과 같이 온 것 같던데. 하여튼 대단한
사람이에요."

자영의 씁쓸한 목소리에 세희는 주먹이 쥐어졌다. 어딜 가나
그 인간이 문제였다. 이곳저곳에서 만나는 그의 여자들 때문이
라도 지혁에게서 연수를 떼어놓아야 했다.

자영의 주변으로 사람들이 하나둘씩 몰려들자, 세희는 유진과 함께 서둘러 그곳을 빠져나왔다. 다행히도 지혁과 연수는 아직 그곳에 남아 있었다. 그들은 패션계 사람들로 보이는 몇몇과 여담을 나누고 있었다.

세희는 유진과 눈을 마주치며 고개를 끄덕였다. 그들은 무언으로 미리 준비한 말들을 떠올리고 있었다. 그녀는 유진의 팔짱을 끼며 지혁 일행에게 다가갔다.

"어머, 연수야."

"어? 토리? 어떻게?"

그들의 출연에 연수가 깜짝 놀란 눈으로 바라보았다.

"아, 퇴근하려는데 유진한테 전화가 왔어. 같이 패션쇼에 오자고. 너도 같이 가자고 했는데 넌 벌써 사장님과 약속을 했잖아. 그래서 그냥 우리 둘이 왔지."

"그래?"

연수가 떨떠름한 표정을 지었지만, 그녀는 무시하면서 지혁에게 눈을 돌렸다. 하지만 곧 무언가를 알고 있다는 듯, 그는 한쪽 입가를 위로 올리며 미소 짓고 있었다. 그녀는 내심 뜨끔해서 고개를 돌려 유진에게 눈짓을 했다.

"지난번에 식사에 초대해 주셔서 감사했습니다. 특별한 약속이 없으시면 같이 저녁이라도 하고 싶은데 괜찮으시겠습니까?"

유진의 제의에 그가 연수에게 묻듯이 고개를 돌리자, 연수가 고개를 끄덕였다.

"좋습니다."

지혁의 말에 모두들 저녁 식사를 하기 위해 자리를 옮겼다.

지혁은 오늘의 저녁 식사가 이미 예정된 것이라는 것을 알아챘다. 세희의 예민한 행동들은 그의 판단이 결코 그르지 않다는 것을 보여주었다. 연수와 대화라도 할라치면 여지없이 세희와 유진이 대화의 흐름을 차단했다. 필시 두 사람이 모종의 계획을 세웠다는 것을 알 수 있었다. 그는 누구나 알 수 있는 계획을 계획이랍시고 실천하고 있는 그들의 행동이 안돼 보이기까지 했다. 똑똑한 그녀였지만 이런 계략에는 아무래도 약해 보였다. 하지만 그런 그녀가 귀여워 보이기조차 했다. 또한 그가 시선을 돌릴 때마다 창문에 비치는 그녀가 자신을 노려보는 모습은 너무나 재미있었다. 때문에 그는 일부러 시선을 돌렸다.

어느 정도 식사가 무르익었을 때, 지혁은 연수의 잔에 와인을 따르면서 물었다.

"연수 씨, 이번 주말에 약속있습니까?"

그가 나긋나긋한 어조로 말하자 세희의 어깨가 움찔하는 게 보였다.

"저……."

세희가 무슨 말을 하기도 전에 연수가 말을 가로챘다.

"이번 주말에요? 음, 약속없어요."

"그럼 토요일 저녁에 '라보엠' 어떻습니까?"

세희와 유진의 시선이 동시에 연수에게 향했다. 그들은 침을 꿀꺽 삼키며, 달싹거리는 연수의 입술을 뚫어지게 바라보고 있었다.

"데이트 신청인가요?"

"후후, 그렇습니다."

자신의 말에 멍해진 그들을 바라보며 지혁은 터져 나오는 웃음을 참아야만 했다.

집에 돌아와서도 그는 세희를 떠올리며 계속해서 비실비실 웃었다. 어쩌면 그녀는 오늘밤 밤잠을 설칠 것이 분명했다.

"아니지. 아마 이번 주 내내 안절부절못할걸?"

지혁의 가슴이 기대감으로 부풀어 올랐다.

지혁의 예상대로 세희는 그날 이후 안절부절못하고 지냈다. 그의 눈치를 살피다가도 막상 그가 의아한 눈으로 바라보면 할 말도 못한 채 돌아와야 했다. 또한 연수에게 꼬치꼬치 물을 수도 없어 그녀는 모르는 척 평정을 유지하느라 기력이 다할 지경이었다.

머리를 굴려봐도 도저히 그들의 약속을 파기할 방법이 생각나지 않았다. 저번처럼 표를 구해서 간다는 것도 속보이는 짓인 것 같고, 연수에게 다시 말을 해봐야 오히려 부작용이 생길 것 같아 그녀는 침묵할 수밖에 없었다. 세희로서는 적나라한 사장의 여성 편력을 알기 때문에 말렸지만, 정작 당사자인 연수는 아무렇지도 않아하니 가슴이 답답하기만 했다. 세희는 후회했다. 처음 연수에게 솔직히 지혁과의 일을 털어놓았다면 연수도 지금과는 다르게 행동했을 것이다. 그때는 그 누구에게도 말하고 싶지 않아서 그랬는데, 그로 인해 일이 너무 복잡해지고 말았다. 세희는 연수가 그에게 이미 빠져들었다고 생각했다. 화려한 겉모습에 비해 속은 너무나 여린 연수가 지혁으로 인해 상처를 받을까 봐 걱정이 됐다.

그러던 중 토요일이 왔다. 아침부터 수선스럽게 이옷저옷을 대보는 연수 때문에 세희는 짜증이 났다. 자신의 걱정에도 아랑곳하지 않고, 오히려 들떠 있는 연수의 모습에 그녀는 서운함마저 느꼈다. 그녀가 초조하게 거실을 오가고 있는 중에 현관 벨소리가 들렸다. 지혁이었다.

"어? 지혁 씬가 보다. 토리, 지혁 씨한테 들어오라고 해줄래?"

아직 준비가 덜 끝났는지 현관문을 열어달라는 연수의 말에 그녀는 인터폰으로 다가갔다. 세희는 초조함에 입술을 잘근잘근 씹었다.

"알았어."

그녀는 내키지 않았지만 인터폰을 통해 문을 열었다.

"사장님, 잠깐 안으로 들어오셨다 가시겠어요?"

—그렇게 하지.

현관을 나서자 정원에 들어서는 지혁이 보였다. 오늘 지혁은

흰색 스프라이트가 들어간 회색 정장에 검은색 실크 와이셔츠
를 입고 있었다. 세희는 지혁만큼 검은색이 잘 어울리는 남자는
드물 거라고 생각하며 인사했다.

"오셨어요?"

"연수 씨는?"

"좀 기다리셔야 될 거예요. 안으로 들어오시죠."

"집이 참 예쁘군."

"고맙습니다. 사장님 댁은 더 좋을 것 같은데요?"

지혁이 집 안으로 들어서서 거실을 보며 말했다.

"후훗. 글쎄, 여기보다 넓긴 한데, 이렇게 아늑하진 않지. 워
낙 꾸미는 걸 싫어해서 디자이너가 해준 그대로 살고 있어."

하긴 그의 성격상 무언가를 꾸민다는 건 상상도 못할 것이다.
그의 화려한 여성 편력을 생각하면 그의 집을 꾸며주는 여자가
한 명도 없다는 게 안되어 보이기도 했다. 어쩌면 그가 그런 여
자를 원하지 않았을 테지만 말이다. 그는 사생활을 간섭받는 걸
무척이나 싫어했다.

"잠시만 앉아 계세요."

세희는 주방에 들어가서 컵에 오렌지 주스를 따랐다. 그녀는
어떻게 하면 데이트를 못하게 할 것인지를 생각하느라 그만 오
렌지 주스를 넘치게 따르고 말았다.

"젠장."

그녀는 작게 중얼거리면서 행주로 주스를 닦았다. 하지만 이

번엔 컵을 엎고 말았다. 생각이 급하다 보니 자꾸 잦은 실수를
하게 되었다. 다시 새 컵을 꺼내 주스를 따르고 있을 때, 연수의
목소리가 들렸다.

"지혁 씨, 오래 기다리셨어요?"

"아닙니다, 끝났으면 가죠."

더 이상 시간이 없었다. 세희는 빨리 나가고자 하는 마음으로
쟁반을 들고 뛰다시피 걸었다. 어떻게 해서라도 시간을 끌려는
심사였다. 하지만 거실에 도착했을 때, 소파 아래에 깔아둔 러
그에 발이 걸려 휘청거렸다.

"어어!"

연수와 지혁이 동시에 그녀에게 달려왔지만, 그녀는 끝내 넘
어지고 말았다. 넘어지면서 테이블 모서리에 무릎을 부딪치고,
차가운 오렌지 주스가 그녀의 몸으로 쏟아졌다. 거실 바닥에 대
자로 엎어진 상태가 되자 볼썽사나운 모습을 보인 것이 창피해
그녀는 몸을 일으킬 수가 없었다. 그녀의 얼굴은 이루 말할 수
없을 정도로 뜨거워졌다.

"괜찮아?"

"어? ……어."

"그러게 조심 좀 하지."

걱정스런 연수의 목소리가 들렸지만, 그녀는 이대로 땅속으로
사라지고만 싶은 심정이었다. 지혁이 아무 말 없이 그녀를 일으
켜 세웠다. 세희는 벌겋게 달아오른 얼굴로 그들에게 말했다.

"어, 얼른들 가보세요. 제, 제가 알아서 할 테니."

"토리, 그래도 괜찮겠어?"

"어? 어, 그래."

세희는 친구의 걱정 가득한 얼굴에서 시선을 피하다가 그와 눈이 마주쳤다. 지혁의 눈가에 웃음이 스쳐 지나가는 것이 보이자 그녀의 속이 부글부글 끓어올랐다.

"정말 괜찮은 거지?"

'물론 괜찮지 않지!'

하지만 지혁의 다 아는 듯한 얼굴 때문에 그녀는 속마음과 다르게 말할 수밖에 없었다.

"으응. 괜찮아. 잘 다녀와."

"알았어. 갔다 올게. 가요, 지혁 씨."

"그럼, 우린 이만 가보지."

"네, 안녕히 가세요."

그들이 현관을 나서자 세희는 소파에 머리를 기대며 괴로워했다.

"으드득, 으드득, 망할 최지혁!"

세희는 이를 갈며 머리를 감싸 안았다. 분명히 그녀는 살아오면서 자신이 똑똑하다고 자부해 왔다. 실패라는 것을 거의 해본 적이 없던 그녀였지만 요즘은 빈번히 실패를 맛보고 있었다. 차라리 책을 읽고 시험을 보라면 얼마든지 할 수가 있었다. 하지만 이것은 교과서대로 그녀가 할 수 있는 일이 아니었다. 도대체 저 인간을 어떻게 해야 할는지 감이 잡히지 않았다.

그녀의 머리 속에 문을 나서며 의미심장하게 자신을 바라보던 지혁의 눈빛이 생각났다.

"우씨, 쪽팔려!"

끈적끈적한 오렌지 주스가 그녀의 가슴을 타고 바닥으로 떨어졌다.

지혁은 밖을 나오자마자 그동안 참았던 웃음을 터뜨렸다.

"쿡쿡, 푸하하하."

그의 웃음소리에 연수가 어리둥절한 얼굴로 쳐다보았다.

"왜 그러세요? 뭐 재미난 일이라도 있나요?"

"쿡, 아닙니다. 그냥 그럴 일이 있어서."

지혁은 차에 타 운전을 하면서도 아까 세희의 모습을 떠올렸다. 투명한 주방 벽 너머로 세희의 모습이 고스란히 내비쳤다. 때문에 그녀의 실수와 중얼거리는 모습들을 관찰할 수 있었다. 그리고 연수가 나오자마자 사색이 된 얼굴로 급하게 달려오는 세희를 봤을 땐, 정말 웃음을 터뜨릴 뻔했었다. 그는 그녀의 모습에 일말의 기대감을 가져 보았다. 지혁의 가슴은 두근거리기 시작했다.

연수가 호기심 어린 얼굴로 물었다.

"궁금한 게 있는데요. 왜 제게 데이트를 신청하셨죠? 솔직히 이번 데이트는 충동적인 거였죠?"

지혁은 감정을 추스르며 사실에 가까운 답을 늘어놓았다.

"하하, 글쎄요. 오페라를 보고는 싶은데 같이 갈 사람은 없었고, 솔직히 말하면 이 실장 놀리는 게 재미도 있고."

"음, 너무 솔직하신데요?"

마음에 안 든다는 듯이 얼굴을 찡그렸지만 연수의 얼굴엔 장난기가 가득했다.

"그러는 연수 씨는 오늘 왜 승낙했습니까?"

"저도 오페라는 보고 싶은데 같이 가자는 사람이 없었고, 솔직히 말하면 저도 세희를 놀리는 게 재미도 있고요."

그는 그의 말을 그대로 따라하는 연수로 인해 박장대소했다.

"하하. 오 년을 같이 일해왔는데 여태껏 알았던 이세희란 사람은 없는 것 같습니다. 항상 완벽 그 자체였는데 말입니다. 아마 친구를 걱정하는 마음 때문이겠죠? 아니면 나를 너무도 못 믿어서거나."

"후후, 아마 둘 다일 거예요. 토리가 저를 사랑한다는 건 알고 있고 저도 토리를 사랑하지만, 그 앤 항상 저를 돌봐줄 어린 동생처럼 여겨요."

불만이라는 듯이 말을 하면서도 연수의 얼굴엔 따뜻한 미소가 지어졌다.

"그래서 이 실장을 골려주려고 그런 겁니까?"

"쿡쿡, 네. 그리고 또……."

"또?"

연수의 장난기 서린 눈이 이내 진지하게 변했다.

"또, 그건 나중에 알려 드릴게요. 비밀이거든요."

"비밀이라. 엄청 궁금하긴 하지만, 나중에라도 알려 주십시오."

"네, 약속할게요."

연수의 얼굴에 언뜻 슬픈 기색이 스쳐 갔다. 그는 연수가 생각만큼 밝지만은 않다고 느꼈다. 항상 재치있게 말하고 남을 웃게 만드는 그녀였지만, 언뜻언뜻 보이는 그늘은 그의 보호 본능을 자극했다. 아마 그녀의 모습이 미국으로 유학 간 어린 여동생과 비슷하게 느껴져서일 것이다.

"그런데 저한테 너무 잘해주시는 거 아니에요?"

"하하, 그렇습니까? 실은 연수 씨를 보면 유학 가 있는 동생이 생각나서요."

"그래요? 지혁 씨는 좋은 오빠네요. 우리 오빠는 안 그런데. 쿡쿡, 아마 제가 어디에 있는지 관심도 없을 거예요."

"오빠들은 관심을 갖고 있어도 내보이는 게 서툰 법입니다. 저도 동생한테는 표현을 잘 못해요."

"그런가요? 한국에 나와 있는 동안 지혁 씨 덕분에 즐거웠어요. 정말 고마워요. 제가 어떻게 보답해야 하죠?"

연수가 진심을 담아 말했다.

"괜찮습니다. 이렇게 시간을 내주셔서 감사할 따름입니다. 연수 씨 덕분에 요즘 많이 웃습니다."

"고마워요. 나중에라도 보답할 일이 생겼으면 좋겠어요."

"참, 이 실장은 학교 다닐 때 어땠어요?"

그는 화제를 돌리기 위해 물었다. 하지만 묻고 보니 정말 세희의 학창 시절이 궁금해졌다.

"토리는 항상 바빴어요. 아르바이트다 공부다 해서 한가한 시간이 별로 없었어요. 토리가 수재였던 건 아시죠?"

그는 고개를 끄덕였다. 세희가 수재였다는 것은 그는 물론 회사 사람들 모두 알고 있는 사실이었다. 그녀는 옥스퍼드라는 학력을 제외하고도 5개 국어를 유창하게 해내는 등 누가 봐도 인정할 만한 능력의 소유자였다. 그도 그 점을 높이 사 세희를 지금의 자리까지 올려놓았다.

"영국에서는 한국인들을 만날 일이 별로 없었어요. 게다가 제가 다니던 고등학교엔 동양 애들이 손꼽혔거든요. 세희는 그때도 대단했어요. 사실 영국으로 온 지 얼마 되지도 않았을 땐데도 일등을 차지했죠. 으윽, 어쩌면 무서운 사람인지도 몰라요."

지혁은 연수의 설명에 고개를 끄덕였다. 세희는 정말 뛰어난 인재였다. 그런 그녀의 학창 시절은 평범하지 않았을 것이다.

"또 인기는 얼마나 많았던지. 발표회 때, 그때도 제가 디자이너를 꿈꾸고 있었거든요. 그래서 급한 김에 세희를 모델로 썼죠. 정말 예뻤어요. 아마 제 디자인이 괜찮아서겠지만, 하여튼 그 후로 세희의 팬이 더 늘었죠. 덕분에 저만 처량한 신세가 되었고요."

"모델?"

"네. 토리는 대학 다닐 때도 로드 모델로 일했어요. 물론 아르바이트였지만 말이죠."

지혁은 연수의 설명에 고개를 끄덕였다. 그녀의 아름다운 모습은 그도 충분히 확인한 바였다.

연수가 비밀을 고하듯 윙크를 하며 목소리를 낮췄다.

"게다가 공부 외에도 피아노, 미술, 댄스 등 토리는 자신이 하고자 했던 것들은 모두 수준급으로 해냈어요. 사실 토리랑 비교돼서 열등감도 많이 가졌지요."

지혁은 영국에서의 그 밤을 떠올렸다. 누구보다 열정적으로 춤을 추던 세희는 정말 아름다웠다.

"춤을 정말 잘 추더군요."

"보셨나요?"

"네, 영국 출장을 갔을 때 봤습니다."

"그렇죠? 정말 못하는 게 없다니까요."

"그러게 말입니다."

한참을 세희에 대한 칭찬을 늘어놓던 연수가 갑자기 심각한 얼굴로 말했다.

"음, 하지만 단점도 있죠."

"단점?"

"네, 하지만 맨입으로는 말할 수 없겠죠?"

"하하. 그럼, 제가 오늘 근사한 곳에서 저녁 식사를 대접해야겠는데요?”

“좋죠!”

그들은 공범자 같은 미소를 교환했다.

세희는 이제 그들에 대해 체념하기로 했다. 일단 체념하고 보
니 배가 고파져 집에 있는 찬밥과 반찬들을 꺼내 비빔밥을 만들
기 시작했다. 매운 고추장과 고소한 참기름이 어우러진 비빔밥
은 제법 맛이 괜찮았다. 그녀는 흐뭇한 미소를 지으며 먹다가
투명한 유리창에 비치는 자신의 모습에 숟가락을 놓았다. 의자
에 쪼그리고 앉아, 커다란 그릇에 얼굴을 묻고 있는 자신이 처
량맞게 느껴졌기 때문이다. 오랜만에 만난 연수는 바람둥이 사
장과 데이트를 나가고, 집으로 초대한 유진은 오늘 바쁜 일이
있어서 늦게 올 거라고 했다. 요즘 유진은 피로한 기색이 역력
했다. 말은 안 하지만, 파리에 있다는 여자 때문인 것 같았다.
그녀의 충고에도 선뜻 용기를 내지 못하는 그가 안타까웠다. 하
지만 누군가를 그리워하는 그의 처지가 부럽기도 했다. 세희는
이 좋은 토요일 저녁에 누구 하나 만날 사람 없는 자신의 처지
가 한심스러웠다. 게다가 찬밥이나 비비고 있다니!

그녀도 한국에서 몇몇 남자 친구를 사귀었었다. 그중엔 정말
괜찮은 남자도 있었다. 그는 좋은 직업과 유머러스한 성격에 그
녀와 같은 취미를 갖고 있는 이상적인 남자였다. 그와 석 달을
데이트하며 서로에 대한 호감을 쌓아가고 있을 때, 그에게서 집

으로 오라는 초대를 받았다. 부담되지 않은 건 아니었지만 그녀는 초대에 응했다. 한국에서의 초대의 의미는 그녀가 생각과는 다르다는 것을 그녀는 모르고 있었다. 그러나 그의 집에 방문한 이후 벌어진 일은 상당했다.

먼저 그의 어머니는 일주일에 한 번씩 전화할 것을 기대했고, 한 달에 한 번 이상은 같이 저녁 식사를 하기를 원했다. 날이 갈수록 점점 늘어만 가는 요구에 그녀는 미칠 지경이었다. 그와의 만남보다 그의 부모님과의 관계가 그녀를 조여왔다. 그에게 정식으로 프러포즈를 받은 상태도 아닌데 그런 압박을 받자, 스트레스가 점점 쌓여만 갔다. 하지만 그녀의 심정을 그는 제대로 파악하지도 못하고, 오히려 그녀를 이상하게 생각했다.

그렇게 한 달 정도가 지난 어느 날, 그녀의 헤어스타일까지 간섭해 오자 더 이상 참을 수 없어 이별을 선언하고야 말았다. 그런데 이상한 일은 헤어지고 난 후 슬픈 게 아니라 오히려 개운해졌다는 것이다. 그때 세희는 자신이 그를 정말 좋아한 게 아니라는 것을 깨닫게 되었다. 그 뒤로 내린 결론은 감정이 생기지 않는데 결혼을 위해 만나는 것 같은 시간 낭비는 하지 않겠다는 것이다.

그때를 생각하니 비록 찬밥을 비벼 먹고 있지만, 만나기 위한 만남보단 지금이 낫다고 스스로를 독려했다. 그녀는 문득 떠오르는 얼굴을 털어버렸다. 나비처럼 이리저리 움직이는 남자는 필요 없었다. 그녀는 자신의 선택이 옳았음을 다시 한 번 확신했다.

"우씨, 그래도 짜증은 난다."

세희는 숟가락을 팽개치며 비벼놓은 밥을 노려보았다.

"오늘 즐거웠어요."

연수가 차에서 내려 지혁에게 제안했다.

"차 한 잔 하고 가시지 않겠어요?"

시계를 보니 아직 아홉 시가 채 되지 않았다. 이 정도 시간이라면 실례는 아닐 거라 생각하며 그는 고개를 끄덕였다.

"그렇게 하죠."

연수의 표정이 환해졌다. 오늘 그와 보낸 즐거운 기분을 계속 유지하고 싶은 모양이었다. 그도 오늘 연수 덕분에 정말 즐거웠다. 데이트하는 내내 그녀는 재미있는 농담은 물론이고, 세희에 대한 많은 정보를 들려주었다. 그는 세희에 관한 모든 것을 알고 싶었다. 연수가 말하는 세희는 그가 알던 그녀와는 많이 달랐다. 그것은 요즘 그도 느끼던 바였다. 세희의 이중적인 면이 그의 호기심을 부추기고 있었다. 게다가 세희를 놀리는 것에 재미를 느낀 그가 이 기회를 놓칠 리 없었다. 하지만 이 재미도 얼마 있으면 사라질 것이다.

"어? 어디 갔나?"

집 안의 정적이 세희의 부재를 알려주고 있었다. 그는 약간의 실망감을 느끼며 거실로 들어섰다.

"잠시만 기다리세요. 편한 옷으로 갈아입고 올게요."

연수가 방으로 들어가자 그는 낮에 자세히 보지 못했던 거실
의 풍경을 살펴보았다. 아까 쏟아진 오렌지 주스의 얼룩은 말끔
히 치워져 있었다. 그는 픽 웃으며 거실 한쪽 벽에 자리 잡고 있
는 수많은 액자들 앞으로 다가갔다. 그 사진들 속에 세희의 가
족들로 보이는 사람들이 있었다. 참으로 따뜻해 보이는 가족이
었다. 그들의 얼굴엔 사랑이 가득 넘치는 미소가 있었다. 그 옆
엔 세희, 연수, 유진이 어깨동무하며 찍은 사진이 걸려 있었다.
그들은 너무나 자연스럽고 친근하게 보였다. 그리고 그들의 관
계는 무척이나 견고해 보였다.

지혁이 다시 소파로 돌아가려는 순간, 어디선가 남자의 목소
리가 들려왔다. 계속해서 들리는 소리에 그의 얼굴은 긴장이 되
었다. 여자들만 사는 집을 누군가 노릴 수 있다는 생각에 지혁
은 조심스럽게 소리가 나는 곳으로 발걸음을 옮겼다. 이층으로
올라가는 계단 쪽에서 나는 소리였다. 그는 주먹을 움켜쥐고 소
리없이 계단을 올라갔다. 그러나 계단이 꺾이는 곳에서 발걸음
을 멈출 수밖에 없었다.

세희와 유진이었다. 그들은 서로 다정하게 소파에 앉아 마주
보며 속삭이고 있었다. 무엇이 그리도 재미가 있는지 세희가 목
을 젖히며 웃었다. 그녀의 경쾌한 웃음소리가 그의 고막에 울려
퍼졌다. 유진이 그녀의 머리칼을 헝클며 장난을 치자, 세희도
마찬가지로 반격을 시도했다. 그들은 이제 소파 위에서 뒤엉키
다시피 하며 싸우고 있었다. 그 모습은 너무나 자연스럽고 애정

이 넘쳐 보였다. 지혁은 유진이 단순한 친구만은 아닐 거라는 생각이 들었다. 그러자 그의 심장이 저릿해 왔다.

지혁은 조용히 몸을 돌려 계단을 내려왔다. 거실에 들어서서야 비로소 참았던 숨을 천천히 내쉴 수 있었다. 혼란스러웠다. 하지만 그는 이 혼란이 무엇을 의미하는지 알지 못했다.

그때 연수의 방문이 열리는 소리가 들렸다.

"많이 기다리셨죠? 잠시만 기다리세요. 커피?"

지혁은 지금 이 자리에 있는 것이 불편했다.

"아, 아니, 전 급한 일이 있어서 지금 가봐야 할 것 같습니다. 차는 다음에 마시죠. 미안합니다."

연수가 걱정스러운 얼굴로 물었다.

"아니, 괜찮아요. 그런데 안 좋은 일은 아니죠?"

"그런 건 아닙니다. 그럼."

지혁은 밖을 나와서 심호흡을 했다. 그는 머리 속에 새겨진 잔상을 지우기 위해 거칠게 고개를 흔들었다. 하지만 그가 지우려 할수록 그들의 모습은 각인될 뿐이었다.

세희는 사장실을 나오며 얼굴을 찌푸렸다. 요즘 그는 이상한 모습을 보이고 있었다. 차갑고 냉정한 얼굴로 그녀를 대하는 모습이 낯설기만 했다. 여태껏 그런 모습을 본 적이 없었던 세희로서는 혹시 연수와의 데이트를 반대하는 것 때문에 저러는가 싶어 속이 불편했다. 눈치가 빠른 지혁인만큼 그녀가 반대하는 것을 모를 그가 아니었다.

그가 변한 시점은 연수와 '라보엠'을 보고 온 날 이후부터였다. 그 후론 연수와 데이트를 한 적이 없었다. 그녀는 최지혁이라는 남자가 공사 구분을 확실히 한다고 생각했었다. 그런데 이런 그의 행동은 그녀를 당혹스럽게 만들고 있었다.

'좀생이 같으니라고! 그렇게 행실을 똑바로 하고 다녔으면 내가 이렇게 반대하지는 않지. 이건 연수와 데이트를 하나 안 하나 가시 방석이니 원. 그나저나 그날 무슨 일이 있었나?'

그러고 보니 연수 또한 이상했다. 요 근래 말이 없어지고 멍하니 있다가 한숨 쉬는 것을 여러 번 보았다. 전화기를 들었다 놨다 하며 안절부절못하다가 전화벨 소리만 나면 화들짝 놀라 얼른 수화기를 드는 모습도 여러 번 있었다. 그 모습에 세희가 이유를 물으면 당황한 얼굴로 얼버무리고 방 안으로 들어가 버렸다. 게다가 며칠 전엔 연수의 방에서 흘러나오는 고함 소리를 들었다. 도대체 무슨 일이 있는지 연수의 얼굴엔 그늘이 짙어지고 있었다.

'설마 연수한테도 그런 건 아니겠지? 아니면 연수한테는 진지하다 이건가?'

그녀의 가슴에서 휑한 바람이 불어왔다. 그가 바람둥이라서 싫다고 하면서도 어쩌면 그녀도 그에게 조금은 마음이 있었나 보다.

'나쁜 놈!'

가슴속에서 울컥 무언가가 솟구쳤지만, 그녀는 고개를 흔들며 털어버렸다. 우선은 연수의 기분을 풀어줄 필요가 있었다. 연수가 출국할 날도 얼마 남지 않았기 때문이다. 그녀는 예전의 기억을 떠올렸다. 그녀가 대학을 다닐 때까지만 해도 유진, 연수와 잘 뭉치곤 했었다. 세희는 그 시절이 그리웠다. 그녀는 생각난 김에 같이 있을 자리를 만들어야겠다고 생각하며 수화기를 들었다. 모처럼 그녀의 얼굴에는 미소가 떠올랐다.

세희는 아침부터 분주하게 움직였다. 오랜만에 셋이서 모이는 자리라 그녀의 기분은 한껏 들떠 있었다. 그녀의 마음을 알아서인지 날씨마저도 화창했다. 바비큐를 하기에는 적당한 날씨였다.

유진은 제시간에 도착해 그녀들을 도왔다. 오늘은 왠지 연수와 유진의 분위기가 좋아 보였다. 연수가 한국에 온 이후로 서먹함마저 보였던 그들이었는데 오늘은 예전의 관계로 돌아간 듯 오랜만에 환하게 웃고 있었다. 그녀는 미소를 지으며 음식을 접시에 담기 시작했다. 그녀의 소개로 만난 두 사람이 우정을 이어나가는 모습이 보기 좋았다. 그녀는 이들과 친구라는 사실에 항상 감사하고 있었다.

모든 준비가 끝났을 때, 벨소리가 들렸다.

"어? 누구지?"

"지혁 씬가 보다."

“뭐?”

“내가 초대했거든. 괜찮지?”

세희의 놀란 얼굴에도 아랑곳하지 않고 연수는 환한 미소를 지으며 대문으로 달려갔다. 연수가 문을 열자 지혁이 와인을 들고 들어섰다.

“늦지 않았는지 모르겠군요.”

“아니에요. 제시간에 오셨어요.”

편안한 검정 니트에 블랙 진을 입은 그는 근사했다. 캐주얼한 옷을 입은 그의 모습은 낯설었지만 잘 어울렸다.

“와인이 좋은 게 없었는데 이걸로 하면 되겠네요.”

연수가 그에게서 와인을 받으며 기뻐했다. 세희는 그들의 모습에 뭐가 어떻게 돌아가는지 몰라 한참을 그렇게 서 있었다.

“잘됐군요. 필요한 게 뭔지 몰라서 술을 사 왔는데.”

“고맙습니다.”

세희는 얼떨결에 인사하며 고기를 굽기 위해 몸을 돌렸다.

“고기는 내가 굽지.”

“그래 주실래요?”

지혁이 그녀에게 다가와 손을 내밀자 세희는 집게를 넘겨주었다. 지혁은 생각보다 능숙하게 고기를 구웠다. 접시에 익은 고기와 햄을 나누어 담고 저녁 식사를 시작했다. 식사는 유쾌한 분위기에서 진행됐다. 다른 때와는 달리 유진이 지혁에게 호의적으로 행동했고, 그녀도 연수와 지혁의 관계를 체념했기 때문이다.

식사가 무르익었을 때, 연수가 입을 열었다.

"저, 토리, 그리고 지혁 씨."

뭔가 비장한 연수의 음성에 식탁 위의 시선이 그녀에게 향했
다.

"토리, 사실은 고백할 게 있는데."

쿵!

'고백'이란 말에 심장이 툭 떨어졌다. 이제 올 것이 온 건가?
체념했다고 생각했지만 그렇지 못한 모양이었다. 세희는 떨어
지지 않는 입을 간신히 떼었다.

"고…… 백?"

멍청하게 연수의 말을 묻는 세희에게 연수가 얼굴을 붉히며
입을 열었다.

"그래, 고백할 게 있어. 나 좋아하는 사람 있어."

"그게 누군데?"

"실은…… 놀라지 마."

연수의 미소 띤 얼굴이 유진에게 향하자, 유진도 연수에게 미
소 지었다.

"설…… 마?"

세희는 그들을 번갈아 보았다. 그러고 보니 둘의 분위기가 어
딘지 모르게 이상했던 것이 생각났다. 그녀는 둔기에 머리를 맞
은 듯 멍해졌다.

“맞아. 유진이야.”

그렇다면 여태까지 지혁과 연수의 사이를 혼자 오해하고 그런 눈에 빤히 보이는 행동을 했다는 말인가? 그녀는 쥐구멍에라도 들어가고 싶었다. 사회생활을 하면서 눈치에는 어느 정도 자신이 있었는데 어이없게 이런 어처구니없는 실수를 저지르다니. 세희는 창피해 죽을 지경이었다.

“정말이야?”

얼이 빠진 얼굴로 중얼거리는 그녀에게 연수가 고개를 끄덕였다.

“응!”

“그럼, 그럼 날 속인 거였어?”

흥분으로 세희의 목소리가 높아졌다.

“속인 게 아니었어. 그냥, 유진하고 잘 안 되면 너와 유진의 사이가 서먹해질까 봐 그랬어. 나 때문에 친구들 사이를 어색하게 만들 수는 없잖아.”

“그럼 너 혼자 좋아했던 거야?”

“실은 내가 파리에서 고백했었는데 유진이 대답을 안 해주고 한국으로 와서, 그래서 내가 쫓아온 거야.”

유진이 미안한 얼굴로 세희에게 사과했다.

“미안해, 토리.”

“그럼, 유진 네가 말한 여자는 연수였구나.”

“응. 속이려는 건 아니었어. 전에 내가 말한 대로 연수를 친구로만 생각하고 있었거든. 그런데 갑자기 여자로 받아들이려고 하니 힘이 들었어. 하지만 막상 연수가 여자로 느껴졌을 때는 내가 한국 지사로 발령이 난 거야. 그래서 그냥 떠나왔지. 게다가 연수는 지금 파리에서 할 일이 있는데 기다려 달라고 한다는 것도 말이 안 되고. 그런데 연수가 날 찾아온 거야.”

예리하게 눈을 반짝이며 세희가 취조하듯이 물었다.

“연수, 넌 그럼 왜 사장님을 만난 거야?”

“어? 아니, 그게 유진이 자꾸 친구라고 생각한다니까 마지막 심정으로 도박을 해본 거지. 그리고 우리가 이렇게 된 것은 지혁 씨 덕분이기도 하지.”

“그럼 사장님도 알고 계셨단 말이에요?”

그는 고개를 흔들었다. 지혁도 이제야 연수가 말한 비밀이 무엇인지를 알았기 때문이다.

“어? 아니, 나도 몰랐어. 그런데 우리가 사귀겠다고 한 적은 없었던 것 같은데.”

“맞아요.”

연수가 동조하자 그녀는 가자미 눈을 하며 째려보았다.

“헙! 미안. 토리, 정말 나도 속이려고 했던 게 아냐. 유진이 하도 피하고 다녀서 나 혼자 짝사랑하는 줄 알았단 말이야. 서로의 감정을 확인한 것도 어제야.”

연수가 그녀를 보며 안절부절못하고 있자, 세희는 그 모습이 안돼 보여 이만 용서하기로 마음먹었다.

"유진, 너 그럼 여태껏 우리 연수를 힘들게 했단 말이야?"

세희가 노려보자 유진은 손까지 저으며 열심히 변명했다.

"아냐, 나도 연수가 와서 반가웠는데, 지혁 씨랑 너무 친해서 오해한 거야. 이젠 마음이 변했나 하고."

"좋아, 그럼 이제부터 연수를 속상하게 하면 가만 안 둘 줄 알아. 둘 다 내가 소중하게 생각하는 거 알지?"

세희의 말에 모두 안도의 한숨을 쉬었다.

"고마워, 토리."

"토리, 고마워. 내가 정말 잘할게."

"자, 우리 그럼 축배를 들까?"

지혁의 말에 모두 와인 잔을 들고 축하의 말을 주고받았다. 새로운 커플이 탄생하는 순간이었다.

식사가 끝나고 유진과 연수는 설거지를 하러 들어갔다. 어느 덧 해가 지고 그 자리를 달과 별들이 채우고 있었다. 세희는 풀 벌레 소리를 들으며 친구들의 스캔들을 떠올렸다. 언제부터 그들은 서로에게 끌렸을까. 어릴 적부터 보아왔던 친구들이 사랑에 빠진 모습은 놀라웠다.

세희는 마음이 한결 가벼워지는 느낌이 들었다. 처음엔 창피함에 화도 났지만, 그 뒤에 찾아온 것은 개운함이었다. 그녀는 와인을 들고 지혁이 앉아 있는 그네로 다가갔다. 지혁은 전화 통화 중이었다.

"아하, 그랬어?"

　저 남자의 표정이 저렇게도 변할 수 있을까? 저 남자의 목소리가 저리도 부드럽게 변할 수 있을까? 그녀는 개운했던 감정이 조금씩 흩어지는 것을 느꼈다.

　"그래, 몸은 괜찮고? 그럼 어머니는 여전하시지……. 오빠도 잘 지내고 있어."

　오빠라는 소리에 그녀는 눈살을 찌푸렸다. 지혁을 찾아오는 여자들은 그를 오빠라고 부르지 않았다.

　'그럼 진짜 여동생?'

　그녀는 고개를 갸웃하며 그가 전화하는 모습을 바라보았다.

　"너는? 혹시 거기서 이상한 놈 만나거나 하면 안 돼. 알지? ……오빠가 진짜 괜찮은 사람 소개시켜 줄 테니까 너는 아무나 만나면 안 돼. 약속해. ……그래, 착하다. 우리 영은이."

　세희는 그의 표정과 말투를 보며 신기함마저 느꼈다. 시스터 콤플렉스라도 있는 모양이었다. 계속해서 무언가를 다짐시키는 지혁의 목소리를 들으며 그녀는 고개를 저었다. 항상 남에게 딱딱한 명령만을 내리던 그가 여동생을 살살 달래는 모습은 낯설게만 보였다. 생각해 보면 그는 가족에게는 늘 약한 모습이었다. 어머니인 황 여사 앞에서도 그랬고, 지금 동생에게 전화하는 모습도 그러했다. 세희는 그의 색다른 모습을 엿본 것 같아 묘한 기분이 들었다. 몸을 돌리는 세희의 입가엔 옅은 미소가 떠올라 있었다.

　지혁은 전화를 끊고 나서 일어섰다. 유진과 연수가 연인이라니! 그의 가슴을 답답하게 만들었던 것이 오해였다는 것을 깨닫게 되자 그의 기분은 날아갈 것만 같았다. 식사 내내 터져 나오려는 웃음을 참느라 그는 힘이 들었다. 유진과 세희가 단순한 친구라는 사실은 그를 흥분하게 만들었다.

지혁은 하늘을 올려다보고 있는 세희를 바라보았다. 도대체 저 여자의 무엇이 그를 이렇게 만드는지 그는 알 수 없었다. 하지만 그를 끌어당기고 있는 무언가가 있는 것은 확실했다.

그는 창립일의 그 밤을 떠올렸다. 까만 밤하늘을 수놓았던 불꽃들을 보며 그는 세희에게 이렇게 말했었다. 금세 사그라지는 것이기에 더욱 아름다울지도 모른다고 했었다. 어쩌면 이렇게 활활 타오르고 있는 그의 마음도 금세 변해 버릴지 모른다. 여태까지 만나왔던 여자들과 달랐기에 그녀에게 끌리는지도 몰랐다. 그리고 그녀의 감정도……. 세희의 마음이 그의 마음과 같다고 생각했었지만, 이제는 그런 확신도 사라져 가고 있었다. 그녀는 정말 그가 마음에 들지 않아 연수와의 만남을 방해했는지도 모른다. 그는 이제 어떤 것도 판단하기가 힘들었다. 지혁의 가슴을 채웠던 기쁨이 점점 자취를 감추고 그 자리엔 좌절감이 들어차고 있었다.

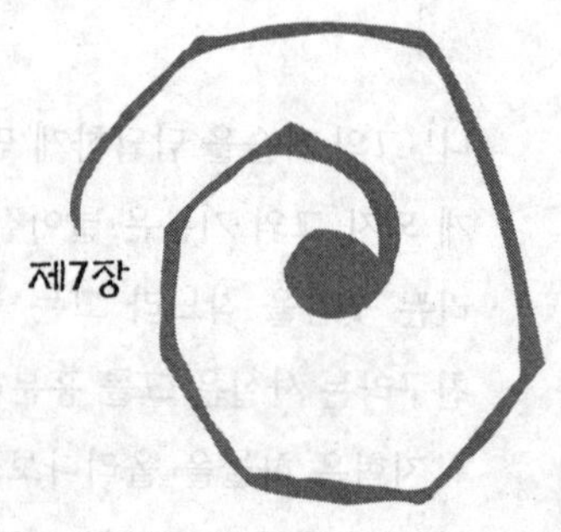

연수는 한 달간의 휴가가 끝나자 다시 프랑스로 떠났다. 유진과 연수는 견우와 직녀처럼 울며불며 이별하고 나서야 그들의 위치로 돌아갔다. 그들은 멀리 떨어진 만큼 더욱 애틋함이 생겨 전화와 메신저로 하루의 일과를 낱낱이 보고하는 모양이었다. 그렇게 두 골칫덩이들은 나름대로 자신들의 세계를 구축하고 있었다. 그들 덕분에 덩달아 한바탕 소란을 겪은 세희도 그녀의 일상으로 돌아왔다.

"자, 커피 대령입니다."
민준이 커피를 한 모금 마시고 엄지손가락을 들어 올렸다.

"역시 이 실장님이 타주시는 커피가 최곱니다."

"한 실장님은 점점 아부가 늘어가시는 것 같네요."

"하하, 생존 본능이죠."

그의 능청스런 말에 세희는 웃었다. 아침마다 그와 함께 커피를 마시는 시간은 그녀에게도 활력소가 되었다.

"그런데 이 실장님, 오늘은 평소보다 조금 늦으셨네요."

"오늘 십부제에 걸려서 버스를 타고 왔거든요."

"집이 과천이라고 그러셨죠?"

"네. 앗!"

세희는 자신이 커피 잔을 들고 자리로 돌아가려다 갑자기 다리를 내민 민준으로 인해 커피를 엎지르고 말았다. 다행히 데이지는 않았지만, 갈색 얼룩이 그녀의 블라우스에 빠르게 퍼져 나갔다.

"괜찮으세요? 어디 데이진 않았어요?"

민준의 걱정스런 얼굴을 보며 그녀는 고개를 흔들었다.

"괜찮아요. 잠깐만요."

세희는 화장실로 달려가 급히 얼룩을 문질렀다. 얼룩은 점점 옅어졌지만 블라우스가 축축해졌다.

"그래도 얼룩이 남았네."

그녀는 얼굴을 찌푸리며 손수건으로 대충 물기를 빨아들였다. 세희는 거울을 보며 옷매무새를 대충 정리한 후, 다시 사무실로 들어섰다. 문을 열자마자 본 것은 책상 위를 뒤지고 있는 민준의 모습이었다.

"지금 뭐 하세요?"

저도 모르게 나오는 날카로운 자신의 목소리에 세희는 눈살을 찌푸렸다. 후다닥 몸을 일으키는 민준을 보며 세희는 의심스런 눈초리를 던졌다.

"네? 아, 커피가 엎질러져 있어서요. 책상 위를 닦으려고 하는데 휴지가 없네요."

당황한 얼굴로 민준이 말하자, 세희는 책상 위로 시선을 돌렸다. 민준의 말대로 책상 위에는 커피 잔이 팽개쳐져 있었다. 아까 그녀가 급하게 놓는 바람에 그렇게 된 듯싶었다. 그럴 리가 없지 싶으면서도 요즘 회사 안팎에서 돌아가는 일로 인해 신경이 곤두서 있어 순간 예민해졌다. 그녀는 마음속으로 민준에게 미안함을 느끼며 책상 앞으로 다가갔다.

"서랍에 넣어뒀거든요."

"아, 거기 있었군요. 그런데 괜찮으세요?"

"네, 데이지는 않았어요. 다만 약간 얼룩이 남아서 좀 찜찜하네요."

책상 위를 닦으며 세희는 중요한 자료가 없었는지 눈으로 훑었다. 특별히 눈에 띄는 것은 없었다. 그녀는 불안했던 마음이 풀리는 것을 느끼며 민준에게 몸을 돌렸다.

"이 실장님, 오늘 차 안 갖고 오셨다고 하셨죠? 그럼 퇴근할 때는 제가 모셔다 드릴게요."

“안 그러셔도 돼요.”

사양은 했지만, 그녀도 오늘 하루를 어떻게 보낼지가 난감한 상태였다.

“미안해서 그래요. 제가 갑자기 다리를 내미는 바람에 제 발에 걸려 넘어져 커피가 쏟아졌으니.”

“제가 주의 깊게 보지 않아서 그렇죠.”

“그럼 커피 값이라고 해두시면 되지요.”

“커피 값이 너무 후한 거 아니에요?”

“하하. 매일 얻어 마시는 것에 비하면 아무것도 아니지요. 그럼 이따가 모시러 오겠습니다.”

문가에 서서 그녀의 답을 기다리는 민준에게 세희는 고개를 끄덕였다.

“네, 그럼 오늘 하루 신세질게요.”

지혁은 답답한 마음에 드라이브를 나왔다. 하지만 정신을 차리고 보니 세희의 집 앞이었다. 요 근래 그는 수도 없이 그녀의 집 앞을 서성였다. 전에는 그나마 연수와의 데이트를 핑계로 드나들었지만, 연수의 출국과 동시에 그 구실도 사라져 버렸다.

불 꺼진 창문을 바라보며 한참을 앉아 있는데 그녀의 집 앞에 자동차가 다가왔다. 그리고 낯익은 실루엣의 남녀가 차에서 내렸다. 세희와 민준이었다. 그들이 친하다는 것을 알고 있었지만 이 정도일 줄은 몰랐다. 그들의 모습은 무척이나 다정해 보였다. 그는 가슴에 저릿한 통증을 느꼈다.

세희가 집 안에 들어가자 민준은 곧 차를 타고 사라졌다. 세희의 집에서 흘러나오는 불빛을 보며 그는 한참을 멍하니 앉아 있었다. 그리고 마침내 불빛마저 사라지고 나자 그는 시동을 걸었다.

‘차라리 아무 말도 하지 말 것을.’

지혁은 그날의 일을 후회했다. 그의 섣부른 행동으로 인해 세희와의 사이가 서먹해졌다. 그녀가 원하는 대로 해주겠다고 결심했다. 그래서 아무 내색도 하지 않고 하루하루를 보냈다. 하지만 그의 신경은 온전히 그녀만을 향해 있었다. 그의 예민한 신경은 언제 터질지 몰라 위태로웠지만, 그녀에게 그런 그의 심경을 비추면 지금의 관계마저 끊어질까 봐 내색도 못했다.

처음엔 금세 잊혀질 줄 알았다. 그러나 그것은 그의 착각에 지나지 않았다. 누구보다 쿨하다고 자신하는 지혁은 자신이 이런 감정의 앙금을 갖게 될 줄 몰랐다.

지혁은 회사에 차를 세우고 근처의 바로 향했다. 그는 술로 스트레스를 푸는 사람을 탐탁치 않게 생각했지만, 오늘은 술을 마시고 싶었다. 흠뻑 취하고 싶었다.

“최지혁 씨?”

낯익은 목소리에 뒤를 돌아보니 유진이 트레이닝복 차림에 비닐 봉투를 들고 서 있었다. 어렴풋이 그가 이 근처에 산다는 것이 생각났다.

"유진 씨, 오랜만이군요."

"그러게요. 연수가 가고 나서는 처음이네요."

지혁은 고개를 끄덕이다 유진에게 어렵게 말을 꺼냈다.

"지금 술 한잔하러 갈 건데, 시간 되면 같이 가시겠습니까?"

"그럼 저희 집으로 가시죠. 저도 맥주 한잔하려고 했거든요."

유진이 비닐 봉투를 들어 올렸다. 그 안엔 제법 많은 양의 맥주와 안줏거리가 담겨 있었다. 아마 그도 술친구가 필요한 입장인 듯했다. 지혁은 그를 따라갔다. 연수가 있을 때를 제외하곤 유진과 만난 적이 없었는데도 그가 친근하게 느껴졌다.

오피스텔은 생각보다 가까웠다. 현관을 열고 들어서자 로즈마리 향이 은은하게 풍겼다. 세희의 집에서 맡았던 그 향이었다.

"깔끔하군요."

"이쪽에 편하게 앉으세요."

지혁이 소파에 앉자, 유진이 맥주와 마른안주를 비닐 봉지에서 꺼내 늘어놓았다. 유진이 맥주 캔을 건네며 머리를 긁적거렸다.

"참 이상하죠? 그렇게 많은 만남을 가진 것 같지 않은데, 지혁 씨가 편하게 느껴지니."

"그러게 말입니다. 연수 씨는 어떻게 지내나요?"

"휴우, 잘 지내죠."

한숨을 쉬는 유진을 보니 순탄치만은 않은 모양이었다.

“무슨 문제 있습니까?”

“그냥, 떨어져 있으니 힘이 드네요.”

쓸쓸하게 말하는 유진의 모습에 새삼 그는 자신의 처지가 생각났다. 가까이 있어도 가까이 가지 못하는 심정이라니.

“저…… 항상 사과해야지 했는데 못했네요. 지난번에는 제가 너무 무례했어요. 오해를 해서…….”

“아닙니다. 제가 오해 살 만한 행동을 했지요. 그리고 유진 씨가 무례한 행동을 할 분도 아니고.”

“연수한테 얘기 많이 들었습니다. 지혁 씨 덕분에 이렇게 우리가 서로의 마음을 털어놓을 수 있었다고, 항상 감사하게 생각해야 된다고 얼마나 주입을 시키던지.”

유진의 말을 들으니 연수의 통통 튀는 표정들이 생각났다.

“하하, 연수 씨답군요.”

“그러게 말입니다. 덕분에 이렇게 꽉 붙잡혀서 살고 있습니다.”

죽는 소리를 하고 있지만 유진의 표정은 행복해 보였다. 지혁은 그런 유진이 부러웠다.

“부럽군요.”

너무나 조용한 목소리에 자칫하면 흘려 버릴 뻔했지만, 유진은 듣고 말았다. 그는 자신이 들은 말을 몇 번이고 곱씹다 놀란 눈으로 지혁을 바라보았다.

저 남자가 사랑에 빠졌다는 말인가. 사실 남자가 사랑에 빠졌다는 것은 놀라운 일이 아니었다. 하지만 바람둥이라는 별명을 가진 남자라면 얘기가 달라졌다. 지금 지혁은 힘없는 얼굴로 맥주를 마시고 있었다. 단연 실연당한 남자의 얼굴이었다.

유진은 세희가 했던 말을 떠올렸다. 그는 직장 상사로는 최고지만, 남자로서는 최악이라고 했다. 그만큼 여자들을 많이 만나왔고, 쉽게 헤어지는 일을 반복했다는 얘기였다. 하지만 그의 쓸쓸한 목소리는 그가 쉽게 감정을 수습하지 못하고 있다는 것을 알려주고 있었다.

"이 실장……."

"네?"

유진은 갑자기 친구의 이름을 꺼내는 지혁을 의아한 눈으로 바라보았다.

"이 실장은……."

지혁은 오랫동안 마음속에 담아두었던 말을 머뭇거리며 꺼냈다.

"그냥…… 그냥 요즘의 이 실장은 내가 알았던 사람과 너무 달라져서 말입니다. 항상 절제된 모습만 봤었는데 말이죠."

"아, 그거 말씀이군요."

뭔가를 아는 듯한 유진의 말에 지혁은 고개를 들었다.

"자제를 한다고나 할까요?"

"자제라고요?"

"그러니까……."

유진은 멈칫하다 다시 말을 이었다.

"실은 한국에 오기 전에 영국에서 잠깐 회사를 다닌 적이 있어요. 휴우…… 거기서 성희롱을 당했어요. 말이 성희롱이지 거의 성추행에 가까웠지요."

지혁은 세희에게 그런 일이 있었다는 사실에 충격을 받았다.

"그래서요?"

다급히 묻는 지혁을 바라보다 유진은 조용히 말을 이었다. 하지만 그도 그 사건을 생각하면 가슴속에서 천불이 날 것만 같았다.

"다행히 아무 일 없이 마무리가 되었는데, 그 다음이 문제였어요. 직원들 사이에서 토리에 대해 잘못된 소문들이 퍼지기 시작한 거예요. 일단 동양인이라는 점도 소문에 영향을 끼쳤죠. 나중에는 피해자인 토리가 가해자인 양 소문이 나는 바람에 회사를 그만둘 수밖에 없었어요. 그들을 상대하기에 토리는 어렸고, 힘에도 부쳤거든요."

그의 말에 지혁의 눈이 분노로 이글거렸다.

"그곳에서 당했던 부당한 일들 때문에 토리가 상처를 많이 받았죠. 하지만 곧 이겨냈어요. 토리는 강한 여자였으니까요."

유진의 눈은 친구에 대한 자부심으로 가득 찼다. 세희가 고통의 시간을 보내는 동안, 그의 가슴도 많이 아팠었다.

"토리가 한국으로 와서 많이 안정을 찾았죠. 그리고 더 이상 회사에서 오해받을 만한 것은 피하고 싶었겠죠."

창립일 후, 그녀는 예전의 옷차림을 고수하고 있었다. 많은 사람들이 그녀에 대한 소문을 듣고 일말의 기대를 했지만 그녀는 여전히 회색 정장을 입고 나타났다. 그리고 지혁은 그런 그녀의 모습에 안도하는 자신을 발견했다.

"그 사람들은 바보군요. 이렇게 유능한 직원을 몰아내다니. 저한테는 행운이었지만."

"맞아요. 세희는 누가 봐도 유능한 인재였는데, 말도 안 되는 이유로 그녀를 몰아낸 거죠."

지혁은 그녀의 옛 동료들에게 분노를 느꼈다. 그러다가 갑자기 떠오르는 생각에 얼굴이 창백하게 질렸다.

"맙소사."

"무슨 일이시죠?"

유진이 자괴감에 빠진 얼굴로 앉아 있는 지혁을 보며 얼굴을 굳혔다.

"설마……."

지혁이 다급하게 부정했다.

"그런 건 아닙니다. 강제로 무언가를 한 적은 없습니다."

지혁은 그녀와의 키스를 떠올리며 고개를 흔들었다. 강제적으로 한 적은 없지만, 그녀가 상사의 성희롱으로 받아들였을까 봐 새삼 걱정이 되었다.

"단지…… 사귀고 싶었을 뿐입니다."

유진은 서서히 긴장을 풀었다. 하지만 곧 다시 몸을 굳힐 수밖에 없었다. 세희와 사귀고 싶다고 했다. 그는 눈앞이 노래지는 것만 같았다. 바람둥이라는 저 남자가 그의 절친한 친구를 마음에 들어한다는 사실은 그를 경계하게 만들었다.

"그래서요?"

유진의 말투가 딱딱하게 변한 것을 느낀 지혁은 힘없는 미소를 지었다.

"이 실장에게 그런 일이 있었다면 혹시 저 또한 그렇게 받아들였을까 봐 걱정이 드는군요."

"만약 그랬다면 가차없이 직장을 그만두었을 겁니다. 하지만 토리라면 직장 상사와 사귀진 않을 것 같군요."

지혁은 유진의 말에 다소 안심을 했지만, 그래도 가슴은 쓰렸다.

"이 실장도 그러더군요."

유진은 힘없이 늘어지는 지혁의 어깨가 안쓰러워 보였다. 그가 본 최지혁이란 남자는 항상 자신감에 차 있어 이런 모습은 처음이었다.

"토리를 사랑하나요?"

조용히 묻는 유진의 말에 지혁은 벼락을 맞은 듯했다. 사랑이라. 이것이 사랑이라는 것일까.

"모르겠습니다. 여태까지 사랑이라는 게 뭔지 모르고 살아왔으니까요. 하지만 분명한 건 다른 여자들과는 다르다는 겁니다. 이걸로 답이 됐습니까?"

“글쎄요, 제가 그걸 이해한다고 해도 토리가 그걸 받아들일 수 있을까요? 여자들은 사랑이라는 걸 항상 확인하고 싶어하더군요. 그런데 지혁 씨 본인의 마음도 확실치 않으면서 그걸 확인시켜 줄 수 있겠어요? 자신의 마음도 모르면서 상대에게 마음을 받아들여 달라고 요구하는 건 이기적인 것 같군요.”

유진의 온화한 말속에 들어 있는 냉정함이 지혁의 머리를 강타했다. 그는 분명 세희를 다른 여자들과 다르다고 생각하고 있었다. 그러면서도 그녀를 다른 여자들 대하듯 육체적으로 밀어붙였다. 그랬으면서 그녀의 거절에 슬퍼한 자신이 한심스럽게 느껴졌다.

영국에서 만난 질리언도 유진과 비슷한 말을 했었다. ‘마음의 진실’이라고 했던가? 그는 그것이 무엇인지 모른다. 자신의 감정도 정확히 모른다. 하지만 그저 스쳐 지나가는 것이라 여기기에는 감정의 무게가 너무나 무거웠다. 그렇기에 더욱 놓칠 수 없었다.

그는 무엇이든 쉽게 포기하지 않았다. 그는 다시 시도해 보기로 했다. 하지만 이제까지와는 다른 방법으로 그녀에게 다가갈 것이다. 그의 답답했던 가슴에 한줄기 빛이 비추고 있었다. 지혁의 생기없던 눈이 다시 반짝이기 시작했다.

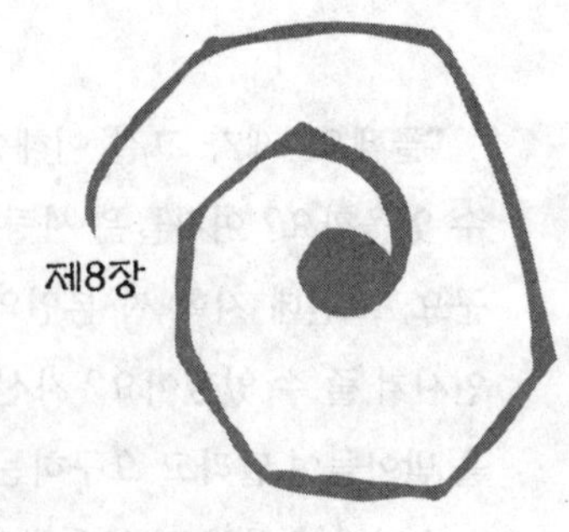

제8장

세희는 지혁을 기다리며 비서실에서 앉아 있었다. 늘 정시에 출근하는 그는 오늘따라 평소와는 다르게 그는 지각을 했다.

"실장님, 요즘 너무 덥죠? 이제 가을인데도 더워요."

"그러게."

"게다가 햇빛 때문에 얼굴도 까매지는 거 같아요. 선크림을 바르기는 하지만 기분이 꼭 그래요."

거울을 꺼내 얼굴을 이리저리 살피는 지수를 보며 세희는 웃었다. 매일 회사 안에 있는 지수가 햇빛을 얼마나 쬐었는지는 모르겠지만 그녀의 심각한 얼굴을 보니 맞장구를 쳐줄 수밖에 없었다.

"후훗, 그러게. 정 실장님은 오늘부터 휴가야?"

"네. 어휴, 휴가 가기 마지막 날인 어제까지도 이것저것을 저한테 얼마나 신신당부하고 가셨는 줄 아세요? 아니, 정 실장님 없으시면 제가 아무것도 못할 줄 아시나 봐요."

"지수 씨는 정 실장님이 없으니까 좋은가 봐?"

지수는 몸을 부르르 떨며 정 실장에 대한 험담을 늘어놓았다.

"말도 마세요. 아주 날아갈 것 같다니까요. 남들은 아마 조용하고 과묵한 사람이라 생각할 거예요. 하지만 실체는 은근히 잔소리쟁이라니까요."

"후후, 정말?"

"네. 그런데 실장님은 그날 이후에는 왜 안 꾸미세요? 정말 예쁘셨는데."

"고마워. 하지만 정말 너무 띄우지는 말아줘."

지수가 뭐라 반박하려 할 때, 지혁이 환하게 웃으며 들어섰다.

"좋은 아침."

그들은 벌떡 일어서서 인사했다.

"좋은 아침입니다, 사장님."

"이 실장, 오 분만 있다가 보고 받읍시다. 강 비서, 커피 한 잔 부탁해요."

"네, 사장님."

지혁이 사장실로 들어간 후 지수가 놀라움으로 커다래진 눈을 세희에게 향했다.

"지금 들어간 분이 우리 사장님이세요?"

"맞아."

담담하게 말했지만 놀란 건 세희도 마찬가지였다.

"웬일이래요? 요즘 내내 저기압이시더니."

고개를 갸웃거리며 중얼거리는 지수를 보며 세희는 찔끔했지만 모르는 척했다.

"글쎄."

"뭐 좋은 일이 있나?"

세희는 지수의 말에 몸을 굳혔다.

'혹시 그새 여자가 생겼나? 그렇다면 정말 바람둥이지. 나쁜 놈! 아니지, 생기든 말든 내가 무슨 상관이야?'

세희는 그에 대한 생각을 떨쳐 버리기 위해 고개를 세차게 저었다.

"왜 그러세요? 어디 아프세요?"

"응? 아, 아냐."

지수의 걱정 어린 말에 얼버무린 세희는 손에 들린 보고서로 시선을 돌렸지만 머리 속에는 아무것도 들어오지 않았다. 몇 번이나 같은 문장을 읽고 있던 그녀는 고개를 번쩍 들어 사장실을 바라보았다. 갑자기 그녀의 가슴이 꽉 막혀오는 듯했다.

지혁은 그날 이후 별다른 말이 없었다. 그녀를 대하는 태도

역시 예전과 같았다. 하긴 맺고 끊음이 분명한 그이니 이번에도 금세 정리했을 것이다. 그리고 그것은 그녀가 원하던 바였다.

'그런데 왜 이리 마음이 어수선하지? 역시 여자를 홀리는 재주는 타고났나 봐, 내 머리까지 휘젓고 다니는 걸 보니.'

그녀는 사장실을 노려본 후 일어섰다. 그가 말한 오 분이 지나 있었다.

똑똑.

"들어와요."

세희는 조용히 문을 열고 들어갔다. 어느 때보다 활력있게 느껴지는 그의 모습에 그녀는 기분이 나빠졌다.

"미강 프로젝트 보고선가?"

그녀가 내민 보고서를 펼치며 지혁은 예리한 눈으로 훑어보았다.

"아직까진 진행이 순조롭군. 그럼 계약 체결 후엔 바로 구조 조정을 단행해야겠군."

"네, J&J에서 우리 쪽으로 위임을 했으니 바로 진행해야 할 것 같습니다."

"그래도 생각보다는 적은 인원을 잘라내게 돼서 다행이야."

"그렇긴 해도 반발이 예상됩니다. 적은 인원이라고 해도 그들은 일자리를 잃는 거니까요."

"어차피 고인 물은 썩기 마련이지. 그대로 두었다간 소수 때문에 다수가 일자리를 잃게 되겠지."

착잡한 얼굴로 세희는 고개를 끄덕였다.

"대정에서 연회를 주최하는 날이 오늘이지?"

"네, 그렇습니다."

"오늘 누가 참석하지?"

"3팀장님을 제외하고는 모두 참석할 것 같습니다."

"그렇군. 그럼 이따 보지."

세희는 유쾌한 얼굴로 말하는 지혁에게 목례를 하고 문을 나섰다. 가슴이 답답해짐을 느꼈다. 그녀는 스스로 원한 것이었음에도 불구하고 지혁의 훨훨 털어버린 듯한 행동에 기분이 상하는 자신을 발견했다.

'내가 갖긴 싫고, 남한테 주기는 아깝다는 건가?'

별수없이 자신도 이기적인 여자라는 생각이 들어 그녀는 쓴웃음을 지었다.

그녀는 자신의 그런 이율배반적인 마음에 하루종일 혼란스러웠다. 그리고 연회에 가기 위해 지혁의 얼굴을 다시 보는 순간, 그 혼란은 배가되었다.

연회장으로 가는 차 안에서 지혁은 옆 자리에 앉은 세희의 차창에 비치는 모습을 조심스레 관찰했다. 그가 지난 오 년간 보아온 복장 그대로였지만, 예전과는 다르게 그 모습에서 섹시함을 발견할 수 있었다. 앞 자리에 앉은 민준과 대화를 하고 있는 그녀를 지켜보며 지혁은 유진과의 만남을 떠올렸다. 유진의 충고대로 그는 자신의 마음을 한 발자국 더 들여다보기로 했다.

아직 완벽하게 자신의 마음을 알 수는 없지만, 한 가지는 분명하게 알 수 있었다. 지금 세희를 놓칠 수는 없다는 것이다. 그런 결론을 내리고 나니 머리 속이 맑아졌다. 그는 백전불패를 자랑하는 싸움꾼이었다. 그런 그에게 한 번의 시련이 닥쳤다고 해서 우울해할 필요는 없었다. 다시 도전하면 되는 거였다. 하지만 세희에게 어떻게 다가가느냐가 관건이었다. 물론 이제까지와는 다르게 다가가야 한다는 것은 알고 있었다.

지혁은 차에서 내려 연회장 안으로 들어섰다. 앞서 가는 민준과 세희를 바라보는 그의 심경은 복잡했다.

"오셨습니까?"

대정의 박형진이 다가왔다. 지혁의 얼음 같은 시선이 형진에게 쏟아졌다. 형진도 입가에 미소를 띠며 냉랭한 눈으로 지혁을 보고 있었다. 실내엔 그들이 같이 서 있는 것만으로도 긴장이 고조되었다. 한참 동안 유지되던 팽팽한 긴장감은 민준의 인사로 인해 흩어졌다.

"안녕하십니까."

형진이 그제야 얼굴을 돌렸다.

"아! 한 실장님, 그동안 안녕하셨습니까?"

"네, 이렇게 초대해 주셔서 감사합니다. 그리고 축하드립니다."

민준의 예의 바른 발언에 형진은 호탕하게 웃었다.

"하하하. 감사합니다."

지혁이 웃는 형진의 모습을 보며 비아냥거렸다.

"요즘 대정이 승승장구하고 있으니 긴장이 되는군요. 비법이 뭔지 알고 싶군요."

"뭐 별다른 게 있겠습니까? 여기저기 소문에 기울이다 보니 정보를 저절로 얻게 된 것뿐이죠."

형진의 말에 그 자리에 있던 사람들은 얼굴을 굳혔다.

"대단한 정보력을 갖추셨으니 부러울 따름입니다."

지혁의 비꼬는 말에 형진은 더욱 여유만만한 얼굴로 말했다.

"하하. 인재가 바로 정보력 아니겠습니까? 최 사장님도 인재에 더 투자를 하시는 게 어떨지."

지혁이 형진의 말에 씨익 웃었다. 그의 웃음에 주위에 있던 사람들은 소름이 오소소 돋는 듯했다.

"충고 감사합니다. 그런데 대정도 내부의 인재를 키우는 게 어떨까 하는 생각이 드는군요. 아, 이건 그냥 저의 사견입니다만, 그래도 밖에서 키우는 쥐새끼보다는 안에서 키우는 강아지가 훨씬 낫지 않겠습니까?"

그 말에 형진의 얼굴이 딱딱하게 굳었다. 세희는 터져 나오려는 웃음을 참으며 몸을 돌렸다. 하지만 곧 얼굴을 굳혀야 했다. 혜미였다. 붉은색의 드레스를 입은 그녀는 어느 때보다 화려한 모습으로 사람들의 시선을 끌고 있었다.

'젠장! 하여간에 저 여자랑 안 마주치는 때가 없구만.'

혜미는 몇 주 전부터 지혁이 다른 여자와 만나고 다닌다는 소문을 들었다. 그 소문을 들었을 때, 그녀는 사실이 아니라고 생각했다. 지혁의 세희를 보는 눈빛은 분명 사랑에 빠진 그것이었기 때문이다. 하지만 혜미는 지난주에 직접 그가 다른 여자와 있는 것을 확인했다. 그녀는 역시 최지혁이라고 생각했다. 저 바람둥이가 어디 가겠는가. 그리고 떠오른 것은 그날 당당하게 지혁과의 교제를 선언한 세희였다. 그날 이후, 얼마나 분했는지! 혜미는 그날 당한 수모를 오늘에서야 갚아줄 수 있으리라 확신했다.

"어머, 여기서 또 만나게 되네요?"

친근한 얼굴로 묻는 혜미를 보며 세희는 속으로 중얼거렸다.

'아니, 저 여자가 오늘은 또 왜 저런대? 맘을 고쳐 먹었나? 아니면……?'

'프로방스'에서의 일을 알고 있는 사람들은 지혁과 혜미의 만남을 흥미롭게 지켜보고 있었다. 하지만 혜미는 그런 것에는 아랑곳하지 않고 지혁에게 당당하게 인사했다.

"잘 지냈죠?"

"그래. 혜미도 잘 지낸 것 같군."

혜미가 어깨를 들어 올리며 세희를 바라보았다. 혜미의 얼굴엔 심술궂은 표정이 지나갔다.

'저 여자가 설마…… 설마 그렇진 않겠지?!'

세희의 등줄기가 오싹해졌다. 혹시라도 혜미가 자신이 한 거짓말을 말할까 두려워 식은땀이 흐르기 시작했다. 그녀는 우선

혜미에게 따로 말해야겠단 생각이 들어 그들의 대화를 방해했다.

"저기…… 혜미 씨, 저, 드릴 말씀이 있는데……."

혜미는 세희의 당황해하는 표정에 더욱 확신을 가졌다. 그녀는 지금의 상황이 마음에 들었다.

"지혁 씨, 그동안 미안했어요. 그리고……."

다급해진 세희는 혜미의 팔을 잡았다.

"혜, 혜미 씨? 저, 저랑 얘기 좀……."

혜미가 잡힌 팔을 털어내며 입을 열었다.

"그리고 축하해요."

'오, 마이 갓!'

역시 그녀에겐 행운이 따라주지 않았다. 세희의 얼굴은 돌이 된 듯 굳어졌다. 하지만 곧 정신을 차리고 혜미를 끌어당기며 입술을 당겨 억지로 미소를 지었다.

"하하, 저기 혜미 씨? 잠깐만요."

한 발 내디디는 그녀의 등 뒤로 지혁의 목소리가 들려왔다.

"뭘 축하한다는 거지?"

세희는 눈을 감고 기도했다.

'제발, 제에에발, 플리이이이즈!'

하지만 신은 그녀의 편이 아니었다.

"이제 지혁 씨도 정착하시는 건가요?"

"정착?"

지혁이 의아한 눈으로 반문했다. 도대체 무슨 말을 하는지 알

수가 없었다. 게다가 혜미의 옆에 서서 초조한 얼굴을 보이는 세희도 이상했다. 하지만 그의 예민한 감각은 혜미의 말을 들어보라고 속삭이고 있었다.

"세희 씨랑 진지하게 사귀기로 했다면서요? 세희 씨, 이 남자 잘 붙들고 있어요. 언제나 날아갈 생각만 하는 바람 같은 남자니까."

혜미의 축하에 실내는 찬물을 끼얹은 듯 조용해졌다. 사람들의 시선들이 그들을 향해 쏟아졌다. 민준과 형진의 놀라는 표정이 그대로 그녀의 눈에 들어왔다. 세희는 눈을 질끈 감았다. 그녀의 이름이 나왔으니 이제 창피당하는 일만이 남았을 뿐이다. 그녀는 혜미를 증오했다. 저 여자는 지금 폭탄 중에서도 핵폭탄을 터뜨린 것이다.

'도대체 나와 무슨 원수가 진 거냐고! 제기랄!'

세희는 감았던 눈을 뜨고 혜미를 노려보았지만 그녀는 모르는 척 고개를 돌릴 뿐이었다. 그녀는 멍하니 서 있는 지혁을 바라보며 진실을 말해야겠다고 결심했다. 얼마나 어이없는 일인가. 면전에선 싫다고 해놓고선 뒤에선 그와 사귄다고 사기치고 다녔으니 말이다. 그녀는 정말 쥐구멍에라도 숨고 싶었다. 게다가 지혁의 얼빠진 얼굴이라니!

"저……."

"어머나! 정말이니?"

이런 광경이야말로 '설상가상' 이란 말뿐이 설명할 길이 없을 것이다. 그들에게 황급히 다가오는 황 여사를 보며 세희는 숨을 삼켰다. 일이 점점 커져 가고 있었다. 그녀는 얼른 수습해야 한다는 생각을 했다. 이 많은 사람들 앞에서 사실이 아니라는 말을 하는 게 죽기보다 싫었지만 황 여사에게까지 거짓말을 하고 싶진 않았다.

"저, 그게 아니라……"

"축하한다. 아니, 내가 축하를 받아야 되나? 세희 씨가 내 며느리가 된다니! 너무 감격스러워서."

눈물까지 글썽이는 황 여사의 말에 모두 결론이 났다는 듯이 사람들은 고개를 끄덕이며 축하의 말을 건넸다. 하지만 그와 대조적으로 혜미의 얼굴엔 벌레 씹은 표정이 지나갔다. 설마 이렇게 되리라고는 생각하지 못한 모양이었다. 세희는 그런 혜미로 인해 통쾌함을 느꼈지만 그것도 잠시였다. 그녀는 곧 닥쳐올 일들이 걱정됐다.

충격에 휩싸여 있던 지혁은 그제야 일이 어떻게 돌아가는지 이해되기 시작했다. 그는 갑작스레 찾아온 행운에 입을 다물지 못했다. 이게 말로만 듣던 호박이 넝쿨째 굴러온 게 아닌가 싶었다.

'저 골칫덩어리 장혜미가 이런 행운을 가져다 줄 줄이야!'

하지만 여기서 그의 기분을 나타낼 수는 없었다. 지혁은 비실비실 나오려는 웃음을 참았다. 그의 두뇌는 빠르게 돌아가고 있었다.

"감사합니다."

그들을 에워싼 사람들에게 그는 감사의 인사를 했다. 끊이지 않는 축하의 행렬 속에서 지혁은 돌처럼 굳어 있는 그녀의 귓가에 이렇게 속삭였다.

"이따가 따로 할 얘기가 있겠지?"

그의 속삭임에 세희는 몸을 떨어야만 했다. 그녀는 옆에 서 있는 남자를 바라보았다. 지금의 상황에 어쩔 줄 몰라 하는 그녀와 대조적으로 지혁은 너무나 차분하게 행동하고 있었다. 그녀는 그의 대처 능력에 절로 감탄이 나왔다.

축하의 행렬이 사라졌을 무렵, 그녀는 지혁에게 양해를 구하고 자리를 옮겼다. 발코니에 나와 차가운 공기를 마시며 그녀는 지끈거리는 머리를 손가락으로 눌렀다. 도대체 왜 그런 실수를 저질렀을까. 그녀는 오기로 내뱉었던 말이 이렇게 눈덩이같이 커져 자신을 짓누를 줄은 미처 예상하지 못했었다.

"휴우, 내가 미쳐."

장혜미를 끌고라도 갔어야 했다. 그랬다면 조금은 달라졌을 텐데! 그녀는 한숨을 쉬며 후회하고 또 후회했다. 제법 쌀쌀한 가을 바람이 그녀의 머리칼을 흐트러뜨렸다. 그녀는 머리를 쓸어 올리며 연회장을 바라보았다. 저 안에서 벌어졌던 일들이 모두 꿈만 같았다. 하지만 문이 열리며 그녀만 있던 공간에 하나둘씩 사람들이 나오기 시작하자, 그녀는 또다시 혼자만의 공간을 찾아 발코니를 나섰다. 사람들의 호기심 어린 눈초리가 그녀를 조여왔기 때문이다.

세희가 휴게실을 찾으려고 주위를 둘러보는 가운데 민준이 급하게 지나가는 것이 보였다. 아마 그도 오늘 일에 놀랐을 것이다. 게다가 얼마 전에는 지혁에게 관심없다고 말했었다.

"한 실장…… 어?"

그녀가 가까이 다가갈 무렵 민준이 엘리베이터를 타버렸다.

"어디를 가려는 거지? 벌써 집에 가려는 건가?"

엘리베이터의 문이 닫히는 순간, 그 안에 박형진의 모습이 얼핏 보였다. 세희는 눈살을 찌푸리고 의문의 눈빛을 하고 있다가 이내 고개를 흔들었다.

집으로 돌아오는 차 안에는 침묵이 흘렀다. 세희는 조마조마한 마음으로 앉아 그의 눈치를 살폈다. 그의 얼굴은 딱딱하게 굳어 있었다. 그녀는 어째서 이렇게 일이 꼬여 버렸는지, 뭐라고 변명을 해야 할지를 생각하느라 머리가 터질 것만 같았다. 연회장에서 진실을 말할 기회가 있었지만 번번이 놓치고 말았다. 이상하게도 그녀가 진실을 말하려고 할 때마다 지혁이나 황 여사가 다른 쪽으로 화제를 돌렸다. 그녀는 황 여사를 생각하니 머리가 지끈거렸다. 황 여사는 그들에게 축하의 인사를 던진 후, 연회 중간에 사라져 버렸다. 황 여사의 흥분했던 표정은 그녀에게 더욱 죄책감을 느끼게 만들었다.

"내리지."

차창 밖을 보니 어느새 그녀의 집 앞이었다. 세희는 도살장에 끌려가는 심정으로 차에서 내렸다. 그녀는 빤히 쳐다보는 지혁에게 떨어지지 않는 입으로 예의상 물었다.

"저…… 커피라도 드시고 가실래요?"

'제발, 제에발!'

그녀는 마음속으로 그가 거절해 주기를 간절히 바랐다. 하지만 오늘 신은 끝끝내 그녀의 편을 들어주지 않았다.

"들어가지."

'젠장!'

세희는 떨리는 손끝으로 문을 열고 들어갔다. 거실에 들어서서 그녀는 초조함으로 바싹 마른 입술을 열었다.

"저, 자, 잠시 앉아 기다리세요. 커피 준비할게요."

"앉지."

지혁의 짧은 명령에 세희는 쭈뼛쭈뼛하며 소파에 앉았다. 그의 표정은 화가 난 듯 잔뜩 굳어 있었다. 하긴 그가 화를 낸다고 해도 그녀는 할 말이 없었다. 그녀가 아는 지혁은 다른 사람의 일에 무심한 편이어서 이런 귀찮은 일에 휘말려 줄 사람이 아니었다. 하지만 그는 오늘 그녀를 도와주었다. 세희는 그런 그에게 고마움을 느끼고 있었다. 어찌 됐든 공개적인 망신을 당할 수 있는 자리에서 그녀를 구해줬으니 말이다.

세희는 용기 내어 그에게 설명하려고 입을 열었다.

"제가 설명할게요. 저기, 실은……."

"아니, 어떻게 됐는지는 지금 문제가 되지 않아."

지혁의 조용하면서 단호한 말에 그녀는 숨을 들이켰다.

"그럼……?"

"앞으로, 그러니까 우리의 미래에 대해 말해야 하지 않나?"

그녀는 돌처럼 굳어버렸다. 미래? 무슨 미래? 우리한테 무슨 미래가 있다는 거지? 세희는 아무리 곱씹어봐도 알아낼 수가 없었다.

"미, 미래라뇨?"

"말 그대로야. 오늘 연회에 온 사람들은 우리의 결혼까지 예상하고 있을 거야."

'허거걱! 겨얼호온? 무슨 말도 안 되는!'

부정하려고 입을 여는 순간, 오늘 있었던 광경들이 그녀의 뇌리를 스쳤다. 축하의 인사를 하는 사람들은 하나같이 그들에게 언제 청첩장을 줄 거냐고 물어봤었다. 게다가 며느리 운운한 황 여사의 말까지 들었던 그들이니 그런 예상은 어쩌면 당연한 수순이었을 것이다.

"하지만……."

"내 말은 이런 상황에서 안일하게 대처할 수는 없다는 거야. 게다가 한두 명도 아니었잖아?"

세희는 그의 말에 아무 말도 할 수 없었다. 차라리 공개적인 망신을 당하는 편이 지금의 상황보다는 낫을 것이다.

"오늘 많은 사람들이 우리를 축복해 주고 갔어."

그의 말이 이어짐에 따라 세희의 얼굴은 점점 더 경직되어 갔다.

"덕분에 난 오늘 결혼을 앞둔 남자가 되고 말았지."

"죄, 죄송해요. 그러니까……."

"게다가 어머니도 기뻐하셨지."

그녀의 말을 끊으며 지혁은 말을 이어나갔다. 그리고 그의 의도대로 세희는 죄책감에 얼굴을 붉혔다.

"저, 사모님께는 사실대로 말씀드리는 게 낫지 않을까요?"

"어머님이 그렇게 기뻐하셨는데 지금 와서 그건 거짓말이었다고 말하라고?"

"하, 하지만 그래도 나, 나중에 거짓이었다고 하는 것보단 낫지 않을까요?"

"아마 지금 이 시간이면 온 친척들이 다 알고 있을 거야."

그의 말에 세희는 눈을 질끈 감았다. 오기로 한 거짓말이 이렇게 눈덩이처럼 불어날 줄이야!

"일단 약혼식이라도 해야겠어."

"네에?"

세희는 새된 소리를 질렀다. 지금의 사태가 심각하다는 것은 알지만 약혼식은 무리라고 생각했다.

"그건 좀 오버인 거 같은데…… 그, 그렇다면 그냥 사귀는 척만 하면 안 될까요?"

세희의 말이 점점 흐려졌다. 자신의 거짓말로 인해 지혁에게 이런 제의까지 해야 한다니 정말 민망했다.

조용한 실내에 그녀의 전화벨이 울렸다. 황 여사의 이름이 뜨자 그녀의 입에서 절로 한숨이 나왔다.

"전화 좀 받을게요. 사모님이시네요."

"누구한테든 비밀로 해야 해. 특히 어머니한테."

"……네."

세희는 한숨을 쉬며 전화를 받았다. 또다시 거짓말할 생각을 하니 가슴이 답답해졌다.

"여보세요."

―세희 씨, 아니지, 이젠 세희라고 불러도 되겠지?

오늘따라 황 여사의 목소리가 즐겁게 여겨지지만은 않았다.

"그, 그럼요."

―아직 연회장인가?

"아뇨, 집에 왔어요."

―아까는 너무 사람이 많아서 말을 못했는데, 정말정말 고마워.

"아니, 뭐……."

―드디어 우리 지혁이가 정신을 차렸나 보네. 그렇지 않아도 내가 창립일 날 그랬거든, 결혼할 여자가 아니면 스캔들 내지 말라고.

맙소사! 세희는 숨이 턱 막히는 듯했다. 이제 도망갈 구멍조차 없어 보였다.

“오, 오늘 먼저 가셔서 인사도 제대로 못 드렸습니다.”

―너무 기쁜 나머지 한시라도 빨리 친척들한테 소식을 전하느라 일찍 나왔어. 호호호.

“치, 친척들이요?”

세희는 눈앞이 노래지는 것만 같았다.

―그럼, 이런 좋은 소식은 여러 사람한테 전해야지. 그리고 다른 사람한테 들으면 얼마나 기분이 상하겠어?

“그, 그렇군요.”

―아이고, 내 정신 좀 봐. 이렇게 늦은 시간에 전화해 놓고, 그런데 지혁이는 혹시 거기에 있나?

“네. 바꿔 드려요?”

그녀는 대답을 하는 순간, 자신의 혀를 깨물고 싶었다. 이 늦은 시간에 남녀가 한집에 있다는 사실은 가히 좋은 그림이 아니었다.

―아니, 혹시나 해서 물었지. 호호호, 어머! 내가 주책맞게 전화를 했구먼. 지혁이한테 내일 집에 들르라고 전해줘. 세희도 잘 자고.

“아, 네. 쉬세요.”

세희는 전화를 끊고 고개를 숙였다.

“역시 친지들에게 이미 전화하신 모양이군.”

지혁은 어머니의 발빠름을 마음속 깊이 감사드리며 담담하게 말했다.

“네.”

세희는 힘이 없었다. 일이 너무나 커져 버려 어떻게 해야 할지 난감했다. 한 가지 거짓말을 하기 위해선 일곱 가지 거짓말을 하게 된다더니 정말 그대로 되었다.

“흠, 좋아. 일단 그러면 세희 말대로 사귀는 모습을 보여주자고. 대신 이 얘긴 둘만의 비밀로 해야 해.”

지혁은 입술 양끝이 자꾸 위로 올라가려는 것을 참으며 진지한 표정으로 다짐시켰다.

“……네.”

항상 자신감에 차 있던 세희가 풀이 죽은 얼굴로 고개를 끄덕이자 지혁은 안쓰러운 생각이 들었다. 하지만 이게 어떤 기회인가? 신이 주신 기회였다. 그걸 놓칠 그가 아니었다.

“그리고 이제 사적인 자리에선 이름을 부르기로 하지.”

“하지만 제가 어떻게…….”

“그럼 어머니 앞에서도 사장님이라고 부를 건가?”

세희는 말없이 고개를 저었다.

“저, 사장, 아니, 지혁 씨, 그런데 이 연극은 언제까지 해야 할까요?”

그녀는 정말 난감했다. 언제까지 이 연극을 해야 할지, 연극이 끝난 후에는 어떻게 되는 건지 너무나 막막했다. 이럴 줄 알았으면 어떤 일이 있더라도 사실을 말하는 건데. 후회가 물밀듯이 밀려왔다.

"그건 추후 사정을 봐가면서 결정하지. 하지만 어느 정도 시간이 걸릴 거라고는 각오해야겠지."

지혁은 당연히 끝낼 생각이 없지만 심각한 표정으로 말했다. 이 연극은 아마 현실이 될 것이다. 지혁은 그렇게 만들겠다고 다짐 또 다짐했다.

"그럼, 오늘은 이만 가보지."

"네."

배웅하기 위해 힘없이 자리에서 일어나는 그녀를 만류하고 지혁이 떠나자, 세희는 머리를 감싸고 주저앉았다. 오늘 그녀에게 일어난 일들이 모두 꿈인 것 같았다.

이 모든 일들이 자신의 말 한 마디로 인해 눈덩이처럼 불어났다는 사실이 믿어지지 않았다. 누구를 원망할 수도 없다는 사실이 그녀를 더욱 깊은 나락에 빠뜨리고 있었다. 그녀는 이런 일에 빠지게 된 지혁에게 너무나 미안했다. 세희는 그의 제안을 떠올리며 울상 지었다. 솔직히 그와 거짓으로 사귄다는 것이 마음에 들지 않았지만 거절할 수도, 불평할 수도 없었다. 따지고 보면 그녀의 서툰 거짓말에 희생되어 졸지에 약혼자 노릇을 하게 된 지혁이야말로 진짜 피해자였다.

지혁에게 공적인 만남 이외에는 싫다고 말한 지 겨우 한 달이 지났을 뿐이다. 하지만 오늘 그녀의 실수로 다시 그와 이렇게 엮이게 되었다. 그녀의 마음은 무거웠다. 빠져나가려고 해도 이상하게 그와의 관계는 점점 가까워지고 있었다. 그녀는 이 연극이 자신에게 어려운 일이 될 것임을 직감했다. 그와 관계하고 싶지 않으면서도 그를 의식하는 자신의 이율배반적인 마음을 너무나 잘 알고 있기 때문이었다.

"어떻게 일이 이 지경이 됐을까."

세희는 소파에 깊숙이 앉아 머리를 팔로 감싸 안았다. 그녀는 복잡한 미로 속에서 홀로 헤매는 듯 혼란스러웠다.

세희가 머리를 싸매며 고민하던 그 시각, 지혁은 그녀의 집을 벗어나자마자 참았던 웃음을 터뜨렸다.

"푸하하하."

지혁은 맘껏 웃었다. 이렇게 기분 좋게 웃었던 적이 언제였는지 기억도 나지 않았다. 세희 앞에서 터져 나오려는 웃음을 참느라 무척이나 힘들었다. 그동안의 고통이 해갈되는 느낌이었다. 그는 만세라도 부르고 싶은 심정이었다. 그의 기분을 온 천하에 알리고 싶었다. 그가 비실비실 웃으며 걷자 사람들이 이상하게 쳐다보고 있었다. 그런 시선에 아랑곳하지 않고, 지혁은 날아갈 듯한 발걸음으로 차로 다가갔다. 너무나 행복해서 가슴이 울렁거릴 지경이었다.

지혁은 자신의 감정을 인정하기로 했다. 이것이 사랑이 아니라면 무엇이란 말인가. 세희를 다른 사람보다 특별하게 여겼을 때부터 그녀에 대한 사랑이 시작되었을 것이다. 아니면 자신도 모르게 그녀에게 점점 젖어갔을까.

그는 정말 바보였다. 세상 사람들이 그에게 혜안을 가졌다고 하지만, 그는 정작 자신의 감정조차 제대로 알지 못하는 바보 같은 남자에 불과했다. 지혁은 많은 사람들이 그에게 알려주려 했던 것들을 이제야 이해할 수 있었다. 유진이 하던 말도, 질리언이 해주었던 충고도 지금에서야 깨달을 수 있었다.

지혁은 너무 늦지 않았기를 기도했다.

월요일 아침, 지혁은 상쾌한 마음으로 출근했다. 주말 내내 그는 세희에게 어떻게 다가갈지 고민하느라 여념이 없었다. 하지만 그런 고민조차도 이제는 행복하게 느껴졌다.

지혁은 회사에 도착해 로비에 들어서서 경비원을 비롯해 마주친 직원들에게 일일이 인사를 건넸다. 모두들 뜨악한 반응이었지만, 그 정도로 그의 심기가 나빠지진 않았다.

"좋은 아침."

"좋은 아침입니다, 사장님."

월요일 아침마다 보고를 하기 위해 일찍 와서 기다리던 세희는 아직 출근하지 않은 모양이었다. 지혁은 지금의 이 기회를 이용하기로 마음먹었다. 그는 자신의 사무실을 눈으로 훑으며 물었다.

"세희는 아직 안 왔나?"

그의 질문에 지수의 얼굴이 한순간 멍해졌다.

"저…… 이, 이 실장님이요?"

지수가 조심스럽게 묻자, 지혁은 깜짝 놀란 표정을 지었다.

"어? 내가 뭐라고 했나?"

"아니, 이 실장님 성함을 부르셔서……."

지수가 의심스럽다는 듯이 눈을 가늘게 뜨고 그를 바라보자 그는 난감한 표정을 지으며 정정했다.

"흠흠. 그랬나? 이 실장은 아직 출근 전인가 보지?"

"네."

"그래, 그럼 수고."

지혁은 아무렇지도 않은 듯 뒤돌아 천천히 사장실로 향했다.

하나, 둘, 셋.

"저, 사장님!"

'그럼 그렇지.'

지수의 다급한 말에 그는 회심의 미소를 짓다가 다시 무표정한 얼굴로 몸을 돌렸다.

"무슨 일이지?"

"저기, 저……."

지수의 얼굴에서 고민의 흔적이 느껴지자 그는 터질 듯한 웃음을 참고 다시 물었다.

"왜 그러지?"

"아니, 그게…… 저기, 사장님, 혹시 실장님하고 사귀세요? 아니, 저 그러니까, 꼭 그렇다는 건 아니고, 제 말은……."

뒤늦게 걱정이 되는지 횡설수설하는 지수에게 지혁은 마지막 일침을 가했다.

"벌써 소문이 난 건가?"

지혁이 혼잣말을 하듯 중얼거렸지만 그 소리는 절대 작지 않았다. 그를 보는 지수의 눈이 번쩍 빛났다.

"그, 그럼 저, 정말 실장님하고 사귀시는 거예요?"

지수는 놀라움에 말을 더듬었다.

"노 코멘트."

지혁은 대답하지 않겠다는 듯이 손을 흔들며 사장실로 들어갔다. 입술 끝이 말려 올라가는 것을 참느라 힘이 들 지경이었다. 그는 들어서자마자 휘파람을 불렀다.

"풋, 오늘 안으로 소문 다 나겠군."

사무실 밖에 있던 지수는 눈을 반짝거렸다. 정말 오늘의 뉴스는 특종이었다. 지수는 이 소식을 누구에게 먼저 전할까 생각하며 재빨리 수화기를 집어 들었다.

세희가 회사 안으로 들어서자 그녀를 향해 호기심 어린 시선들이 쏟아졌다. 그녀는 고개를 갸웃하며 술렁거리는 로비를 지나 사무실에 들어섰다. 그러나 그런 분위기는 사무실도 마찬가지였다. 그녀는 그렇지 않아도 어수선한 회사에 무슨 일이 생긴 것은 아닌지 걱정이 되었다. 다른 날보다는 늦었지만, 아직 지각을 한 것은 아니었다. 그녀는 보고서를 챙겨 사장실로 향했다.

세희가 비서실에 들어서자마자 지수가 반가운 얼굴로 다가왔다.

"실장님, 축하드려요!"

세희는 뭔가 잘못된 것 같은 느낌에 머리가 쭈뼛 서는 듯했다.

"뭐, 뭐를?"

그녀의 더듬거림에 지수가 짐짓 다 안다는 듯한 얼굴로 웃었다.

"에이, 왜 그러세요? 사장님이 벌써 다 말씀하셨는데."

'맙소사. 이 인간이!'

"어? 어, 그렇게 됐어."

세희는 아무렇지도 않은 척 말했지만 속에서는 천불이 날 것 같았다.

'이 인간을 그냥!'

"언제 그런 사이가 된 거예요? 어쩜 그렇게 시치미를 떼셨어요? 아, 알겠다. 요즘 사장님이랑 실장님이랑 분위기가 묘했는데 그게 그런 거였구나."

혼자서 묻고 대답하는 지수를 보며 세희는 가슴이 답답해졌다. 수다스럽기는 했지만, 눈치만큼은 빠른 지수였기에 그들의 분위기를 금세 알아차린 모양이었다.

"저기 지수 씨, 또 누가 알아?"

세희가 떨리는 마음으로 묻자 지수는 순진무구한 눈으로 대답했다.

"홍보실 미스 박이랑 경리부 미스 김밖에 몰라요."

'젠장!'

세희는 눈을 질끈 감았다. 요주의 인물 세 명이 알았으니 회사 전체에 소문이 나는 것은 시간문제일 것이다. 그녀는 이를 악물었다. 이 인간을 가만 놔둘 수 없었다.

"그, 그래, 그렇군. 사장님은 안에 계시지?"

"아! 약속이 있다고 조금 전에 나가셨어요. 점심 시간 전에는 들어오신다고 했어요."

세희는 후들거리는 걸음으로 비서실을 나섰다. 그녀는 혼란스러웠다. 그녀가 지혁의 제의를 거절한 후 지혁은 그것을 내색하지 않았었다. 그렇다고 예전같이 이 여자 저 여자를 만나고 다니는 것도 아니었지만, 그의 감정은 정리된 듯 보였다. 금요일 밤에 있었던 일에도 그는 오히려 담담하고 냉철하게 행동했다. 만약에 그의 감정이 지속된 상태였다면 그 기회를 빌미로 다시 접근했을 것이다. 그러나 그는 그렇지 않았다.

'그런데 왜?'

그녀의 혼란을 부추기는 그의 행동은 단순한 우연일지도 모른다. 세희는 그가 아직까지 자신에게 미련을 갖고 있다고 생각할 만큼 자신을 과대평가하진 않았다.

'그럼, 최지혁이 누군데. 말도 안 되지.'

세희는 정신없이 오전을 보냈다. 지수는 틈이 날 때마다 와서 마치 취재를 하는 기자처럼 육하원칙에 맞게 대답하라고 요구했고, 그런 지수를 돌려보내면 어김없이 그녀를 구경하러 온 직

원들 때문에 시달려야 했다. 마침내 점심 시간이 되자 세희는
밖으로 나가는 것이 두려워졌다. 여기저기서 수군대는 사람들
을 생각하니 입맛이 절로 떨어졌다.

그녀가 커피를 마시려고 일어섰을 때, 사무실 문이 열리며 지
수가 들어섰다.

"실장님, 식사하러 안 가세요?"

"지수 씨 먼저 갔다 와. 난 입맛이 없어서."

"어머, 그럼 뭐라도 사다 드릴까요? 아하!"

지수는 걱정스런 얼굴로 말하다가 갑자기 무엇인가를 깨달은
듯 의미심장한 얼굴로 그녀를 바라보았다.

세희는 그 불길한 시선에 몸을 떨었다.

"왜, 왜 그래?"

"에이, 실장님은? 저한테는 솔직히 말씀하셔도 돼요."

지수의 반짝거리는 눈이 코앞까지 다가오자 세희는 한 걸음
물러섰다.

"뭐, 뭘 솔직히 말하라는 거야?"

"사장님하고 같이 점심 드시려는 거잖아요."

지수가 이해한다는 듯이 고개를 끄덕였다.

"아, 아니, 그게 아니고……."

그때, 지혁이 문을 열고 들어섰다.

"이 실장, 점심이나 같이 하러 가지."

'젠장!'

하여튼 타이밍 하나는 기막힌 지혁이었다. 그녀는 황당한 나머지 입만 벌린 채 서 있었다.

"쿡쿡, 역시. 사장님, 실장님하고 맛있는 점심 드세요."

지수가 인사를 하며 놀리듯이 윙크하고 나가자 세희는 지혁에게 따졌다.

"지수 씨한테 왜 얘기하신 거예요?"

"내가 얘기를 했다고 그래? 난 지수 씨한테 말한 기억이 없는데? 이상하군. 벌써 소문이 난 건가? 하긴 그날 다른 직원들도 있었으니……."

미간을 찌푸리며 생각에 잠긴 지혁을 그녀는 눈을 가늘게 뜨고 쳐다봤다. 분명 지수는 그에게 들었다고 했다.

"그런데 왜 지수 씨는 사장님께서 말씀하셨다고 했죠?"

여전히 의심스런 눈으로 세희가 묻자 그는 진지한 얼굴로 말했다.

"글쎄, 나한테 이 실장과 사귀냐고 묻기에 난 그냥 '노 코멘트'라고 한 것뿐인데. 소문이 났을 수도 있는데 부정하기도 뭐하고, 그렇다고 사귄다고 직접대고 말하기도 뭐하잖아?"

"그, 그렇죠."

그제야 세희의 얼굴엔 수긍하는 기색이 보였다. 지혁은 안도하며 얼른 화제를 바꿨다.

"얼른 나가지."

"전 그냥……."

"무엇이든 난 어중간하게 하는 거 싫어하는 거 알지? 가짜 연극이라고 해도 엉성하게 하고 싶지는 않군."

입가에 여전히 미소를 띤 채 말하는 저 남자의 얼굴이 얄밉다고 생각하며 그녀는 마지못해 대답했다.

"……네."

세희는 조용히 그를 따라나섰다. 회사 정문으로 내려가는 동안, 그들은 많은 직원들의 따가운 시선을 받아내야 했다. 지혁은 그들의 시선에 답례라도 하듯이 그녀를 향해 고개를 숙이며 친밀한 웃음을 지어 보였다. 그 웃음에 세희는 또다시 술렁거림을 느낄 수 있었다.

'정말 이해 못할 남자야.'

지혁이 정문을 열며 그녀가 나가기를 기다리자 또다시 여자들의 한숨 소리가 들려왔다.

'조만간 이 회사에서 매장되겠군.'

지혁이 그녀를 안내한 곳은 시내에서 제법 유명한 죽집이었다. 속이 안 좋다는 그녀를 위해 그가 죽을 권한 것이다.

"소화가 안 될 것 같으면 해물죽보다는 버섯죽이 낫지. 그걸 시킬게."

세희는 미약하게 고개를 끄덕였다. 식사가 나오기까지 그녀는 어색함에 몸을 들썩거렸다. 그녀는 그의 배려가 불편했다. 얼른 이 자리를 벗어나고 싶었다. 하지만 식사를 하는 내내 지혁은 그녀를 살피고 있었다.

어느 정도 그릇이 비워졌을 무렵, 그녀는 숟가락을 내려놓았다.

"더는 못 먹겠어요."

"그것 갖고 되겠어? 반도 못 먹은 것 같은데?"

"아니, 이 정도면 충분해요. 더 이상 먹으면 체할 것 같은데……."

"그래. 그럼 이만 나갈까?"

"네. 앗!"

세희는 방석 위에서 일어서다가 다시 주저앉았다. 찌릿한 통증이 그녀를 덮쳐 왔기 때문이다.

"왜 그러지? 어디가 아픈가?"

"그게 아니라…… 다리가 저려서……."

'우씨, 창피해.'

세희는 얼굴을 붉힌 채 자리에 앉아 있었다.

"먼저 나가 계세요. 아!"

그녀의 말이 끝나기도 전에 지혁이 와서 그녀의 다리를 잡고 주무르기 시작했다. 처음 그가 다리를 만졌을 때는 고통스러웠지만, 어느새 다리가 풀리고 나자 부끄러움이 해일처럼 밀려와 그녀의 얼굴을 더욱 발갛게 달아오르게 했다.

"저기, 이제 그만 하셔도 되는데, 저 이제 괜찮아요."

"그럼 일어나지."

세희는 그의 부축을 받고 일어섰다. 먼저 계산을 하기 위해 나가는 지혁의 뒷모습이 오늘따라 듬직해 보였다.

'저렇게 매너가 좋으니 여자들이 사족을 못 썼겠지.'

그의 행동에 고마움을 느끼면서도 한편으로는 왜 이렇게 비꼬게 되는지는 그녀도 모를 일이었다. 방을 나서면서 그녀는 멈칫했다. 지혁이 그녀의 구두를 신기 편하게 가져다 놓고 있었기 때문이다. 정말 알다가도 모를 남자였다. 어느 순간은 사자처럼 난폭하다가도, 어느 순간은 저렇게 여린 양같이 보이기도 하니.

세희는 전에는 보지 못한 그의 행동으로 인해 당황스럽기만 했다. 진짜 사귀는 사람처럼 행동하는 그를 어떻게 대해야 할지 갈피를 잡지 못했다. 그의 행동이 친절할수록 그녀는 오히려 부담이 되었다. 그녀의 거짓말이 그의 행동을 통해 각인되는 것만 같았다.

'어떻게든 정리해야지. 이러다간 내가 말라 죽을지도 몰라.'

지혁은 회사로 돌아가는 길에 쥬얼리 샵 앞에 차를 주차했다. 내친김에 반지까지 사서 세희의 손에 끼워줄 참이었다. 그렇게 되면 그가 없는 곳에서도 세희에게 접근하는 사람은 없을 것이라는 계산이었다.

"먼저 반지 하나 사지."

"네에? 그, 그럴 필요까지는 없을 것 같은데요."

지혁은 세희와 같이 반지를 맞춘다는 생각에 가슴이 설레었다. 그는 또다시 위로 향하려는 입술 끝을 내리며 진지한 얼굴로 말했다.

"그래도 명색히 커플이라고 소문났는데, 손에 반지가 없으면
이상할 거야."

그의 말에 세희가 한숨을 쉬었다.

"그럼 가벼운 걸로 해요."

"좋아. 들어가지."

그들이 들어가자 샵마스터가 밝은 얼굴로 다가왔다. 옷차림
만 보고도 고가의 보석을 살 사람이라는 것을 알아본 그녀는 여
유로운 미소를 지으며 물었다.

"손님, 찾으시는 게 있으십니까?"

"커플링 좀 보여주십시오."

그의 말에 그녀는 누가 봐도 고가의 반지들을 줄줄이 꺼내놓
기 시작했다. 지혁이 만족스러운 얼굴로 세련되게 커팅된 다이
아몬드 반지를 집는 순간, 샵마스터의 얼굴은 그 어느 때보다
환하게 빛났다. 하지만 그녀의 미소를 멈추게 하는 목소리가 들
려왔으니.

"아니요. 이것들 말고 단순한 금가락지면 좋겠는데."

세희의 말에 샵마스터의 얼굴에선 미소가 사라졌다.

지혁도 마찬가지였다. 그는 기운이 빠진 얼굴로 그녀가 고른
얇은 금가락지를 계산했다. 마음에 들진 않았지만, 영리한 그는
지금은 물러서야 할 때라는 것을 알고 있었다. 그래도 얇은 금
반지라도 나누어 끼니 마음이 한결 편해졌다. 지혁은 다음에는
아름다운 반지를 선물하리라는 기대를 품고서 그녀의 반지 사

이즈를 마음속에 새겼다. 그는 행복한 미소를 지으며 세희의 손가락에서 은은하게 빛나고 있는 반지를 바라보았다.

　세희는 사무실에 도착한 후 손을 씻기 위해 화장실로 향했다. 하지만 화장실로 들어서려는 순간, 그녀는 멈춰 설 수밖에 없었다. 그녀에 대한 화제가 흘러나오고 있었기 때문이다.
　"사장님이랑 이세희랑 사귄다며?"
　어디서 많이 들어본 목소리였다.
　"이세희라니? 이 실장님한테."
　'음, 이건 지수 씨 목소리고.'
　"없을 땐 나라님도 욕한다는데, 이 실장님이라고 달라?"
　'이 사람은 아무래도 홍보실 미스 박 같은데?'
　"그래도 함부로 말하지 말아줘."
　"어쨌든, 삼 개월 이상 갈까 몰라."
　'그럼, 이 목소리는 경리부 미스 김이군.'
　"나는 한 달을 안 넘긴다는 데에 오만 원 건다. 솔직히 이 실장님은 외모도 별로잖아. 사장님 취향에서 너무 떨어진다."
　"만날 밥만 먹고 살 수 있나? 가끔 빵도 먹어 줘야지. 킥킥."
　'한 다알? 빠아앙? 내, 이것들을!'
　세희는 이를 갈며 서 있었다. 주먹 쥔 손이 부들부들 떨렸다.
　"맞아. 얼굴이 예쁘길 하나, 몸매가 섹시하냐. 만날 그 딱딱한 회색 정장은 정말이지 이젠 지겹다. 그러니 '글루미 그레이'지.

보는 것만으로도 정말 우울하다니까."

'내 별명이 '글루미 그레이'라고?'

세희는 자신의 옷을 바라보다 얼굴을 찡그렸다. 그녀는 회색 옷은 모조리 갖다 버리겠다고 그 자리에서 맹세했다.

"큭, 맞아. 만날 그렇게 딱딱하게 다니다가 사장님이 잘해주니까 넘어간 거지."

미스 김의 비웃는 듯한 말에 세희는 안으로 들어가 그들의 얼굴을 똑똑히 봐두고 싶었다. 하지만 그녀는 심호흡을 하며 간신히 화를 삼켰다.

"그러게, 그러고 보면 혼자 잘난 척은 다 하면서 어떻게 그런 바람둥이한테 넘어간 건가 몰라. 솔직히 사장님은 자타가 공인하는 바람둥이 아냐?"

"큭, 달리 바람둥이겠어? 좀 색달라서 사귄 거겠지."

"무슨 소리야. 창립일에 실장님이 꾸미고 오셨을 땐 얼마나 예뻤는데. 아마 여태껏 사장님이 사귄 여자들보다 훨씬 아름다울걸?"

"에이, 설마!"

'내, 저것들을 그냥!'

세희는 이를 바드득 갈았다. 하지만 한편으론 자신의 모습이 그렇게 한심한가 확인하고 싶었다.

'깔끔하고 편한 복장이라고 생각했는데 다른 사람들이 보기에 그렇게 형편없는 모습이었나?'

그나마 지수가 편을 들어줬으니 망정이지, 지수마저 저 두 명과 같은 의견이었다면 정말 상처받았을 것이다.

"진짜라니까? 나도 이 실장님이 아닌 줄 알았어. 그리고 안 믿는다고 해도 이 실장님이 어때서? 능력있지, 성격 좋지, 집안도 그 정도면 훌륭하지, 정말 빠지는 데가 없잖아? 자기들이 생각하기에도 그렇지 않아?"

지수의 말에 그녀는 웃어야 할지 울어야 할지 갈피를 잡을 수 없었다.

"자긴 이 실장님 팬이야, 뭐야? 왜 그렇게 편들어?"

미스 김의 비아냥거리는 목소리가 들렸다.

"편들긴, 사실을 얘기했을 뿐이야. 그러니까 이상하게 소문내지 마. 우리 사장님도 보는 눈이 있다면 실장님을 안 놓칠 테니까."

지수의 말을 끝으로 그녀는 돌아섰다. 그녀에 대해 험담을 해서 그런 건지 아니면 다른 이유 때문인 건지 참으로 이상했다. 분명히 조금 전까지만 해도 그와의 관계를 예전으로 돌리고 싶다고 생각했었다. 그녀도 그를 '바람둥이'라고 칭했었고, 그 별명 때문에 그와 사귀지 않겠다고 결심했었다. 하지만 다른 사람에게서 그런 얘기를 듣자 매우 기분이 나빠졌다.

'내 기필코 삼 개월은 넘긴다. 연극이라도 내가 꼭 삼 개월을 넘기고 만다!'

세희가 씩씩거리며 사무실로 들어서자 그녀의 책상 옆에 민준이 서 있었다.

"한 실장님?"

"아, 이 실장님."

"여기서 뭐 하세요?"

하도 회사 안이 어수선한지라 세희는 얼굴을 찌푸리며 물었다. 책상 위는 말끔하게 치워진 상태였지만, 경계되는 것은 어쩔 수가 없었다.

"아니요. 식사하시고 드시라고 허브 차를 사 왔어요. 요 앞에 허브 전문점이 생겼더라구요. 예전에 허브 차 좋아하신다고 해서."

그의 말대로 책상 위엔 허브 차가 놓여져 있었다. 그제야 세희는 얼굴을 풀며 미소 지었다.

"고마워요, 정말 잘 마실게요. 그렇지 않아도 오늘 허브 차가 절실했었는데."

정말 심신의 안정을 위해서도 그녀에겐 허브 차가 필요했다.

"그리고 축하드려요. 그날은 너무 많은 사람들 때문에 축하도 못 드렸습니다."

민준의 축하에 그녀는 겸연쩍은 미소를 지으며 입을 열었다.

"가, 감사해요."

"역시 제 예감이 맞았던 거군요? 영국 출장 이후에 뭔가 냄새가 난다고 생각했었는데."

"그, 그렇지요."

“실망했습니다. 저까지 그렇게 감쪽같이 속이실 줄은 몰랐습니다.”

“죄, 죄송해요. 그때는 그런 단계가 아니라…….”

‘이젠 거짓말도 능숙하게 잘하는구나, 이세희. 단계는 무슨!’

세희는 민망함에 얼굴을 붉히며 화제를 돌렸다.

“그날 일찍 가셨나 봐요.”

“네? 아, 네. 그냥 좀 일이 있어서. 어? 벌써 시간이 이렇게 됐네요. 그럼 전 이만.”

서둘러 돌아가는 민준을 바라보며 그녀는 안도의 한숨을 쉬었다. 역시 거짓말을 하는 것은 힘에 부쳤다. 닫히는 문 사이로 여직원들의 호기심 어린 눈초리를 느끼며 세희는 중얼거렸다.

“거짓말이 능숙해지는 것은 물론이고, 테러까지 당하게 생겼으니. 애고, 내 팔자야.”

세희는 의자에 앉아 책상 위에 놓인 허브 차를 한 모금 마셨다. 입 안에서 화사한 향기가 맴돌았다.

“음, 역시 오늘 같은 날은 허브 차가 딱이야.”

그녀는 한 손엔 허브 차를 들고, 다른 한 손으로는 미강에 대한 자료를 넘겼다.

“어?”

세희는 눈살을 찌푸리고 다시 자료를 살폈다. 자료는 그녀가 정리해 놓은 것과는 다르게 배열되어 있었다. 대부분의 사람들이 가나다 순으로 배열을 한다면, 그녀는 알파벳의 음으로 배열

하는 습관을 갖고 있었다. 다른 사람들이 보기엔 정리되어 보이지 않는 자료도 실제로는 그녀만의 순서대로 정리된 것이다. 그런데……

"설마? 아니야, 내가 실수했겠지."

그녀는 자신의 착각이길 바라며 고개를 흔들었다.

"그래, 그럴 거야."

생각을 털어버리듯이 다시 세차게 고개를 흔들고, 그녀는 다시 자료를 정리했다.

퇴근할 시간이 거의 다 되었을 무렵, 세희는 정리한 자료들을 들고 일어섰다. 퇴근을 하기 전에 지혁에게 보고하기 위해서였다. 비서실에 가까이 갔을 때, 누군가가 나오고 있었다. 중년의 남자였다.

"커피 잘 마셨습니다. 그럼 이만."

남자가 깍듯이 인사하며 엘리베이터로 향하자 세희는 고개를 갸웃거렸다. 어디선가 본 듯한 남자였다. 세희는 생각에 잠긴 얼굴로 비서실에 들어섰다.

"이 실장님!"

지수가 그녀에게 반가운 얼굴로 다가왔다.

"어? 어."

"왜 그러세요?"

"아니, 아까 나간 남자는 누구야? 어디선가 본 듯해서."

"아, 그분이요?"

그녀의 궁금해하는 얼굴이 기폭제가 되었는지, 지수는 눈을 반짝이며 설명하기 시작했다.

"보고서를 준비하고 있는데 아까 그분이 커다란 과일 바구니를 들고 비서실에 들어오시는 거예요. 제가 누구냐고 물었더니 자꾸 사장님을 찾는 거예요. 그래서 안 된다고 했죠."

"지수 씨, 요점만 말해 주면 안 될까?"

"지금부터 요점이에요. 나중에 그분이 현성에서 일하셨다고 하더라구요. 어? 그러고 보니까 현성은 예전에 이 실장님이 담당하셨죠? 아실지도 모르겠네요?"

그제야 세희는 남자가 왜 눈에 익은지 알 것 같았다. 그녀는 고개를 끄덕였다.

"응, 알 것 같아."

"그러다가 제가 사장님께 여쭀더니 사장님이 난감한 얼굴로 모셔오라고 하시더라구요. 그런데 글쎄, 그 사람이 사장님한테 큰절이라도 할 듯이 인사를 하는 거예요. 전 너무 호기심이 나서 지켜봤죠."

지수는 흥분한 얼굴로 주절주절 읊어대고 있었다. 세희의 인내력이 바닥날 즈음에 드디어 지수가 본론에 접어들었다.

"그런데 그 사람이 뭐라고 한 줄 아세요? 사장님이 M&A 과정에서 구조조정 당한 분들을 다른 회사에 취직시켜 드렸다는 거예요. 와우, 누가 알았겠어요, 우리 사장님처럼 냉철하신 분이 그런 면이 있을지. 게다가 우리도 모르게 해주신 거잖아요.

또 들어보니까 그런 일이 한두 번이 아닌 모양이더라구요.”

세희는 놀란 얼굴을 했다. 지혁에게 그런 면이 있을 줄은 상상도 하지 못했다. 그녀는 그 사실이 믿기지 않았다.

“진짜?”

“실장님도 놀라셨죠? 우리 사장님 같은 분이 그러실 줄 누가 알았겠어요? 아! 죄송해요.”

지수는 갑자기 세희와 지혁과의 관계를 떠올렸는지 뜨끔한 얼굴을 했다.

“아니, 괜찮아. 그리고 나도 놀랐는걸?”

세희는 고개를 흔들며 생각에 잠겼다. 폭탄 맞은 것처럼 머리 속이 혼잡해졌다. 도대체 그녀가 알고 있던 지혁과 실제의 지혁은 얼마나 차이가 있는 걸까?

“그렇죠, 정말 놀랍죠?”

그녀는 멍한 얼굴로 중얼거렸다.

“그러게.”

“아, 사장님께 보고하러 오신 거죠?”

“어? 어.”

“들어가 보세요. 제가 말씀드릴게요.”

“그래.”

세희는 한참을 사장실 앞에 서 있다 손을 들어 올렸다.

똑똑.

“들어와요.”

지혁의 목소리가 들려오자 그녀는 사장실 문을 열었다. 들어
서자마자 커다란 과일 바구니가 그녀의 눈길을 끌었다.

"아침에 못한 보고인가?"

"네."

"훑어볼 동안 잠깐 앉아 있지."

"네."

세희는 자리에 앉아 보고서를 꼼꼼히 살피고 있는 지혁을 혼
란스러운 눈으로 바라보았다.

그는 여전히 그 모습 그대로 있을 뿐인데, 왜 이리도 다른 사
람처럼 보이는지 알 수 없었다. 그녀는 현성의 구조조정 건에
대해 그와 나눴던 대화를 생각해 냈다. 그는 구조조정을 당했던
사람들에 대해 낙오자에 불과하다고 말했었다. 그랬던 그가 이
런 일을 하고 있을 줄이야. 어떤 것이 그의 진짜 모습인지 그녀
는 이제는 알 수가 없어졌다.

'정말 알 수 없는 남자야.'

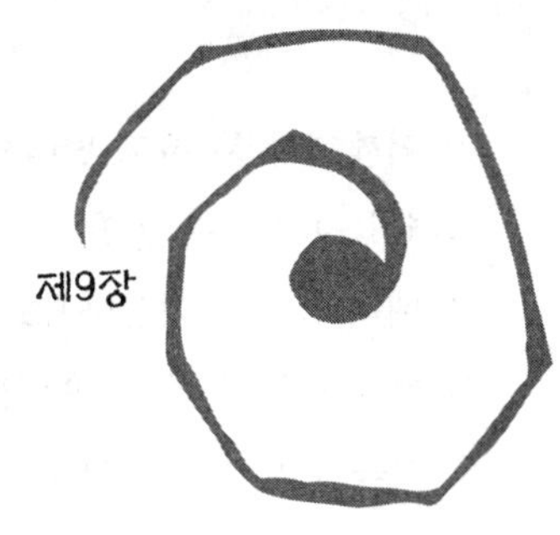

지혁이 변했다. 연기에 몰입한 건지 그는 완전히 다른 사람이 되어 있었다. 한 달 동안, 세희는 그가 달콤한 미소를 띠고 자신을 바라볼 때면 연극인 줄 알면서도 이상하게 가슴이 두근거렸다. 그리고 그와 연극을 시작한 지 일주일쯤 되는 날 그런 현상을 가중시키는 일이 생겨났다.

그날, 세희는 미강 프로젝트 때문에 야근을 하고 있었다. 그녀는 하루 종일 보고서에 파묻혀 있다 피로한 눈을 쉬기 위해 의자에 몸을 기댔다. 그러다 깜박 잠이 들었던 모양이다. 얼마나 시간이 흘렀을까, 그녀는 후각을 자극하는 향긋한 커피 냄새에 의해 잠에서 깨어났다. 세희가 몸을 일으키는 순간, 무언가가 어깨에서 툭 하고 떨어졌다. 지혁의 정장 상의였다. 아마도 그녀가 자고 있는 동안, 그녀의 어깨에 걸쳐 둔 모양이었다. 작은 배려였지만, 이상하게도 그것은 세희에게는 오랫동안 생각을 하게 만들었다. 그 후에도 그의 크고 작은 배려는 지금까지도 계속되고 있었다. 그녀는 여태까지와는 다른 그의 모습 때문이라고 치부하면서도 그를 볼 때마다 떨리는 가슴은 진정되지 않았다.

요즘의 지혁은 사무실 안에서나 밖에서나 한결같은 모습이었다. 그 모습을 다른 사람들이라고 눈치채지 못할 리가 없었다. 특히 이렇게 눈치 빠른 지수라면 더 더욱.

"실장님, 두 분이 계실 때는 사장님이 어떻게 대하세요. 네?"

"무슨 소리야?"

"우리 사장님이 아닌 것 같아요. 실장님이 어떻게 하셨기에 저렇게 변하신 거예요?"

세희는 지수의 질문에 뭐라고 대꾸해야 할지 몰랐다. 그녀는 지혁의 변화가 연기 때문이라고 생각하고 있었다. 그렇다고 그의 행동이 이상하지 않은 것은 아니었다.

"그런 거 없어."

세희는 서류를 보며 심드렁하게 말했다. 하지만 끈질긴 지수가 그만둘 리 없었다.

"에이, 솔직히 말씀해 보세요. 두 분만 계실 땐 어때요? 지금도 저러시는데 두 분만 있으면 닭살이 장난이 아닐 거 같아요.

그쵸? 맞죠?"

"아냐."

세희는 단호히 부정했다. 요즘 지수는 틈만 나면 지혁에 대해 질문을 해댔다. 사실 귀찮기는 했지만, 화장실에서 그녀를 대변해 주던 지수이기에 참고 있었다.

"원래 사장님이 한카리스마 하시던 분이었는데, 요즘 실장님하고 연애하면서 많이 무너지셨어요."

지수는 지혁의 변화가 세희의 탓인 양 곱게 눈을 흘겼다.

"어우, 정말 회사 다닐 맛 안 난다. 사장님도 그렇고, 한민준 실장님도 그렇고, 다 실장님한테 빼앗긴 기분이에요."

"그게 무슨 소리야."

"지금도 매일 아침마다 한 실장님하고 커피 드시잖아요."

"그게 왜?"

"실장님은 저한테 잘 보이셔야 해요. 지금도 사장님을 빼앗아 갔다고 원성들이 자자한데 거기다 한 실장님하고 요즘도 매일 아침 커피 마시는 거 알려지면, 아마 실장님은 테러당하실걸요?"

지수가 자못 심각한 얼굴로 귀여운 협박을 했다. 세희는 화장실에서의 일이 떠올리며 정말 테러를 당할지도 모른다고 생각했다.

"훗, 진짜 무서운걸. 잠깐, 그런데 모두 알고 있는 사실 아니야?"

“그런가? 헤헤, 그래도 대부분의 직원들이 출근하기 전에 드시니까 잘 모를걸요? 그러니까…… 어? 실장님한테 말려들었네? 괜히 말씀 돌리지 마시고 정말 두 분이 계실 때 사장님은 어떠세요?”

지수는 다시 화제를 돌리며 눈을 반짝였다. 그녀가 알던 사장은 차갑지는 않지만 그렇다고 요즘처럼 아무 때나 웃음을 흘리고 다니는 남자는 아니었다. 일을 중요시하던 그가 근래엔 점심 시간을 실장과 보내고 있었다. 사업하는 사람들에게 점심 시간이 얼마나 중요한 것인가를 아는 직원들로선 상당히 쇼킹한 일이었다. 게다가 점심 시간만 되면 이 실장에게 채근하는 사장의 모습은 정말 상상을 초월했다. 그런 사장의 요상한 모습을 보며 지수는 한편으로는 통쾌했다. 여태까지 사장의 여성 편력으로 미루어 다른 사람들은 그들이 삼 개월 안에 깨진다고 장담했지만, 그녀가 보기엔 어림없었다. 만약 깨진다 해도 분명 이 실장이 먼저 사장을 찰 것이다.

지수가 이런 결론을 얻은 데는 나름대로 타당한 이유가 있었다. 사장과 실장이 사귄다고 발표한 다음날이었다. 여느 날과 같은 시각에 같은 장소를 지나치는 그녀의 앞으로 화사한 모습의 여자가 다가왔다. 지수는 멍하니 서서 그 여자를 바라보았다. 그리고 그녀의 주변에 있던 대다수의 사람들이 그 여자에게로 시선을 돌렸다.

이세희 실장이었다. 지수가 이 실장임을 알아보자 많은 사람

들이 경악했다. 그 아름다운 여자가 이세희 실장이라니! 하지만
실장의 아름다움에 눈살을 찌푸리는 한 사람이 있었으니, 바로
사장이었다. 사장은 실장에게 쏟아지는 시선들을 못마땅해하며
화난 기색으로 주위를 노려보았다. 그로 인해 대다수의 남자들
은 슬금슬금 시선을 돌려야만 했다. 그 모든 상황을 똑똑히 목
격한 지수로서는 이런 결론을 낼 수밖에 없었다. 사장이 이세희
실장에게 폭 빠졌다고! 그날부터 이 실장은 이전의 딱딱한 무채
색 정장이 아닌 아름다운 모습으로 나타나기 시작했다.

그리고 오늘도 실장은 몸매가 드러나는 검은색 스커트 정장
에 화려한 금색의 스카프를 두르고 나타났다. 또한 타고난 감각
으로 나날이 아름다운 모습으로 변해갔다. 그에 따라 사장의 얼
굴은 나날이 초조해지고 있었다. 물론 그런 사장을 보는 지수는
더욱 즐거워졌다.

요 근래 그랬듯이, 점심 시간이 되자마자 실장의 사무실 밖에
서 그녀를 기다리고 있는 지혁을 보며 지수는 혀를 끌끌 찼다.

'아! 무너진 카리스마여!'

세희는 식사에 열중하는 지혁을 바라보았다. 지수의 말대로
그는 너무나 많이 변해 있었다. 식사하는 도중에도 그녀가 무언
갈 필요로 하면 여지없이 그녀의 앞으로 옮겨져 있었다. 그녀를
대하는 태도를 보면 세심하게 아낀다는 착각이 들 정도였다. 그
녀는 이 남자가 아직도 자신을 마음에 두고 있는가 생각해 보다

고개를 저었다. 지혁의 행동은 그녀의 판단력을 흐리고 있었다. 차라리 드러내 놓고 유혹을 한다면 판단하기라도 쉬울 텐데, 그는 그러지 않았다. 오히려 지혁은 그녀와의 스킨십을 피하고 있었다. 잠깐 손끝이라도 스치게 되면 소스라치게 놀라 피하는 것도 지혁이었다. 그럴 때면 그녀의 자존심에 파사삭 금이 가는 소리가 들려왔다. 솔직히 어쩔 때는 섭섭한 마음마저 들었다.

세희는 이제 자신의 마음을 파악하기 힘들었다. 그의 보살핌에 익숙해져 가는 자신을 느낀 것이다. 처음에 불편하고 부담되었던 그의 배려가 이제는 편안하게 받아들여지고 있었다. 길들여진다는 것은 정말 무서운 것이었다.

세희는 지혁을 혼란스러운 시선으로 바라보다 이내 돌렸다. 지금 그가 원하는 게 무엇인지 알 수 없었다. 요즘 하고 있는 그의 행동이 단순한 연극에 불과한 건지, 아니면 자신을 유혹하기 위한 하나의 행동인 건지 감이 잡히지 않았다. 게다가 이제는 그의 혼란스러운 행동에 자신의 감정마저 혼란스러워지고 있었다.

"왜? 뭐 필요한 게 있나?"

"아, 아니에요."

"물이 없군."

그는 웨이터를 불러 그녀의 잔에 물을 채우게 했다. 그녀는 시원한 물을 마시며 지혁을 바라보았다.

'설마, 연극이겠지. 최지혁이 아직까지 그럴 리가 없겠지.'

"디저트는 티라미슈 케이크와 커피로 할 거지?"

"네."

디저트가 왔을 때, 세희의 핸드폰이 울렸다.

"죄송해요."

세희는 양해를 구하고 파우더 룸으로 향했다.

"여보세요."

―세희야, 엄마다.

"엄마!"

―그래, 잘 지냈지?

낮게 깔리는 은 여사의 목소리에 세희는 바싹 긴장을 했다. 예감이 좋지 않았다.

"그럼요. 그런데 목소리가 왜 그러세요? 무슨 일 있으세요?"

―지금 인천공항이야.

'말도 없이 이렇게 오신 걸로 보아 분명 또 아빠랑 싸우셨나 보군.'

세희는 머리가 지끈거리기 시작했다. 사실 이런 일이 한두 번 있는 것도 아니었다. 그럴 때마다 세희는 중간에서 힘이 들었다.

"혹시…… 싸우셨어요?"

―그건 나중에 얘기하고 나 좀 데리러 오렴.

삼 년 전의 일이 재연되고 있었다. 세희는 지난번처럼 부모님이 한 달 동안의 냉전기를 갖는 것은 아닐까 걱정이었다. 엄마

가 곁에 계시는 것은 좋았지만, 아빠 혼자 지내실 것을 생각하
니 한숨이 절로 나왔다.

'아빠한테 전화라도 해드려야겠군. 이미 알고 계시겠지만. 휴
우, 밥은 잘 드실까 걱정이네.'

두 분이 금슬 좋은 부부인 것은 틀림없는 사실이었다. 하지만
그게 도를 지나쳐 아직도 연애를 하듯 사소한 문제로 싸우곤 해
서 주위 사람들을 피곤하게 했다.

'이번엔 또 어떤 문제로 다투셨을까. 분명 엄마가 사소한 걸
로 토라지셨겠지.'

"네, 카페테리아라도 들어가 계세요. 금방 갈게요."

전화를 끊고 나서 세희는 난감한 얼굴로 지혁에게 다가갔다.

"죄송해요. 저 오늘 조퇴해야 할 것 같아요."

지혁이 그녀의 얼굴을 살피며 걱정스런 표정으로 물었다.

"무슨 일이지?"

"엄마가 한국에 오셔서요, 인천에 다녀와야 할 것 같아요."

"같이 가지."

그의 제의에 세희는 놀란 얼굴을 들었다.

"네?"

"지금 기다리고 계시는 거지? 세희는 차를 회사에 두고 왔
으니 내 차로 함께 다녀오지. 어차피 오늘은 별다른 일도 없으
니까."

"안 그러셔도 되는데……."

하지만 그녀의 만류에도 지혁은 계산을 끝내고 그녀를 차에 태웠다.

"정말 괜찮아요."

"내 맘이 안 편해. 그리고 회사에 들렀다 가는 동안 어머님이 기다리고 계실 거 아냐. 비행으로 피곤하실 텐데 그건 예의가 아니지."

그의 말에 조용해진 세희를 보며 그는 오늘의 기회를 어떻게 활용할 것인지 생각했다. 예기치 못한 세희의 어머니의 출현으로 그는 또 다른 행운을 거머쥔 것 같았다. 인천공항에 가까이 다가갈수록 긴장이 되어 손이 살짝 떨리기까지 했다. 지혁은 호흡을 가다듬었다. 오늘은 그녀의 부모님과의 첫 대면이었다. 그는 당장이라도 세희에게 자신의 심정을 고백하고 싶었다. 하지만 섣부른 고백은 거절만을 낳는다는 것을 그는 잘 알고 있었다. 그래서 그는 천천히 자신의 변화를 인식시키며 다가가기로 했다. 마음이 급했지만 인내심을 갖고 때를 기다리기로 마음먹었다. 그는 노련한 사냥꾼답게 그녀가 달아날 통로를 차단하기로 마음먹었다. 그러기에 오늘의 만남은 너무나 중요했다.

마침내 공항에 도착하자 세희는 차에서 내렸다.

"감사합니다. 먼저 가세요. 저는 엄마랑 같이 택시 타고 가도 되거든요."

"여기까지 왔는데 그냥 같이 가지. 여기서 과천까지 가려면 택시비도 수월찮을 거야. 그리고 뭐 하러 그래? 내가 있는데."

“아니, 그래도…….”

“가지.”

세희는 더 이상 실랑이를 할 수도 없어 그냥 묵묵히 걸었다. 이럴 줄 알았으면 그냥 혼자 오는 건데. 카페테리아로 향하는 그녀의 발걸음이 무거웠다. 카페테리아 앞에는 그녀와 똑 닮은 중년의 여인이 서 있었다.

“엄마!”

세희는 은 여사의 품으로 뛰어들었다. 역시 엄마의 품은 따스했다.

“잘 지냈니?”

딸의 얼굴을 들여다보는 은 여사의 눈엔 물기가 가득 찼다.

“네, 잘 지내셨죠?”

“얼굴이 많이 좋아졌구나.”

“그래요?”

세희는 자신의 얼굴을 만졌다. 하긴 요즘 지혁이 그녀를 끌고 다니면서 이것저것 먹여댔으니 살이 찔 만도 했다. 그녀는 그들에게서 조금 떨어진 곳에 서 있는 지혁을 흘깃 보았다. 그를 어떻게 설명해야 할지 난감했다. 직장 상사라고 하기에는 근무 시간에 그와 함께 공항에 나온 것이 이상할 테고, 그렇다고 사실을 말하자니 부모님이 그렇게 싫어하시는 거짓말을 한 것이 되니 말이다. 그녀의 기색을 알아차린 건지 지혁이 다가왔다.

“처음 뵙겠습니다.”

지혁이 공손하게 허리를 굽히며 인사하자 은 여사가 세희와 그를 번갈아 보았다.

"누구?"

"저기……."

"최지혁입니다."

그녀가 우물쭈물하는 사이에 지혁이 자신을 소개했다.

"아! 그 최지혁 씨?"

'이게 또 무슨 소리지?'

그녀는 어리둥절해졌다. 커다란 눈을 껌벅거리는 그녀에게 지혁이 미소 지었다.

"네, 맞습니다, 어머니. 제가 바로 세희 씨와 교제하는 그 최지혁입니다."

'오, 마이 갓!'

세희는 경악한 얼굴로 돌이 된 듯 굳어버렸다.

"어머! 반가워요. 연수한테 얘기 많이 들었어요."

은 여사의 얼굴엔 만족스러운 미소가 걸쳐졌다. 그런 엄마의 얼굴을 보는 세희의 얼굴엔 못마땅한 기색이 역력했다.

"어머니, 제 차로 모시겠습니다."

저 능글맞은 인간은 어떻게 어머니란 소리를 자연스럽게 할 수 있을까. 그녀는 멍하니 생각했다.

지혁이 사근사근하게 말하며 슈트케이스를 들고 앞장서자 은 여사가 그녀를 흘겨보았다.

"넌 어떻게 된 애가 엄마한테 아무 말도 안 한 거니? 내가 그 애길 연수한테 들었어야 해?"

조용하게 나무라는 은 여사에 맞추어 그녀도 소곤거렸다.

"연수가 뭐라고 그래요?"

"네 회사 사장이라며? 품 안의 자식이라더니, 어떻게 엄마한테 단 한 마디도 안 할 수가 있어?"

"저기 엄마, 정말 사귄 지 얼마 안 됐어요. 그런데 연수가 또 뭐라고 그래요?"

세희는 초조한 얼굴로 물었다. 만약 허튼소리라도 했으면 가만두지 않으리라고 다짐했다.

"뭐라고 그러긴, 잘생기고 능력 좋다고 그러더라. 연수 왔을 때도 잘해줬다며? 신세를 많이 졌다고 하더라. 어떻게 저런 남자를 오 년이나 옆에 두고 가만히 있었니? 나 같았으면 벌써 옆에 꿰찼을 텐데."

은 여사가 흡족한 얼굴로 말했다.

"연수 말대로 정말 잘생기긴 잘생겼네."

"엄마!"

"알았어, 애는."

은 여사가 곱게 눈을 흘기면서 지혁의 뒷모습을 흐뭇한 미소로 바라보았다.

"어쩜! 뒷모습도 근사하네? 세희 네가 좀 신경이 쓰이겠구나. 그러게 피부에도 신경 좀 쓰지. 여자는 뭐니 뭐니 해도 피부야.

지금 얼굴 예쁜 것은 아무것도 아니야. 일단 여자는 나이 들면……."

또 시작이었다. 은 여사는 그녀가 독립하기 전까지 저 피부 예찬론을 계속해서 딸에게 주입시켜 왔다.

"엄마! 아빠가 듣는다고 생각해 보세요. 아빠가 다른 여자 뒷모습 보고 그런 말씀 하시면 가만 안 있으실 거면서. 그리고 제가 어때서요?"

그녀의 말에 은 여사의 얼굴이 금세 굳어졌다.

"네 아빠 얘긴 하고 싶지도 않아."

그녀의 경험상 이럴 때는 엄마의 말을 따르는 게 평화를 유지하는 지름길이었다.

"알았어요. 얼른 가요."

세희는 차를 타고 가면서도 내내 지혁과 은 여사를 보며 고개를 흔들었다. 지혁은 재치있는 말솜씨로 은 여사를 사로잡았다. 그녀의 엄마는 지혁에게 홀딱 반해 버린 듯했다.

은 여사는 지혁이 마음에 들었다. 세희를 보는 그 애틋한 눈빛 하며 입 안의 혀처럼 사근사근하게 구는 것이 그렇게 예뻐 보일 수 없었다. 연수는 지혁이 세희에게 폭 빠졌다고 했다. 하지만 세희 요것의 마음이 확실한 것 같지 않아 안타깝다고 했다. 은 여사는 혼자 객지 생활을 하는 세희 때문에 항상 마음이 걸렸었다. 결혼 적령기에 들어선 딸이 결혼에 관심이 없는 것 같아 늘 걱정이었다. 그래서 그녀는 결심하게 되었다. 자신의 눈으로 직접 지혁을 파악하기로. 우선 연수의 말대로 정말 지혁이 괜찮은 사람인지 확인하고, 마땅치 않다면 딸의 주위에 머물지 못하게 할 것이다. 독립적인 세희는 이런 일에 부모가 간섭하는 것을 싫어했다. 때문에 핑계가 필요했다. 그것도 똑똑한 그녀의 딸이 납득할 만한 핑계로.

은 여사가 보기에 지혁은 일단 외형상은 괜찮은 사람으로 보였다. 훤칠한 키에 이목구비가 뚜렷한 생김새 하며, 한 회사를 꾸려 나가는 사람으로서의 능력도 만족할 만했다. 하지만 그 무엇보다 중요한 것은 지혁이 세희를 얼마나 사랑하고 아끼는 가였다. 지켜보면 알 것이다. 아직 시간은 많기 때문에.

마침내 세희의 집에 도착하자 지혁은 예의 바르게 몸을 돌렸다. 은 여사는 지혁을 보내는 게 아쉬웠지만, 옆에서 도끼눈을 뜨고 눈치를 주는 딸로 인해 마음을 접어야 했다. 눈치를 보아하니 세희는 아직 그를 사윗감으로 소개할 마음이 없는 모양이었다. 하지만 어림도 없지. 은 여사는 환하게 웃으며 다음을 기약했다.

"그럼 다음에 우리 같이 저녁 식사해요. 내가 세희한테 연락 줄게요."

"네, 어머니. 기다리고 있겠습니다."

넉살 좋게 말하는 그가 기막혀 세희는 아무 말도 못하고 서 있었다.

"그럼 잘 가요."

은 여사는 지혁의 차가 골목을 빠져나갈 때까지 지켜봤다.

"어쩜 저리도 젠틀한지."

은 여사의 눈엔 아직도 아쉬움이 남아 있었다. 세희는 은 여사의 가방을 들고 성큼 집으로 들어가 버렸다.

'계집애, 성질머리 하고는.'

은 여사는 세희의 뒤를 따르며 주위를 둘러보았다. 그녀도 세희가 이사한 집은 처음이었다.

"집이 아늑하고 좋구나. 여기에 최 군만 있으면 딱 좋으련만."

"엄마!"

"알았어. 계집애 하고는."

"엄마, 아빠하고는 왜 그러신 거예요?"

그녀의 말에 다시 냉랭한 시선으로 변한 은 여사가 몸을 획 돌렸다.

"장시간 비행기를 탔더니 피곤하구나. 이쪽 욕실을 쓰면 되는 거지?"

세희는 깊게 한숨을 내쉬었다.

"네, 쉬세요. 뭐 필요한 거 있으세요?"

"아니, 내가 필요한 거 있으면 직접 찾아 쓸 테니까 너도 쉬어. 내일 회사 가야지?"

"네, 그런데 내일 엄마는 어떻게 하실래요? 혼자 계실 것 같으면 제가 내일 휴가 낼게요."

"휴가는 무슨, 나도 친구들을 만나야지. 당분간 바쁠 것 같구나."

은 여사는 한국에 나올 때마다 만나는 친구들이 제법 있었다. 그렇지 않아도 은 여사는 이번에 딸을 시집보내는 동창을 만날 생각이었다. 경험자의 지혜를 빌리는 것도 괜찮을 것이다.

"네, 그럼 쉬세요. 저녁때 깨워 드릴게요."

세희는 조용히 문을 닫고 나와 곧바로 서재로 향했다. 그녀는 이를 갈며 연수의 집으로 전화를 걸었다.

─여보세요.

잠결에 받은 목소리였다. 다른 때 같으면 나중에 걸었겠지만 지금 세희는 그럴 정신이 아니었다.

"연수니? 나 세희야."

─응, 토리.

세희는 거두절미하고 물었다.

"너 엄마한테 뭐라고 한 거야?"

─무슨 소리야?

"지혁 씨 말이야."

─아하! 지혁 오빠?

"오, 오빠? 오빠라고?"

─아니, 이젠 제부라고 해야 하나?

"뭐라는 거야? 제부라니?"

세희는 소리를 버럭 질렀다.

─깜짝이야. 왜 소리는 지르고 그래? 사귀면 당연히 제부지. 내가 너보다 몇 개월 빠르잖아.

"너 어디까지 알고 있어?"

─어디까지라니? 둘이 사귄다며? 지혁 오빠가 그러던데?

'내 이 인간을!'

─둘이 사귀는 게 아니야? 둘이 연인이라고 공식 선언을 했다며?

연수의 목소리가 날카로워졌다.

"어? 어. 그, 그래, 맞아."

연수가 미심쩍다는 듯이 물었다.

─설마 계약 연애라든지 그런 거는 아니겠지?

"아, 아니라니까."

─너도 알지? 너희 아빠가 명예를 얼마나 중요시하시는지. 특히 남들 앞에서 거짓으로 말하고 행동하는 걸 얼마나 싫어하시니?

세희도 너무나 잘 알고 있는 사실이었다. 누구에게나 친절하고 부드러운 아빠지만 잘못 행동하는 날엔 누구보다 무섭게 변하는 것도 그녀의 아빠였다. 게다가 연수는 세희의 부모님과 너무나 가까웠다. 그녀는 식은땀이 나기 시작했다.

"그, 그럼 알지. 잘 알지."

─만약 그게 계약이라면, 또 그걸 너희 아빠가 알게 된다면 너는 죽음 아니면 한 달 안에 결혼해야 한다는 것은 알고 있지?

세희는 연수의 말에 몸을 부르르 떨었다. 정말 생각만 해도 끔찍한 상상이었다.

"다, 당연하지. 너는 아니라는데 왜 자꾸 그래?"

세희는 신경질적인 반응을 보인 후 전화를 급히 끊었다. 그날 사실을 말하는 거였는데, 당장의 창피함이 두려워서 일을 이 지경으로 만들어놓았다.

그녀는 정신없이 서성이기 시작했다. 이미 지나간 일에 대해서는 한탄할 시간이 없었다. 앞으로의 일을 대비해야 했다. 지금 엄마의 머리에는 결혼 계획이 벌써 짜여져 있을 것이다. 혼자 사는 딸이 얼른 좋은 남자를 만나 결혼하는 것이 엄마의 소원이었으니까.

지혁과의 결혼. 그것은 생각해 본 적이 없었다. 예전의 그는 결혼에 적합한 남자가 아니었다. 하지만 요즘의 그는…… 아주 만족스럽진 않지만 분명 변화하고 있었다. 그녀는 그의 변화를 분석했다. 무언가 답이 나올 듯하면서도 나오지 않았다. 그녀는 그에 대해 놓치고 있는 게 무엇인지 생각해 보았다. 하지만 뚜렷하게 떠오르는 것이 없었다.

별이 총총히 뜬 까만 밤이 될 때까지도 그녀는 해답을 찾지 못하고 생각하고 또 생각하고 있었다.

지혁은 집으로 들어서자마자 한 통의 전화를 받았다.

―작전대로 했어요. 이로써 저는 빚을 갚았습니다.

"고마워. 이 은혜는 안 잊을게."

—풋, 그러지 말고 우리 유진하고 잘 지내주세요. 다른 데 한눈 팔지 않게 감시도 해주시고.

"알았어. 내가 꼭 붙어서 감시하지. 참, 이따가 유진이 우리 집에 놀러오기로 했어."

—맛있는 거 많이 사주세요. 혼자 지내서 잘 챙겨 먹지도 못할 거예요.

"쿡. 알았어."

—그럼 이 마타하리는 전화를 끊겠습니다. 조만간 봬요.

"고마워."

결국 그는 내부의 공조자도 찾아낸 것이다. 지혁은 전화를 끊고 의자에 몸을 기댔다. 그의 얼굴에 은은한 미소가 감돌았다.

'오늘은 축배를 들어야겠군.'

다음날, 세희는 심난한 마음으로 출근했다. 은 여사는 아침부터 친구들과의 약속을 잡느라 분주했다. 그녀는 엄마를 생각하면 한숨이 나왔다. 솔직하게 말하자니 훗날 겪게 될 일이 두려웠고, 이 상태로 있자니 까딱하다가는 결혼까지 해야 할 판이었다.

'아니, 잠깐! 이렇다면 사실대로 말을 하든 연극을 하든 둘 다 결혼하게 된다는 말이잖아.'

세희는 갑갑했다. 지금 눈앞에 혜미가 있다면 정말 한 대 후

려칠 것만 같았다. 하지만 결국에는 모든 책임이 자신에게 있다는 것을 인정할 수밖에 없었다. 아무리 혜미가 도발했어도 거짓말을 하면 안 되는 거였는데, 그랬다면 이런 사태로 발전하지는 않았을 텐데. 후회는 끝도 없었다. 그러기에 그녀는 나름대로 결론을 내렸다. 우선은 버틸 수 있을 때까지 버티다가 은 여사가 한국을 떠나면 나중에 헤어졌다 하기로 말이다. 그렇게 생각하니 별로 어려울 것도 없어 보였다. 다만 양심이 콕콕 찔린다고나 할까.

세희는 그에게 자신의 계획을 말하기 위해 사장실로 찾아갔다. 하지만 지혁은 자리를 비우고 없었다.

'여우 같은 인간! 나한테 모두 미뤄두고 자리를 비워?'

음모의 냄새가 났다. 분명 뭔가가 있었다. 그녀는 사무실에 돌아와서도 손가락을 두드리며 생각에 잠겼다.

"실장님."

지수가 문을 열고 들어섰다.

"어?"

"몇 번이나 노크했는데 왜 말씀이 없으세요? 식사하러 안 가세요?"

"어? 그래야지."

직원 식당에서 지수와 몇몇 직원들과 오랜만에 같이 하는 식사는 화기애애했다. 그런데 그녀는 그 속에서 뭔가 허전함을 느꼈다.

‘뭘 빠뜨렸나? 왜 이렇게 허전하지?’

세희의 시선이 자꾸 왼쪽 손목을 향하자 지수가 짓궂게 물었다.

“벌써 사장님이 보고 싶으세요?”

“무슨 소리야?”

“자꾸 시계만 보시잖아요. 우리랑 같이 있는데도 자꾸 딴생각하시고.”

“아니야, 그런 거.”

부정하면서도 세희는 지수의 말이 맞을지도 모른다고 생각했다. 그 순간 그녀는 지혁을 생각하고 있었으므로.

‘이 남자가 몇 시에 들어온다고 했더라. 밥은 먹었나 몰라.’

세희는 생각을 쫓아내기 위해 고개를 흔들었다. 익숙해져서인지 이 시간을 다른 사람과 함께 보내는 것이 생소하게 느껴졌다.

‘젠장! 내가 왜 이러지?’

생각을 떨치려 해도 그녀는 자신의 감정에 대해 계속 의문이 들었다. 그것은 식사를 하는 내내, 그리고 사무실에 도착해서도 마찬가지였다. 요즘은 답을 알 수 없는 문제들이 너무나 많았다. 자신의 감정도, 그리고 지혁의 행동도 모두 그녀에게는 어려운 숙제였다.

그렇게 그녀가 고민하는 사이 전화벨이 울렸다. 유진이었다.

“하이, 유진.”

─토리, 축하해.

갑작스런 축하의 말에 그녀는 연수를 떠올렸다. 세희는 이를 갈며 맹세했다. 연수를 만나기만 하면 가만두지 않으리라!

"으응, 고마워."

─어떻게 나한테 한마디도 안 할 수 있냐?

"사귀게 된 지 얼마 안 돼. 그렇지 않아도 너한테 말하려고 했어."

세희는 거짓말을 살짝 보태어 친구에게 설명했다. 요즘 들어 너무 자주 거짓말한다는 생각을 하며 그녀는 가슴에 십자가를 그었다.

─내가 이번엔 봐준다. 나도 너한테 말 안 한 게 있었으니까.

"생각해 보니까 그러네?"

세희의 어조가 비꼬듯이 올라갔다. 다시 예전에 연수와 유진이 자신을 감쪽같이 속였던 일을 떠올리니 새삼 약이 올랐다.

─어? 또 지나간 거 갖고 꼬투리 잡으려는 건 아니겠지?

"알았어. 그럼 우리 이젠 비긴 거다?"

─쿡, 알았어. 참, 지혁이 형 정말 괜찮더라. 잘해봐.

'혀엉? 이것들이 모두 오빠에 혀엉? 도대체 나 모르는 사이에 무슨 일이 있었던 거야?'

그녀가 이마를 찌푸리며 입을 여는 순간 잽싸게 유진이 설명했다.

─저번에 길에서 우연히 만난 적이 있거든? 그때 같이 술 한

잔했었어. 그러다가 같이 형 동생 하기로 했지.

"그으래?"

—어. 아무튼 정말 축하해. 그럼 나중에 보자.

세희는 서둘러 끊긴 전화기를 보며 눈을 가늘게 떴다. 사방에서 음모의 냄새가 났다. 그리고 그녀는 그 음모의 진실에 점점 가까이 다가가고 있었다.

'설마……?'

삐—

"이 실장, 들어와요."

세희는 지혁의 호출에 심호흡을 하며 들어섰다.

"어머니는 어떠셔?"

"네?"

세희는 일이 아닌 이유로 자신을 부른 지혁을 황당한 눈으로 쳐다보았다.

"오늘 저녁에 어머니 모시고 식사할까?"

세희는 그의 다정한 말이 혼란스러웠지만 금세 정신을 차리고 대답했다.

"오늘은 친구 분 만나신다고 하셨어요."

"그래? 그럼 오늘은 둘이 같이 저녁 식사할까? 점심 식사도 같이 못했으니."

그녀가 아무 말 없이 서 있자 지혁이 계속해서 말을 이었다.

“그리고 괜찮으면 저녁 먹고 영화도 보고.”

지혁은 그동안 준비했던 데이트 신청을 했다. 담담하게 말을 했지만, 그의 가슴은 두근거렸다. 여태까지처럼 그녀가 거절의 말을 할까 봐 두려웠다. 세희는 점심 시간을 제외하고는 그의 청을 거절했었다.

‘저 남자가 영화라고 했나?’

세희는 잘못 들었나 싶어 그를 빤히 쳐다보았다. 세상에! 그녀의 시선에 그의 얼굴이 점점 붉어지고 있었다.

‘영화 보자는 게 이상한 건가?’

지혁은 자신의 말엔 대답하지 않고 계속 그를 동그란 눈으로 쳐다보는 세희 때문에 얼굴이 달아오르는 것을 느꼈다. 사실 이런 말을 한다는 게 그에게도 쉬운 것만은 아니었다. 여태껏 데이트라고 해봤자 VIP석에서의 오페라 관람이나 레스토랑에서의 식사가 전부였던 그다. 사람들에게 치이는 것을 무척이나 싫어하는 그는 영화관에서의 데이트를 질색했었다. 하지만 많은 연인들이 하는 것이 영화 관람이라니 그도 그것을 해볼 참이었다. 그는 후끈거리는 얼굴을 손바닥으로 문지르며 다시 한 번 물었다.

“흠흠. 좋아할 만한 걸로 예매해 놓을게. 어떤 장르를 좋아하지?”

세희는 여전히 그를 멍하니 쳐다보며 대답했다.

“로맨스 영화요. 이왕이면 로맨틱 코미디였으면 좋겠어요.”

"그래. 그럼 예매해 놓지."

"그, 그럼 전 이만 나가볼게요."

문을 닫고 나오면서도 세희는 무언가 홀린 기분이었다. 그의 행동이나 표정이 요상했다. 그런 그녀를 이상하게 쳐다보는 지수에게 살짝 고개를 끄덕이며 그녀는 사무실로 돌아왔다. 그리고 그녀는 마침내 해답을 찾을 수 있었다.

'설마! 저 바람둥이가? 그게 언젠데? 말도 안 돼! 그럼, 말도 안 되고말고!'

그렇게 부정하면서도 그녀는 지혁의 행동에 대한 답을 분석하고 있었다.

첫째, 점심 시간을 같이 보낸 것. 점심 시간은 사업가에게 굉장히 중요한 시간이었다. 사업의 연장이기도 한 그 시간을 그는 세희에게 할애한 것이다.

둘째, 그녀와의 모든 스케줄을 그가 직접 관리하고 있다는 것. 여태까지의 그의 스케줄은 공적이든 사적이든 지수가 관리하고 있었다. 하지만 요즘 그녀와 관련된 스케줄은 그가 직접 관리하고 있었다. 그 점은 지수가 놀리듯이 그녀에게 알려준 것이었다.

셋째, 오늘의 그 표정! 얼굴을 붉히는 최지혁이라! 그는 그럴 남자가 아니었다. 하긴 요즘 들어 그는 그녀에게 처음 보는 표정들을 많이 지어 보였다. 그녀와 함께 있을 때면 바보스러울 정도로 미소를 활짝 짓던 그는 그녀가 알던 최지혁이 아니었다.

그 밖에도 지혁의 의심스런 행동은 몇 가지 더 있었다. 하지만 이 정도만으로도 그의 행동에 대한 답은 확실해졌다. 세희는 드디어 그에 대해 놓치고 있던 게 무엇인지 발견했다. 그리고 그에 따라 그녀의 심장은 이루 말할 수 없을 정도로 두근거렸다. 아니, 가슴이 설레었다. 지혁의 행동에 대한 답을 찾았듯이 그녀도 자신의 혼란의 정체를 조금씩 알아가고 있었다. 그녀는 자신의 감정을 인정하기로 했다. 그가 변한다면 그녀도 그 변화를 받아들일 것이다.

그녀는 사장실 쪽으로 고개를 돌렸다.

'저 남자, 의외로 귀여운 구석이 있는걸?'

톡톡톡.

세희는 눈을 감고 집게손가락으로 책상을 두드리며 생각에 잠겼다. 그녀의 머리는 맹렬하게 회전하기 시작했다. 그녀는 지금까지 있었던 일들을 거꾸로 거슬러 올라가며 분석했다. 방금 전에 있었던 그의 데이트 신청에서부터 어제 은 여사와 만났던 일, 회사에서의 소문, 그리고 마지막으로 대정의 연회에서 그들이 연인 선언을 했던 일까지. 책상을 두드리던 손가락을 멈추며 그녀는 감았던 눈을 번쩍 떴다.

여태까지 일어났던 일이 그저 우연은 아니라는 것을 그녀는 깨달았다. 연회장에서의 일은 갑작스러운 사고로 시작되었지만, 그 후에 있었던 사건들은 결코 우연이 아니었다. 특히 그들의 공식 연인 선언은 비록 그녀의 잘못으로 생겨난 일이지만,

그녀가 사실을 말하려 할 때마다 교묘하게 말을 못하게 만든 것
은 분명 지혁이었다. 또한 회사에서의 일도 마찬가지였다. 회사
소문의 근원지인 지수에게 이야기를 흘린 것도 분명 그였을 것
이다. 게다가 연수와 유진과의 대화도 어딘가 석연치 않게 여겨
졌다. 연수까지 매수했다는 생각이 들자 세희의 눈이 가늘어졌
다.

'그랬단 말이지.'

지혁은 앞으로는 그녀를 돕기 위해 손을 내밀고 뒤로는 그녀
를 점점 조여오고 있었던 것이다. 이제 엄마에게까지 마수를 뻗
치는 그를 생각하자 세희의 눈은 활활 타오르기 시작했다. 사실
그의 행동이 모두 싫었던 것은 아니다. 하지만 지금 그녀를 지
배하고 있는 감정은 '분노' 였다. 그녀는 지금 매우 곤란한 상황
에 처해 있었다. 회사 동료, 친구, 심지어 가족에게도 거짓말을
해야 했고, 그런 자신의 행동으로 인해 죄책감을 느끼고 있었
다. 하지만 그는 그런 그녀를 유유히 한쪽 구석으로 몰아가고
있었다.

세희는 눈을 번쩍 빛냈다. 그녀에게도 유리한 점은 있었다.
그것은 바로 그의 마음을 알고 있다는 점이었다. 세희는 그녀가
갖고 있는 히든카드를 생각하며 앞으로의 계획을 세웠다. 지금
은 그를 길들이기에 좋은 시기이기도 했다.

'가만히 넘어가면 이세희가 아니지!'

세희는 지혁이 있는 방향을 바라보며 전의를 다졌다.

"오늘은 유난히 말이 없군."

지혁은 아까부터 딴생각에 빠져 있는 세희를 보며 미간을 찌푸렸다. 지금 세희는 그와 1m도 떨어져 있지 않지만, 마음은 1km도 더 떨어져 있는 듯이 보였다. 그는 그것이 마음에 들지 않았다.

"네?"

"불편한 데라도 있나?"

"아뇨, 그냥 생각할 게 있어서요."

자신을 눈앞에 두고 다른 생각을 했다고 담담하게 말하는 세희를 보며 그는 쓴웃음을 삼켰다.

"무슨 생각?"

"우리 생각이요."

지혁은 그녀의 말에 침을 꿀꺽 삼켰다. 그는 기대감을 담은 얼굴로 세희의 말을 기다렸다.

"지금의 우리는 마치 오래된……."

"오래된?"

"친구 같아요."

지혁의 얼굴에 서렸던 긴장감은 바람 빠진 풍선처럼 사라져 버렸다. 그리고 그 자리엔 실망감이 들어찼다.

"친구라……. 우리가 그런가?"

힘없는 어조로 중얼거리는 그에게 세희는 달콤한 미소를 지었다.

"네, 친.구."

세희는 일부러 친구라는 말을 강조했다. 솔직히 치사하다는 생각이 들지 않는 건 아니었지만, 이대로는 억울해서라도 가만 있을 수 없었다.

"지혁 씬 안 그런가요?"

"글쎄."

그의 쓸쓸한 미소에 심장이 콕콕 쑤셔왔지만 세희는 모르는 척했다. 지금 그녀가 할 수 있는 것은 심리적으로 괴롭히는 것밖에 없었다. 그녀는 다짐했다. 그에게 쉽게 마음을 주지도, 보여주지도 않을 것이다. 그녀가 여태까지 전전긍긍해 온 시간들을 생각하면 당연한 일이었다.

영화관에 도착할 때까지 지혁은 섭섭한 마음을 금할 수 없었다. 하지만 어차피 그녀를 얻는 것이 쉬운 일이 아니란 것을 잘 알고 있었기에 금세 마음을 다독였다. 세희가 좋아한다는 로맨틱 코미디의 영화를 커플석에 나란히 앉아 보는 것도 나쁘지 않았다. 아니, 오히려 좋았다. 그들만의 공간은 아니었지만 그것만으로도 충분했다. 가까이에서 그녀의 향취를 느끼는 것도, 맑게 터뜨리는 웃음소리를 듣는 것도 모두 마음에 들었다. 오늘 세희가 한 말은 마음에 걸렸지만, 일은 대체로 그의 계획대로 풀려가고 있었다. 이제 남은 것은 세희가 마음을 여는 것이다. 그가 그녀에게 길들여지듯이 그녀도 그에게 길들여지길 바랄 뿐이었다.

지혁은 스크린을 주시하고 있는 세희를 보며 숨을 삼켰다. 그의 시선은 지난 몇 개월 동안 그녀를 향해 있었다. 하지만 그녀의 시선은 항상 그를 비켜갔다. 그가 두드리고 있는 문이 영원히 열리지 않을까 하는 걱정이 그의 심장을 잠식하고 있었다. 이미 그녀를 바라보는 것에 익숙해진 자신이 그녀의 거절을 받아들일 수 있을까? 결론은 NO였다. 그는 받아들일 수 없을 것이다. 그러기엔 너무 멀리 와 있었다.

영화가 끝날 때까지도 그는 세희의 모습을 지켜보고 있었다. 그런 시선을 느끼지 못할 세희가 아니었다. 지혁의 눈길을 의식하면서도 모르는 척 무시하는 그녀도 힘든 것은 마찬가지였다. 하지만 그를 길들이기 위해서라도 지금은 참아야 했다.

"차를 너무 멀리 세워놨지? 여기서 기다려."

"아니요, 걷고 싶어요. 그리고 멀지도 않은데요 뭘."

나란히 걷는 그들의 뒤로 짙은 밤이 내려앉아 있었다.

"오랜만에 걷는 것 같아요. 매일 자가용으로 움직이다 보니 이렇게 걸을 일이 없었던 것 같네요."

"그렇군. 그러고 보니 나도 체육관에서 운동할 때를 빼고는 이렇게 걸어본 적이 없군."

"그러게요. 앗!"

세희는 구두 굽이 맨홀 구멍에 빠져 버린 것이다. 발목의 통증은 별것 아니었지만 구두 굽이 껴 움직이지도 못하는 상황이 되었다.

"왜 그러지?"

그녀는 굽을 빼려고 다리를 움직였지만 쉽게 빠지지 않자 울상을 지었다.

"굽이 빠져 버렸어요."

"이런."

지혁이 주저앉아 그녀의 구두를 벗기고 자신에게 기대게 했다. 몇 번의 시도 끝에 구두는 빠졌지만 굽이 망가졌다. 뒤축이 반쯤 빠진 구두를 보면서 지혁은 미안한 표정을 지었다.

"미안, 힘을 너무 줬나 보군. 구두는 내가 사주지."

"안 그러셔도 돼요."

그녀는 당황해서 고개를 흔들었다.

"그나저나 걸을 수 있겠어? 차라리 나한테 업히지."

"네에?"

"업혀, 이쪽에는 차를 댈 수 없잖아. 그리고 혼자 도로에 맨발로 서 있을 수도 없고."

이미 몸을 굽히고 기다리는 지혁을 그녀는 난감한 시선으로 바라보았다. 지혁의 말대로 그의 등을 빌리지 않는다면, 맨발로 도로까지 걸어가야 하니 선택의 여지가 없었다.

그녀는 얼굴을 붉히며 마지못해 그에게 업혔다. 주위의 시선에 창피해 그의 등에 얼굴을 숨기면서 그녀는 생각했다. 이 남자의 등이 이렇게 넓구나, 이 남자의 다리는 나를 지탱할 수 있을 정도로 튼튼하구나, 이 남자의 어깨가 이렇게 든든하구나. 그녀는 주차장으로 향하는 내내 그를 그렇게 느끼고 있었다.

"발목은 괜찮나?"

그녀를 걱정하는 목소리. 그녀가 보지 않아도 이 남자의 미간에는 주름이 새겨져 있을 것이다.

"네."

"로맨스물은 잘 안 봤는데 보니까 재밌더군. 세희는 어땠지?"

"저도 좋았어요. 그런데……."

"그런데?"

"제가 여주인공이라면 그런 남자는 싫을 것 같아요."

지혁이 호기심을 담은 목소리로 물었다.

"그래? 어떤 점이?"

"갈대 같은 남자잖아요."

"하지만 남자가 그 여자를 선택했잖아."

"그래도 둘의 사랑을 먼저 깨뜨린 건 남자잖아요. 그러면 선택은 여자가 했어야지요, 둘 사이를 방황한 남자가 아니라요. 전 그게 마음에 안 들었어요. 여자들 사이를 왔다 갔다 하는 건 딱 질색이에요. 만약 남자가 여자와 깨끗하게 헤어진 후 또 다른 여자를 만났다면 이해해요. 나중에 여자한테 다시 돌아온다고 해도 말이죠."

터벅터벅 걸어가는 그의 움직임에 따라 그녀의 몸도 들썩들썩 움직였다. 세희는 주먹까지 쥐면서 열변을 토했다.

"하지만 여주인공을 만나고 있는 상태에서 다른 여자를 만났다는 것에 화가 나요. 흔들리지 않고 중심을 잡고 살아간다는 것이 힘들다는 건 잘 알아요. 그렇지만 그것이 만나는 사람에 대한 예의라고 생각해요."

세희는 본의 아니게 흥분하면 말했지만, 그것이 그녀가 갖고 있는 연애관이었다.

"제가 만약 그 여자였다면 전 그 남자를 안 받아들였을 거예요. 어쨌든 바람은 딱 질색이니까요. 그날로 끝이죠."

지혁은 그녀의 말에 등골이 서늘해졌다. 왜 저 말이 그를 향한 말처럼 들리는지 그도 의아할 지경이었다. 그는 자신도 모르게 세희의 말에 고개를 열렬히 끄덕이며 맞장구치고 있었다. 다행히 그녀에게 떳떳한 점은 수많은 여성 편력에도 양다리는 없었다는 것이다. 하지만 그 말을 삼키며 그는 세희의 말을 가슴속에 새겼다.

'절대 길거리에 지나가는 여자에게도 눈을 돌리지 않으리라!'

달빛이 환하게 비추는, 그래서 그 어느 밤보다 밝은 길을 그들은 그렇게 걷고 있었다.

차가 집 앞에서 멈추자 지혁이 차 문을 열고 세희를 안아 현관 앞에까지 데려다 주었다.

"고마워요."

그녀의 말에 지혁이 싱긋 웃자 그의 얼굴에 시원스럽게 볼우
물이 파였다. 그런 그를 빤히 쳐다보던 세희는 그와 눈이 마주
치자 헛기침을 했다. 그녀의 코끝으로 가을바람이 스치고 지나
갔다.

"흠흠. 그거 아세요? 바람에도 향기가 있다는 거. 바람에는
계절의 향기가 나요."

"계절의 향기?"

"네. 어느 날 문득 바람의 향기에서 옛 기억을 떠올릴 때가 있
어요."

세희는 문득 옛 기억을 떠올리며 말했다.

"창문을 열고 들어오는 바람 냄새로 지난 가을에 이런 일이
있었지 하면서 추억을 떠올려요."

"지금도 나나?"

지혁이 가을 공기를 들이마시며 냄새를 맡았다. 그의 모습에
세희는 웃음이 나왔다.

"네. 지난 가을 이맘때에 질리언이 왔었지요. 그때 여기 정원
에서 같이 별을 보며 수다를 떨었는데 그때가 떠오르네요."

지그시 쳐다보는 그의 시선을 느끼며 세희는 말을 이었다.

"사람마다 무슨 일을 기억하며 어떤 냄새도 같이 기억하나 봐
요. 그게 꽃 냄새일 수도 있고, 나무 냄새일 수도 있고, 그것도
아니면 안 좋은 냄새일 수도 있어요."

"그럼 오늘은 무슨 냄새를 기억할 거지?"

진지하게 묻는 지혁에게 그녀는 고개를 흔들었다.

"글쎄요, 그건 저도 모르겠네요. 마음먹고 기억하는 것이 아니라 무의식 속에서 기억하는 거라서."

"좋은 냄새였으면 좋겠군."

중얼거리는 지혁의 말에 그녀는 반문했다.

"네?"

"아니, 잘 자라고."

"네. 운전 조심하세요."

지혁은 세희가 안으로 사라지자 몸을 돌렸다. 그는 오늘이 세희와 첫 데이트를 한 날이라고 생각하고 싶었다. 그들이 온전히 둘만의 시간을 보낸 것은 매일 하는 점심 식사를 제외하고는 처음이었기 때문이다.

그는 차 문을 열다가 세희의 집을 다시 한 번 바라보았다. 오늘 그는 그녀와의 시간을 그녀의 향기로 기억할 것이다. 그리고 그녀의 향기를 맡을 때마다 오늘을 기억하리라 생각했다. 차에 올라서는 그의 얼굴엔 행복한 미소가 흘렀다.

세희는 현관문을 닫고 문에 기대섰다. 오늘 그녀는 위태했다. 지혁이 중얼거린 말을 못 들은 척했지만, 그녀는 그가 흘린 말을 듣고 말았다. 지혁은 때때로 그녀를 힘들게 만들었다. 그의 갈구하는 눈빛과 함께 그녀에게 전하는 무언의 말들은 그녀를 흔들리게 했다.

'쉽지 않네.'

어쩌면 지혁이 마음을 숨기는 것이 당연한 것인지도 모른다. 그 당시에 진짜 그의 마음을 알았다고 하더라도 그녀는 분명 받아들이지 않았을 것이다. 그녀 또한 그의 변화된 행동을 보고 마음이 움직이게 된 것은 인정했다.

'하지만 나를 손에 쥐고 흔들다니!'

세희는 그를 벌주겠다는 마음과 받아들이자는 마음 사이에서 흔들리고 있었다. 한참 동안을 생각하던 그녀는 고개를 흔들며 갈팡질팡하는 마음을 다잡고 거실로 들어섰다. 거실 안엔 누군가와 통화하고 있는 은 여사의 뒷모습이 보였다.

"엄마, 저 왔어요."

"어머나, 깜짝이야!"

은 여사가 소리치며 황급히 수화기를 내려놓았다.

"애는 벨을 누를 것이지, 사람 있는 거 뻔히 알면서 기척도 없이 들어오니?"

은 여사는 어지간히 놀랐는지 가슴에 손을 얹고 그녀를 노려보고 있었다.

"버릇이 돼서요. 누구랑 통화하셨어요?"

"어? 뭐, 그냥."

은 여사가 말을 흐리며 얼굴을 돌리자 그녀는 고개를 갸웃했다.

"네?"

"아니, 친구하고."

“아! 지숙 아줌마요?”

은 여사가 반색하며 고개를 끄덕였다.

“어? 어, 그래.”

“그런데 오늘 만나신 거 아니에요?”

“어? 그렇긴 한데…… 아니, 그런데 왜 갑자기 그렇게 꼬치꼬치 캐묻는 거야?”

그녀는 날카롭게 묻는 은 여사의 얼굴을 살피며 물었다.

“네? 아니 그냥 물어본 건데, 무슨 언짢은 일이 있으셨어요?”

“언짢기는. 그런데 넌 왜 이렇게 늦은 거야? 만날 이렇게 늦게 다니는 거 아니야?”

의심이 가득 찬 은 여사의 눈이 그녀에게 향하자 세희는 눈살을 찌푸렸다.

“엄마, 제 나이가 몇인데 그래요? 그리고 오늘은 지혁 씨랑 저녁 먹느라고 그랬어요.”

“어머! 그럼 최 군이랑 식사한 거야? 그러면 들어왔다가 가라고 하지?”

세희는 자정에 가까운 시간을 나타내는 시계를 가리켰다.

“너무 늦었잖아요.”

“매정한 것! 미리 말해 줬으면 내가 좀 일찍 들어왔잖아.”

“엄마는? 엄마가 어제 바쁘다고 하셨잖아요.”

“내가 그랬나?”

은 여사가 겸연쩍은 얼굴을 돌리며 일어섰다.

"그래, 늦었는데 얼른 씻고 자라. 난 들어가서 쉬어야겠다."

"네, 쉬세요."

은 여사는 방으로 들어오자마자 안도의 한숨을 쉬었다. 세희가 없는 틈을 타 남편에게 지혁에 관한 소식을 전하고 있던 중이었다. 그녀의 전화에 남편은 꼬치꼬치 지혁에 관한 것을 물어봤다. 항상 세희에게 세희만의 왕자님이 나타날 거라고 말은 해 왔지만, 막상 현실로 나타나니 속이 타는 모양이었다. 그녀는 흥분한 남편에게 저녁 식사에 초대해 더욱 자세한 것을 파악하겠다는 약속을 하고서야 전화를 끊을 수가 있었다.

'하여간 딸내미 일이라면!'

지혁은 과일 바구니와 꽃을 양손에 들고 세희의 집 현관 앞에서 심호흡을 했다. 세희로부터 은 여사의 초대를 전해 들었을 때부터 그는 긴장했다. 언제나 대범한 그였지만, 오늘만큼은 어쩔 수 없었다. 그가 다시 한 번 숨을 들이켜고 있을 때, 현관문이 열리며 은 여사와 세희가 모습을 드러냈다.

"오셨어요?"

"어서 와요."

지혁은 은 여사에게 정중하게 인사했다.

"일찍 찾아뵙지 못해서 죄송합니다."

지혁은 과일 바구니를 세희에게 건네고, 아름답게 포장된 카라는 은 여사의 품에 안겼다.

"어머나! 내가 이 꽃을 좋아하는 것을 어찌 알고."

은 여사의 기쁨에 젖은 목소리에 세희는 고개를 저었다.

'꽃이라면 다 좋아하시면서.'

세희는 심술궂은 생각을 하며 주방으로 들어갔다.

"이리 들어와요. 시장할 텐데 식사 먼저 하죠."

"어머니, 말씀 낮추시죠."

그의 말에 은 여사는 흐뭇한 얼굴을 했다.

"그럴까? 호호호."

세희는 넉살 좋은 지혁을 보며 혀를 찼다. 그가 수완이 좋다는 것은 하루 이틀 안 일도 아니었다. 하지만 저 정도로 변죽이 좋은지는 몰랐다.

"어서 앉아요. 음식이 입에 맞을지 모르겠네. 그냥 우리 먹는 식으로 간단히 준비했어."

세희는 은 여사의 말에 기막힌 얼굴을 했다. 물론 인사치레로 하는 말이란 걸 알지만, 하루 종일 차린 진수성찬을 간단하다고 표현하다니!

"보기만 해도 군침이 도는데요."

지혁은 유들유들하게 말하며 은 여사가 권해주는 음식을 맛깔스럽게 먹어치웠다. 그녀가 아는 지혁은 대식가가 아니었다. 이미 지금 먹은 양도 상당할 텐데 그는 미련하게 은 여사가 권하는 것을 다 받아먹고 있었다. 세희는 그의 그런 모습에 미소를 지었다. 그는 나름대로 노력하고 있었다.

"둘이 언제부터 교제했어?"

"교제하게 된 지는 얼마 안 됩니다."

'뻔뻔하긴. 어떻게 저리도 거짓말을 잘하지?'

그녀는 천연덕스럽게 말하는 그가 얄미워 살짝 골려주기로 했다.

"엄마, 사실은……."

세희가 입을 열자 그가 얼른 말을 가로챘다.

"사실은 제가 세희 씨를 쫓아다녔습니다."

'흥! 쫓아다녀?'

"그게……."

"그게 가까이 계속 지켜보다 보니 세희 씨의 다른 면이 보이더군요."

"어머나! 그렇구나, 어쩜!"

은 여사의 흥분한 얼굴을 보며 세희는 혀를 찼다. 분명 엄마의 머리 속엔 그들에 대한 상상의 나래를 펼치고 있을 것이다.

"그럼, 언제 프러포즈를 한 거야?"

"그러니까……."

"그러니까 얼마 전에 연회가 있었습니다. 그때 제가 프러포즈를 했지요. 처음엔 세희 씨가 불편하다며 당분간 비밀로 하자고 했는데, 벌써 소문이 났는지 친구가 축하를 하는 바람에 그곳에 있던 분들이 모두 알게 되었습니다. 오히려 그렇게 되니까 전 편하더군요. 이렇게 세희 씨랑 맘 놓고 데이트도 할 수 있으니 말입니다."

지혁이 볼우물을 만들며 미소 지었다. 그의 얼굴엔 정말로 행복한 기색이 완연했다. 그런 그의 모습이 얄밉기는 했지만, 대부분 진실을 바탕으로 각색한지라 세희도 조용히 앉아 있었다.

"어머나! 너무 낭만적이다."

"사실 그 자리엔 저희 어머님도 계셨는데, 너무나 기뻐하시더군요."

"어머! 그럼 사부인도 세희와의 교제를 안다는 건가?"

'사, 사부인?'

세희의 머리에서 적색 등이 깜빡이고 있었다. 그녀는 갑작스런 전개에 멍하니 있었지만, 또다시 지혁의 토끼몰이가 시작되었다는 것만은 느낄 수 있었다. 이런 그의 행동에 그녀의 마음속에서는 전투 의지가 새록새록 솟아났다.

"네, 어머니께서는 세희 씨를 딸처럼 생각하시더군요. 저와 교제하기 전부터 이미 두 분이 같이 쇼핑도 하고, 차도 마시더군요."

'저 능구렁이!'

세희는 이 기회를 잘 이용하는 지혁을 보며 속으로 구시렁댔다.

"어머! 너는 어쩜 그런 얘기를 엄마한테 한마디도 안 하니? 엄마가 사부인 되실 분도 만나 뵙고 인사드려야겠다."

"네에?"

그녀는 놀란 눈을 들어 은 여사를 바라보았다.

"엄마! 우린 교제한 지 얼마 되지도 않았어요. 벌써부터 상견 례를 한다는 건 좀 그래요. 게다가 전 아직 결혼 생각도 없어 요."

"무슨 소리니? 엄마가 있을 때, 뵙고 인사를 드리는 게 도리 지. 내가 자주 한국에 들어올 수 있는 것도 아니고."

"하지만……."

"그냥 간단하게 인사만 하시는 건데, 안 될까?"

지혁이 다정스럽게 묻자 은 여사가 다시 강경하게 말을 이었 다.

"당연히 뵙고 인사를 드려야지. 자네는 다른 건 신경 쓰지 말 고 약속이나 정해줘."

"알겠습니다."

지혁이 그녀의 눈치를 살피며 말했지만, 그녀는 그 눈길을 피 했다.

'최지혁 씨! 자꾸 이런 식으로 나오면 나도 이젠 강도를 높일 수밖에 없어요.'

세희는 그동안 지혁이 해왔던 상황을 똑같이 뒤집어놓기로 결심하며 머리 속에 차근차근 계획을 세웠다. 지혁은 여전히 매 력적인 미소를 지으며 은 여사와 대화하고 있었다. 그 모습을 보는 세희의 눈엔 번쩍 빛이 났다.

'눈에는 눈! 이에는 이!'

은 여사의 바람대로 황 여사와의 약속은 일사천리로 진행되었다. 지혁이 전한 은 여사와의 상견례에 황 여사는 마음이 두근거렸다. 드디어 세희를 며느리로 맞을 수 있다는 생각이 그녀를 들뜨게 하는 한편, 지혁이 제대로 하고 있는지 걱정스러웠다. 언제나 방황하던 아들이 세희를 만나 정착하려는 모습이 보기 좋았고, 그렇게 만든 세희가 대견했다.

황 여사는 걱정 어린 목소리로 물었다.

"잘하고 있는 거니?"

"모르겠어요."

"네가 너무 몰아가는 건 아니고?"

황 여사의 눈길을 지혁이 회피하자 그녀는 한숨이 나왔다. 아들의 자신없어하는 모습이 정말 얼마 만인지 몰랐다. 항상 원하던 것을 얻어왔던 아들이 사랑하는 여자의 마음을 얻지 못해 갈팡질팡하는 모습을 보자 안타까웠다.

"쥐도 구석에 몰리면 문다고 하지 않니? 너무 한쪽으로 몰아세우지 말아라. 우선은 네 진심을 보여주고 다가가도 늦지 않아."

여자에게는 다른 것보다 남자의 진심을 보여줘야 할 때가 있었다. 황 여사는 지금이 그때라고 생각했다.

"네, 그렇지 않아도 이번에 미강 건이 모두 해결되면 정식으로 프러포즈를 하려고 해요."

지혁의 진지한 눈을 바라보던 황 여사가 고개를 끄덕였다.

"그래. 일단 세희 어머님께서 한국에 오셨으니까 네 의견대로 일을 진행하겠다만, 우선은 세희의 마음을 얻는 게 순서다. 그건 꼭 명심하도록 해."

"네."

지혁은 어머니의 충고대로 세희에게 자신의 진심을 보여주기로 마음먹었다. 하지만 그전에 그녀의 마음에 한 걸음 다가가리라 결심했다.

약속된 시간에 다다르자 세희가 은 여사와 함께 들어섰다. 지혁은 가슴 졸이며 일어섰다.

세희는 오늘 어느 정도 예상을 하고 나오긴 했지만 눈앞에서 벌어지고 있는 현실을 믿을 수 없다는 눈으로 바라보고 있었다.

"그럼 결혼은 내년 봄에 하는 게 어떨까요?"

'내가 미쳐!'

세희는 은 여사의 말에 기절할 것만 같았다.

"물론 저희야 하루라도 빨리 하고 싶지만…… 사부인께서도 타국에 계시고 하니."

다행히 황 여사가 그녀의 눈치를 살피며 제동을 걸어주었다.

"어머, 저희도 빨리 하고 싶지만 저희 여건이 이래 놔서요. 호호호."

"저희가 멀리 있어서 준비 기간이 많이 필요하긴 하죠. 호호호."

세희는 은 여사의 가증스런 웃음소리에 소름이 끼칠 것만 같았다. 어떻게 딸의 의견을 무시한 채로 일을 진행하는 것인지 기가 막힐 뿐이었다. 게다가 지혁은 그들의 의견에 미소만 지으며 앉아 있었다. 얄미운 인간!

그녀가 노려보며 속으로 구시렁거리고 있을 때, 황 여사가 물어왔다.

"너희들 생각은 어떠니?"

"그 문제는 저희가 의논하고 결정하겠습니다."

지혁은 여기서 브레이크를 걸지 않으면 어떤 상황으로 치닫게 될지 몰라 한 발 뒤로 물러섰다. 그도 이런 방식을 원한 건 아니었다. 세희가 결혼을 결심하게 된다면 그건 오로지 그를 원해서야 한다고 생각했다.

"그럴래? 그러는 게 좋겠다. 둘 다 일하는 사람들이니 너희 스케줄에 맞추는 게 좋겠구나."

"호호호. 그럼 그렇게 하게나."

"그럼 우리는 이만 일어날까요? 젊은 사람들끼리 의논하라고 하고 우리는 어디 다른 데 가서 커피라도 한 잔 하지요."

"호호호, 좋지요."

지혁은 세희와 단둘이 남게 되자 어색한 마음에 헛기침을 했다.

"흠흠. 일이 이렇게 되리라고는 생각지도 못했어."

“어떻게 하죠?”

“글쎄, 상황을 좀 더 지켜보도록 하지.”

‘지켜보다가 결혼하겠죠.’

세희는 속으로 빈정거렸다. 하지만 겉으로는 미소를 지으며 앉아 있었다. 무척이나 화가 났지만 지금은 화를 내봤자 이득이 될 게 없었다.

‘당근과 채찍! 지금은 당근을 쓰도록 하죠, 최지혁 씨!’

세희는 다시 한 번 지혁에게 환한 미소를 지었다.

“참, 미강 건은 얼마 후면 마무리되지요? 계약만 남았으니.”

지혁은 그녀의 미소에 갑자기 등골이 서늘해짐을 느끼며 고개를 끄덕였다.

“그렇지.”

“그러면 저는 미강 건이 끝나는 대로 휴가 좀 쓸게요. 여름 휴가도 못 갔으니.”

그녀의 말에 지혁은 눈살을 찌푸렸다. 휴가 기간에는 그녀를 만나지 못하는 게 마음에 들지 않았기 때문이다. 하지만 그는 자신의 얼굴을 빤히 쳐다보는 세희를 보며 마지못해 다시 고개를 끄덕였다.

“그러도록 해.”

“고마워요.”

이번 휴가가 지혁에게는 악몽이 될 것이다. 그녀는 그렇게 결심하며 다시 지혁에게 눈부신 미소를 지었다.

　머칠 후, 은 여사는 부지런히 가방을 쌌다. 그녀의 임무는 모두 끝났기에 이제는 가뿐한 마음으로 돌아갈 수 있었다. 사실 연수에게 지혁에 관한 이야기를 들었을 때에는 어떤 남자인지 몰라 걱정이 이만저만이 아니었지만 실제로 만나보고 나니 마음이 놓였다. 지혁은 세희에게뿐만 아니라 은 여사에게도 너무나 잘했다. 시시때때로 전화해 안부를 살피는 한편, 몸에 좋다는 약이나 맛있다는 음식이 있으면 그녀에게 갖다 바쳤다. 게다가 세희에게 하는 것을 보면 얼마나 다정한지 보는 사람을 흐뭇하게 만들었다. 어떻게 그런 남자를 사위로 삼지 않을 수 있겠는가. 은 여사는 항상 걱정했던 딸이 지혁같이 괜찮은 남자를 만나 너무나 다행이라고 생각했다. 더불어 사부인이 될 황 여사를 보니 더욱 안심이 되었다. 모든 것이 만족스러웠다. 이제 집으로 돌아가 남편에게 전화로 못다 한 얘기를 전하고 딸의 결혼에 대한 계획을 짤 생각이었다. 그녀는 흥분이 됐다. 고이 기른 딸을 보낼 생각하면 마음이 싱숭생숭했지만, 지혁처럼 든든한 사위를 얻을 생각을 하면 저절로 미소가 지어졌다. 하얀 웨딩드레스를 입은 세희는 분명 아름다울 것이다.

　"엄마, 왜 짐을 싸세요? 어디 여행 가세요?"

　퇴근해서 돌아온 세희가 의아한 얼굴로 물었다.

　"아니, 나도 이제 돌아가야지."

　"네에? 오신 지 얼마나 됐다고 벌써 가세요? 저 이번에 휴가

받으면 같이 여행이라도 갔다가 가세요. 얼마 안 남았단 말이에
요."

서운한 표정의 세희에게 은 여사는 고개를 흔들었다.

"어머, 애는? 내가 이렇게 자리를 비우면 아버지가 얼마나 외
로우시겠니?"

"화해하신 거예요?"

"우리가 언제 싸웠다고."

세희는 은 여사의 말에 기막혀했다. 언제나 같은 레퍼토리였
지만, 당하는 그녀로서는 황당할 수밖에 없었다.

"내일 비행기다."

"엄마! 어떻게 저한테 아무 말씀도 안 하시고 그렇게 정하세
요? 정말 이런 법이 어디 있어요?"

"어디 있긴? 그나저나 넌 얼른 최 군이랑 날짜 잡을 생각이나
해. 네 나이도 낼모레면 서른이다. 적은 나이가 아냐."

"그건 제가 알아서 해요. 걱정 마세요."

은 여사는 세희의 말을 들으며 흡족한 미소를 지었다.

'그래도 하긴 할 건가 보군.'

은 여사가 보기엔 연수의 말대로 지혁은 이미 딸에게 폭 빠져
있었다. 문제는 세희 요것이었다. 하지만 가끔 가다가 지혁에게
보내는 눈길을 보면 지혁 혼자만의 감정은 아닌 것 같았다. 그
렇기에 은 여사는 한결 가벼워진 마음으로 짐을 꾸릴 수 있었
다.

“그럼 오늘은 우리끼리 식사를 할까?”

“좋아요.”

다음날, 지혁은 세희와 은 여사를 태우고 공항으로 향했다. 공항에 도착해 출국 게이트 앞에 서자 세희의 눈이 촉촉해졌다.

“어머니, 미리 말씀이라도 해주시지 서운합니다. 정말 이렇게 빨리 가실 줄은 몰랐습니다.”

지혁은 좀 더 좋은 모습을 은 여사에게 보여주지 못해 아쉬웠다.

“미안해. 내가 다음에 올 때는 오래 있다가 갈게. 이번에 일정을 짧게 잡고 나오는 바람에 일이 이렇게 되었어.”

은 여사가 지혁의 손을 잡으며 당부했다.

“잘 있어. 자네가 알아서 잘하겠지만 세희를 부탁할게.”

지혁은 진심을 담아 말했다.

“염려 마십시오. 잘 보살피겠습니다.”

“그래, 고마워. 저것이 혼자 생활하다 보니까 쓸데없이 자존심이 있네. 못난 부분이 있어. 이해해 줘.”

은 여사는 막상 세희를 혼자 두고 떠나려니 발길이 떨어지지 않았다.

“엄마, 조심히 가시고 도착하시면 전화하세요.”

“그래, 알았다.”

은 여사는 게이트로 들어가기 전에 지혁의 귀에 속삭였다. 아

무래도 그의 노력에 대한 작은 보답이라도 해줘야 할 것 같았
다.

"진심을 보여주면 받아들일 거야."

은 여사는 그 말만을 남긴 채 지혁에게 윙크하고 가벼운 마음
으로 걸음을 옮겼다.

지혁은 멍하니 은 여사의 뒷모습을 보며 서 있었다.

"엄마가 뭐라고 하셨어요?"

세희가 그의 표정을 유심히 살피며 물었다.

"응? 아니, 가지."

지혁은 멍한 표정을 풀며 씨익 웃었다. 그 어느 때보다 은 여
사의 응원이 힘이 되었다. 그는 은은한 미소를 띠며 앞장서 걸
었다.

그런 지혁을 세희는 의심스러운 눈으로 바라보았다. 엄마가
이상한 소리를 하고 간 건지, 아니면…….

'혹시 또 이상한 일을 꾸미는 거 아냐?'

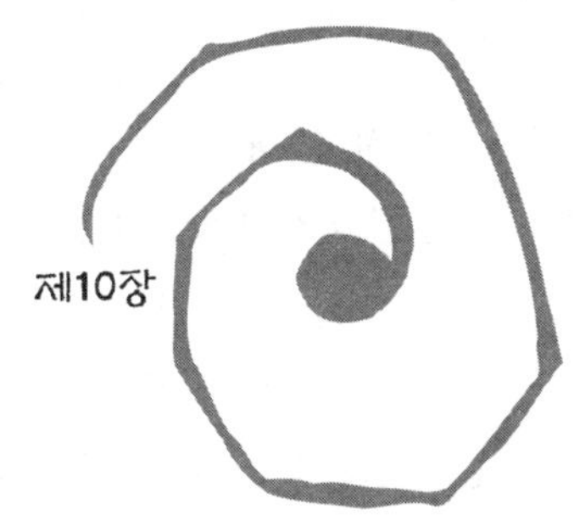

제10장

미강의 합병은 차질없이 진행되어 당초의 예상보다 빨리 계약을 체결하게 되었다. 미강과 J&J가 모인 자리에서 최종적으로 계약서를 교환한 후에야 모든 일을 마무리 지을 수 있었다. 만족스러운 결과로 인해 모두 기분이 고무된 상태에서 샴페인을 터뜨렸다.

"축하드려요. 그동안 수고하셨어요."

"축하해. 세희 덕분이었어."

"음, 지금은 공적인 자리니 이 실장이라고 불러주세요."

세희가 눈을 찡긋하며 샴페인을 들어 올리자 지혁이 웃으며 잔을 부딪쳤다.

“하하, 그래.”

그때 미강의 박미란 실장이 지혁에게 다가왔다.

“여기들 계셨군요.”

박미란은 미강 창업주이자 현 경영주의 딸로 미강에서 확고한 지위를 갖고 있었다. 그녀가 창업주의 딸이라는 이유 때문에 처음엔 모두들 낙하산 인사 정도로 생각했지만, 곧 그녀가 보여준 능력으로 그런 소문들을 잠재울 수 있었다. 작년 적대적 M&A에서도 그녀의 능력은 유감없이 발휘되었다. 적대적 M&A를 버텨낸 그녀는 회사를 살리기 위한 방법으로 합병을 주장했다. 이사진과 직원들의 거센 반발 속에서도 그녀는 지금이 적당한 시기라고 주장했다. 그리고 현재 그녀의 판단이 옳았다는 것은 모두들 인정하는 바였다.

“축하드립니다.”

“그동안 감사했어요. 저희 미강으로서는 C&H에 감사할 따름입니다. 이렇게 좋은 조건으로 계약할 수 있게 될 줄 몰랐거든요.”

“운이 좋았습니다. 미강뿐 아니라 J&J 쪽에서도 만족하는 계약이었으니 말입니다.”

미란이 지혁을 은근한 눈으로 바라보았다.

“이게 모두 최지혁 씨의 능력 때문이겠죠.”

세희는 옆에 서서 자신을 없는 사람처럼 대하는 그들에게 부아가 치밀었다. 게다가 지혁을 보는 미란의 시선이 마음에 들지

않았다. 그 시선은 마치 고양이가 생선을 바라보는 것처럼 탐욕
스러웠다.

"이번 프로젝트의 숨은 공로자는 옆에 있는 이 실장입니다.
이 실장 덕분에 J&J와의 교섭도 이룰 수 있었으니까 말입니다.
J&J에서 미강 같은 조건을 원한다는 정보를 알아낸 것도 이 실
장이었구요."

지혁이 공을 세희에게 돌리자 그제야 미란이 그녀를 흘깃 쳐
다보았다.

"그랬군요. 고마워요."

"아닙니다. 사장님이 과찬의 말씀을 하셨습니다."

"최 사장님 같은 분은 실없는 말씀을 하실 분이 아니죠."

아랫사람을 대하는 듯한 말투에 기분이 상했지만 세희는 억
지로 미소를 지으며 서 있었다.

"오늘 시간 되시면 저와 함께 술 한잔하시겠어요?"

이것은 명백한 유혹이었다. 세희는 고개를 돌려 지혁을 바라
보았다. 저 남자가 어떤 식으로 행동했기에 저 여자가 자신이
있는 자리에서 저렇게 당당하게 말할 수 있을까. 생각해 보면
미란은 미강 프로젝트가 진행되는 내내 지혁에게 신호를 보내
고 있었다. 그것은 분명히 암컷이 수컷에게 보내는 신호였다.
저 인간이 아직 그 버릇을 고치지 못한 것일까. 짧은 시간에도
세희의 머리에는 만감이 교차했다.

"죄송합니다만 선약이 있습니다."

그의 거절에 미란의 눈썹이 살짝 올라갔다. 아무래도 그녀는 거절이라는 것에 익숙하지 못한 것 같았다.

"애인하고요?"

미란의 단도직입적인 질문에 지혁은 부아가 치밀었다. 그렇지 않아도 세희 앞에서는 좋은 모습만 보이고 싶었는데, 이 여자가 여태까지의 그의 노고에 재를 뿌리려 하고 있었다. 지혁은 확고하게 대답했다. 그의 경험상 이런 경우에는 확실하게 말하는 것이 상책이었다.

"네, 그렇습니다."

세희는 그의 확고한 말에 기분이 풀렸다. 하지만 곧 그녀의 기분을 상하게 하는 소리가 들려왔다.

"그래요? 임자 있는 남자라! 임자 없는 남자보다는 더 매력있는데요?"

세희는 기가 막힌 얼굴로 미란을 보았다. 저런 인간들이 문제였다. 임자 있는 사람한테 집적대는 사람들은 파렴치한이라고 생각하는 그녀였다. 때문에 세희는 달콤한 미소를 걸친 채 지혁을 대신해 입을 열었다.

"어쩌죠? 제가 이 남자 임잔데."

그녀의 말에 실내는 조용해졌다. 그들의 대화를 흘끔거리며 보고 있던 사람들의 흥미로워하는 시선들이 그들에게 쏟아졌다.

'흥! 놀라긴. 당신이 내 남자인 것은 누구나 아는 사실 아닌가?

세희가 만족스러운 얼굴로 미란의 당황한 얼굴을 바라보았
다.

"어머, 그, 그랬군요. 소문이 사실이었군요."

"네, 사실이 맞아요."

세희는 당당한 얼굴로 지혁에게 몸을 기대자 그는 자연스럽
게 그녀의 허리에 팔을 둘렀다. 그의 얼굴에선 연신 미소가 흘
러나왔다.

"조만간 청첩장을 받으실 수 있을 거예요."

"박 실장님도 오셔서 축하해 주십시오."

그의 말에 미란의 얼굴이 굳어졌지만 곧 미소를 띠며 말했다.

"다, 당연하죠. 축하해 드려야죠."

미란의 말을 시작으로 여기저기서 축하의 말들이 이어졌다.
축하의 행렬은 그들이 자리를 떠날 때까지 이어졌다.

지혁은 세희의 집으로 향하는 차 안에서 옆 자리에 앉아 있는
그녀를 흘끔흘끔 쳐다보았다. 아무 말 없이 차창 밖을 바라보는
그녀를 보며 오늘 일에 대해 어떻게 말을 할까 그는 고심했다.
마침내 집 앞에 다다르자 그는 세희에게 몸을 돌렸다.

"잠깐 얘기 좀 할까?"

"죄송해요. 내일 말씀하시면 안 될까요? 오늘은 많이 피곤하
네요."

정말 세희의 얼굴은 피곤해 보였다. 지혁은 지친 기색의 그녀
를 보며 마지못해 고개를 끄덕였다. 시간은 충분했다. 그는 휴

가 뒤로 미루었던 고백을 내일로 앞당기기로 결심했다.

세희는 차에서 내려 집 앞으로 다가갔다.

"그럼 들어가세요."

"그래, 푹 쉬어. 내일 보자고."

"네, 참 저 모레부터 휴가인 거 아시죠?"

"어? 어, 그래."

"내일 봬요."

세희는 그 말만을 하고 냉정하게 돌아섰다. 지혁의 아쉬워하는 얼굴이 보였지만 그와 대화할 여력이 없었다. 만약 그 자리에 계속 있었다면 그에게 추궁할 것만 같았다. 세희는 지혁에게 화가 단단히 났다. 미란이 그에게 거는 수작을 보니 가슴속에 불기둥이 치솟는 것만 같았다. 도대체 어떤 여지를 주었기에 그 여자가 그런 식으로 나왔을까. 그녀는 그 모든 것이 지혁의 탓인 것 같았다.

집에 들어서자마자 세희는 소파에 몸을 깊숙이 묻었다. 오늘 자신이 느낀 감정은 분명 '질투' 였다. 그녀는 억울했다. 이렇게 자신을 제어하지 못할 정도로 화가 난 것도, 이렇게 극렬한 질투를 느낀 것도 모두 그녀가 지혁으로 인해 겪게 된 것이었다. 세희는 이렇게 지혁에게 마음을 활짝 열게 된 것이 속상했다. 그를 손아귀에 쥐려고 했지만 막상 그녀를 쥐고 흔드는 것은 지혁이었던 것이다. 그녀는 자신을 이렇게 만든 지혁이 얄미웠다.

그녀는 고개를 번쩍 들었다. 이대로 당하고 끝낼 수는 없었다. 그에게 모든 일이 마음대로 되지 않는다는 것을 알려줄 것이다. 세희는 지금이야말로 그동안 미루었던 '채찍'을 휘둘러야 할 때라는 것을 깨달았다.

'두고 보자, 최지혁!'

다음날 지혁은 그녀에게 고백을 할 수 없었다. 간밤에 받은 친구 아버님의 부고로 새벽부터 일찍 급히 부산으로 내려가야만 했기 때문이다. 그는 부산으로 향하는 동안, 세희가 휴가에서 돌아오는 대로 근사한 프러포즈를 하리라 마음먹었다. 비행기에서 내리자마자, 지혁은 세희에게 전화를 걸었다.

―여보세요.

자고 있었는지 세희의 목소리는 잠겨 있었다.

"나야. 미안, 자고 있었나 보군."

―무슨 일 있어요?

그를 걱정하는 목소리에 지혁의 가슴이 따뜻해졌다.

"아니, 친구 아버님이 돌아가셔서 지금 부산에 내려가는 중이야."

―아!

"내일이면 돌아올 거야."

―조심히 다녀오세요.

"저기…… 세희가 휴가 다녀오면 할 얘기가 있어."

지혁은 그동안 생각했던 말을 꺼냈다. 그의 말에 세희는 침묵

했지만 곧이어 목소리가 들려왔다.

—저도…… 저도 할 얘기가 있어요.

"그래? 그럼 휴가 끝나고 보지. 휴가 조심히 다녀와."

—네.

끊겨진 핸드폰을 들고 지혁은 막연한 기대로 설레며 택시를 타기 위해 공항 문을 나섰다. 어둠에 잠겨 있는 도로 위엔 환하게 밝혀진 가로등만이 그의 마음을 비춰주고 있었다.

세희는 다른 날보다 일찍 아침 출근길에 올랐다. 새벽에 지혁의 전화를 받고 다시 잠을 이룰 수가 없었다. 그녀는 며칠 후 지혁이 자신에게 프러포즈를 할 것이라고 예상했다. 하지만 그전에 그는 그녀에게 채찍을 받아야 할 것이다. 세희는 심하다는 생각을 하면서도 그냥 넘길 수 없었다. 여태까지 당한 걸로만 따지면 그보다 더한 것도 할 수 있었다. 그녀는 약해지려는 마음을 어제의 미란을 떠올리며 다잡았다. 그녀는 계획을 세우며 회사로 향했다.

이른 출근길이라 차가 유난히 없어서 과속을 하는 차들도 상당히 있었다. 그녀는 신호등이 정시 신호로 바뀌는 것을 보고 천천히 차를 세웠다. 그 순간, 거친 마찰음과 함께 뒤에서 둔탁한 충격이 이어졌다. 너무 놀라 한동안 그녀는 움직일 수가 없었다.

어느 정도 시간이 흘렀을까, 밖에서 울리는 클랙슨 소리에 세희는 앞으로 쏠렸던 몸을 세워 차 문을 열고 밖으로 나왔다. 어지간히 놀랐는지 가슴이 연신 두근거리고 있었다. 뒤차를 보니 운전자가 핸들에 머리를 기대고 있었다. 세희는 다가가 차창을 두드렸다.

"괜찮으세요?"

잠시 후, 운전자가 고개를 들며 창문을 내렸다.

"괜찮아요. 제가 좀 놀라서요."

상대방은 여자였다. 뒤에 붙은 '초보 운전'이라는 표시를 보고 상황이 어떻게 된 것인지 눈치를 챘다. 세희는 한숨을 쉬며 상당히 놀란 듯한 여자를 살펴보았다.

"많이 놀라셨나 보네요."

여자는 숨을 몇 번 내쉬더니 어느 정도 안정이 된 듯 말했다.

"후우, 이젠 괜찮아요. 호, 혹시 많이 다치셨나요? 제, 제가 처음이라…… 이런 경우엔 어떻게 해야 할지……."

"글쎄요, 저도 처음이라…… 일단 보험회사에 연락을 하죠."

"제 명함을 드릴게요."

세희는 여자가 건넨 명함을 받고 자신의 명함도 건넸다. 보험회사에 전화를 걸어 상황을 설명한 후, 차를 근처에 있는 카센터에 맡겼다. 차는 다행히 내일 오전에 찾을 수 있다고 했다. 세희는 견적을 뽑아 여자에게 건넸다.

"미안해요. 병원에 들러 괜찮은지도 한번 검사해 보세요. 만약 이상이 있으시면 말씀해 주시구요."

"알겠습니다."

세희는 대충 상황을 마무리하고 여자와 헤어져 택시를 잡으려 길가에 섰다. 택시를 타기엔 애매한 거리였지만, 사고 처리로 인해 그녀도 지친 상태였다. 하지만 이미 출근 시간대이기 때문에 택시를 잡기란 쉽지 않았다. 그때 낯익은 목소리가 등 뒤에서 들렸다.

"토리, 여기는 웬일이야?"

"어? 유진? 여긴 어떻게?"

유진이 자전거를 끌며 그녀에게 다가왔다.

"아, 이쪽에 헬스클럽이 있잖아. 그건 그렇고 여긴 웬일이야? 지금 출근 시간 아니야?"

그제야 세희는 자신이 유진에게 헬스클럽을 소개시켜 준 것이 떠올랐다.

"가벼운 접촉 사고가 나서. 카센터에 들러서 차를 맡기고 이제 회사에 가려고 하던 중이었어."

유진이 걱정스런 얼굴로 그녀를 살폈다.

"몸은 괜찮은 거야? 어디 다친 데는 없고?"

"응, 정 이상하면 병원에 가보려구."

그녀의 말에 황당한 얼굴로 유진이 다그쳤다.

"무슨 소리야. 지금 당장 병원으로 가야지. 교통사고는 후유증이 더 무서운 거 몰라?"

"알았어. 갈게. 어? 벌써 시간이 이렇게 됐네. 늦겠다. 먼저 가."

세희는 시계를 보며 그를 재촉했다. 그녀로 인해 그가 지각하기를 원하지 않았다.

"내가 태워다 줄게."

유진이 뒷좌석을 두드리자 그녀는 고개를 흔들었다.

"치마 입어서 안 될 거 같아."

"지금 택시는 무리잖아. 옆으로 타면 되지. 살살 달릴 테니 걱정 말고 타."

"그래도……."

"빨리 타. 너 데려다 주다가 나 지각하겠다."

"휴, 알았어."

세희가 올라타자 약속대로 유진은 천천히 페달을 밟았다. 그는 회사로 향하는 내내 병원에 가라는 말을 반복했다. 그녀의 약속을 받아낸 후에도 계속해서 상기시켜 귀가 따가울 지경이었다. 하지만 그 모든 것이 그녀를 걱정해서라는 걸 알기에 그녀는 고마웠다.

세희는 약속대로 회사 근처에 있는 병원에 들러 검사를 한 후, 아무 이상이 없다는 진단을 받고 출근했다. 회사에 출근한 지 오 분 정도가 지났을 때, 그녀가 왔다는 소식을 들었는지 지수가 달려왔다.

"실장님, 괜찮으세요?"

세희는 안심시키기 위해 일부러 더 씩씩하게 말했다.

"그럼, 괜찮지. 병원에도 갔다 왔는걸. 아무 이상 없대."

“다행이에요. 그래도 조심하세요. 교통사고는 후유증이 무서운 거니까.”

유진과 똑같은 말을 하는 지수가 우스워 세희는 픽 웃었다.

“훗, 누구랑 똑같은 말 하네.”

“네? 누구랑요?”

“그런 사람 있어. 어? 지수 씨, 못 보던 반지네?”

세희는 지수의 약지에 끼워진 반지를 보며 물었다.

“남자 친구가 선물한 거야?”

그녀의 질문에 지수의 얼굴이 상기되었다. 반지 낀 손을 내밀며 지수가 자랑스레 말했다.

“네, 프러포즈 받았어요. 예쁘죠?”

“응, 정말 예쁘다. 축하해.”

“고맙습니다.”

“날은 잡은 거야?”

그녀의 물음에 지수가 고개를 흔들었다.

“아니, 아직요. 부모님도 못 뵌걸요.”

지수의 표정을 보니 순탄치마는 않은 모양이었다. 세희는 지수의 어깨를 토닥이며 말했다.

“그래, 좋은 일이 있으면 바로 얘기해 줘. 알았지?”

“네, 그럴게요.”

힘없는 목소리로 말하는 지수를 보며 세희는 화제를 돌렸다.

“참, 나 내일부터 휴가인 거 알지?”

"네, 그럼요. 그런데 사장님은 같이 안 가세요? 제가 알기론 중요한 스케줄은 아직 없거든요. 이번 미강 프로젝트도 끝나셨으니 휴가를 가셔도 될 텐데."

지수가 호기심 어린 얼굴로 묻자 세희는 때가 왔다는 것을 느꼈다. 그녀는 지혁이 한 일을 똑같이 되돌려 주겠다는 마음으로 준비 태세에 들어갔다.

"사장님은 사장님대로 가실 데가 있겠지."

물론 지혁은 계속 회사에 출근할 것이라는 것을 알고 있었지만, 세희는 모르는 척 우울한 얼굴로 말했다.

"그게 무슨……?"

지수는 갑자기 드는 생각에 충격받은 얼굴로 말을 더듬었다.

"서, 설마…… 사, 사장님이……."

"미안. 더 이상은 말하고 싶지 않다. 휴가 갔다 와서 말해 줄게."

실장이 촉촉한 눈을 창밖으로 돌리며 우수에 젖은 목소리로 중얼거렸다.

"그때가 되면 말할 수 있겠지."

그녀의 표정과 목소리에 지수는 둔기에 맞은 듯 멍하니 서 있었다. 실장에게는 다를 것 같은 사장이었는데, 제 버릇 남 못 준다더니 그새 실장에게 헤어지자고 한 걸까? 지수가 혼자만의 추리를 하고 있을 때, 세희의 핸드폰이 울렸다.

"유진?"

　　지수는 낯선 이름에 얼굴을 찌푸렸다. 이게 도대체 어떻게 돌아가는 것이란 말인가.

　　―병원에는 다녀왔어? 몸은 괜찮대?

　　휴대폰 너머로 언뜻 들리는 목소리는 남자의 것이 분명했다. 지수는 온 신경을 집중하며 귀 기울였다.

　　"응, 쇼크를 받은 것 빼고는 괜찮대."

　　'쇼, 쇼크? 하긴 사장에게 버림을 받았다면 쇼크를 안 받을 수 없겠지.'

　　지수는 소머즈 같은 귀로 실장의 전화 내용을 경청했다.

　　―다행이군. 앞으로 조심해. 참, 내일 휴가 간다고 했지? 그런데 괜찮겠어?

　　"어, 그래도 좀 떠나 있고 싶어."

　　지수는 고개를 끄덕였다. 그녀는 실장이 측은했다.

　　―차는 내일 오전에야 찾을 수 있다고 했지?

　　"응, 다행히도."

　　―그럼 내일 나랑 같이 가자.

　　"나 혼자 가도 돼."

　　'헙! 실장님을 좋아하는 남자인가 보다. 그래서 내일 여행을 같이 가자는 건가? 그래도 이렇게 완전히 등을 돌리면 안 되는데.'

　　지수는 혼자만의 생각에 빠져 세희가 실실 웃는 것도 느끼지 못하고 있었다.

─그래도 혼자 가는 것보단 나을 텐데?

"음, 미안해서 그렇지."

─미안하긴, 우리 사이에 언제 그런 걸 따졌다고. 괜찮아. 대신 점심 시간에 맞춰서 가는 게 어때? 네가 맛있는 점심 사주면 되잖아.

"후후. 그래, 그럼 내일 같이 가."

지수가 그녀의 말에 손을 마구 흔들었지만 그녀는 모르는 척 눈을 돌렸다.

─그런데 형한테 아무 말도 안 했어?

"응, 걱정시키고 싶지 않아서."

─우와, 토리, 닭살 돋는다. 그럼 말하지 말라고?

"어, 부탁할게."

─알았어. 퇴근 후에는 내가 데리러 갈까? 차 없이는 힘들 거 같은데.

"아니야. 오늘은 그냥 택시 타고 갈게."

─그래. 그럼 내일 봐.

"응."

지수는 전화를 끊고 다시 창가로 고개를 돌리는 세희의 어깨를 잡았다. 사장이 헤어지자고 했다고 하더라도 시간을 두고 해결해야 할 텐데, 실장은 지금 낯선 남자와 함께 여행을 가려고 한다. 그녀는 말려야 한다는 생각이 들었다.

"실장님, 내일 누구랑 휴가 가시는 거예요?"

“노 코멘트.”

“실장님, 그래도 그러시면 안 돼요. 아무리 사장님이…….”

“지수 씨, 그 애긴 당분간 안 하면 안 될까?”

침울한 얼굴로 묻는 실장의 얼굴이 너무 안돼 보여 지수는 차마 말을 이을 수 없었다.

“휴우, 알았어요.”

어깨를 늘어뜨린 채 지수가 나가자 세희는 참았던 웃음을 터뜨렸다.

“푸하하하. 이거 은근히 재미있네?”

지수는 그녀가 퇴근할 때까지 몇 번이나 찾아와서 그녀를 회유하려고 했지만 세희는 끄떡도 하지 않았다. 그럴 때마다 지수는 기운이 빠진 얼굴로 되돌아가곤 했다. 지금도 입술을 달싹거리며 무언갈 말하려다 세희의 침울한 얼굴을 보며 포기한 듯 돌아갔다.

“실장님, 휴가 잘 다녀오시구요. 기운 내세요.”

“고마워. 휴가 끝나고 올 때는 웃는 얼굴로 올게.”

“네, 꼭 그러셔야 해요.”

지수는 눈물까지 글썽이며 그녀의 손을 잡았다. 그녀는 지수의 행동에 이루 말할 수 없는 양심의 가책을 느꼈다. 그러나 따지고 보면 거짓말을 한 것도 아니었다. 다만, 헤어진 것처럼 보이게 한 것일 뿐. 세희는 스스로 위안을 삼으며 회사를 나섰다.

화창한 가을 하늘이 그녀의 머리 위로 펼쳐져 있었다. 세희는 웃음이 나왔다. 내일 지혁이 출근하면 어떤 얼굴일지 궁금했다. 거기에 그녀가 준비한 선물을 보고 어떤 반응을 보일지도 미지수였다.

세희는 그동안의 체증이 내려가는 것을 느끼며 얼굴 가득 미소를 머금었다.

다음날, 지혁은 행복한 미소를 지으며 출근길에 올랐다. 어제는 너무 늦은 시간에 도착해 세희를 보지도 못했다. 게다가 오늘은 그녀가 휴가를 떠난 날이기도 했다. 그는 세희를 보지 못한다는 생각에 얼굴을 찌푸리다 주머니에 든 반지 상자를 만지작거리며 미소 지었다. 어제 부산에서 산 반지였다. 다이아몬드의 섬세한 커팅을 본 순간 한눈에 마음에 쏙 들었다. 세희의 손에 이 반지를 끼우는 상상을 하자 절로 웃음이 지어졌다. 그는 상쾌한 목소리로 인사하며 사무실에 들어섰다.

"좋은 아침."

그의 인사에 지수는 평소와는 달리 간단한 목례로 그를 반겼다. 지혁은 괜히 무안한 마음에 고개를 갸웃하며 세희에 대해 물었다.

"이 실장은 휴가를 떠난 건가?"

"네."

지수는 차갑게 말하며 고개를 돌렸다. 기분 좋은 얼굴로 인사하는 사장을 보니 속이 너무나 상했다. 실장은 슬픈 얼굴로 휴

가를 떠났는데 당사자인 사장은 행복한 얼굴이니 기분이 좋을
리가 없었다.

"뭐 안 좋은 일이라도 있나?"

지혁은 지수의 태도가 이상하다고 생각해 질문했다.

"사장님…… 정말 그러실 줄은 몰랐습니다."

지수가 원망을 담아 말하자 그는 다시 지수를 바라보았다.

"그게 무슨 말이지?"

"어떻게 실장님께 그러실 수 있으세요?"

"뭐?"

그는 지수의 말을 이해할 수 없었다.

"다 알아요. 그러니까 실장님이 다른 남자랑 여행을 가셨겠
죠."

"지금 무슨 소리야? 다른 남자라니?"

"실장님이 다른 남자와 여행을 가셨다고요."

지수의 말에 그의 얼굴이 싸늘하게 식었다. 분명 그저께까지
만 해도 세희는 그에게 마음을 준 것 같았다. 그런데…….

"그게 사실인가?"

"그럼요. 제가 두 귀로 똑똑히 들었어요."

지혁은 새침하게 말하는 지수를 남겨두고 사무실로 들어섰
다. 그의 얼굴은 얼음처럼 굳어 있었다. 분명히 뭔가가 잘못되
었다. 아마 유진일 것이다. 그와 함께 있었는데 다른 남자를 만
날 시간은 없었다.

그는 지수가 잘못 알고 있다고 생각하며 의자에 앉았다. 하지만 책상 위에 놓인 조그마한 상자를 보고 다시 얼굴을 굳혔다. 그의 주머니 안에 들어 있는 상자와 같은 모양이었다. 그는 떨리는 마음으로 상자를 열었다. 그 안엔 그녀와 나누어 끼었던 커플링이 들어 있었다.

지혁은 자리에 앉아 반지를 꺼내 손바닥 위에 올려놓았다. 문득 어제의 통화 내용이 떠올랐다. 분명 어제 그녀는 할 말이 있다고 했었다. 그 할 말이라는 것이 이별을 말하려는 것이었을까. 그는 주먹을 움켜쥐었다. 반지가 손바닥에 파고들었다. 어쩌면 그가 모르던 사이에 세희에게 다른 남자가 생겼는지도 모른다. 아니면 단순히 그와 이런 연극조차 하고 싶지 않다는 뜻일지도 모른다.

그는 벌떡 일어섰다. 지혁은 세희를 만나 직접 물어봐야겠다고 생각을 했다. 남은 며칠 동안 지옥 같은 나날을 보내느니 그 편이 훨씬 낫다고 판단했다.

"세희가 어디로 간다고 하던가?"

"네?"

지수는 갑작스런 사장의 물음에 놀라 멍하니 있었다.

"세희가 어디로 간 줄 아나?"

"그냥 이곳저곳 다니고 싶다고 하셨어요. 그것밖에 못 들었어요."

"알았어. 오늘 일정은 모두 취소해."

지수는 고개를 끄덕였다. 드디어 사장이 정신을 차렸나 보다. 정말 사장이 제정신이라면 실장을 그냥 보내지 않을 것이다. 어쩌면 그녀가 상상한 것과는 차이가 있을지도 모르겠다.

지수는 급하게 나가는 사장의 뒷모습을 보며 싱긋 웃었다. 사랑에 빠진 남자의 모습은 언제 봐도 멋있었다.

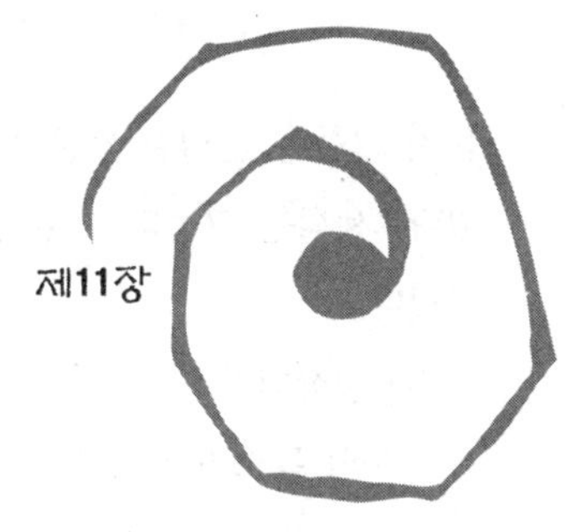

세희는 유진과 헤어져 회사로 향했다. 차는 말끔하게 수리된 상태였다. 가벼운 접촉 사고 한번 없었기 때문에 이런 상황이 내심 불안했었는데, 유진과 보험회사 덕분에 일은 말끔히 처리되었다. 유진과 점심 식사를 하고 나자 이미 시간은 세 시가 넘어 있었다. 이미 여행을 떠나기엔 늦은 시간이었다. 세희는 회사에 놓고 온 디지털 카메라를 떠올리며 아예 회사에 들르기로 했다.

업무 시간이라 조용하리라 생각했던 회사는 엘리베이터 앞에 모여 있는 여직원들로 인해 시끄러웠다. 그녀를 화장실에서 험담하던 여직원들과 지수였다. 지금도 누군가를 험담이라도 하는지 그들은 은밀한 얼굴로 속닥거리다가 웃음을 터뜨리고 있었다. 세희는 그들과 마주치기 싫어 비상구로 가기 위해 몸을 돌렸다.

"이 실장님?"

지수의 목소리가 등 뒤에서 들리자 그녀는 경직된 미소를 보이며 돌아섰다. 여직원들의 초롱초롱한 눈들이 그녀를 향했다.

"어머, 진짜 이 실장님이시네? 오늘 여행 안 가셨어요?"

"차를 오늘 찾았거든. 또 회사에 디카를 두고 와서."

"아하! 그렇구나. 근데 사장님은 이 실장님 찾으러 나가셨는데. 제가 이 실장님이 다른 남자랑 같이 여행 갔다고 했거……헙!"

지수가 뜨끔한 얼굴로 말을 멈췄지만, 이미 경악하는 시선들이 세희에게 파고든 뒤였다. 그녀는 어제의 일을 후회했다. 이제 또다시 회사 안엔 그녀에 관한 소문이 맴돌 것이다.

"무, 무슨 소리야? 다, 다른 남자라니? 오늘 친구랑 같이 차를 찾으러 가느라 거기 갔다 왔어. 사고는 이번이 처음이라서 혼자 해결하기엔 어려움이 있길래."

"아하! 그러시구나. 난 또."

마침 엘리베이터가 일층에 도착하자 세희는 재빠르게 올라탔다. 다행히 엘리베이터 안에서는 지수도 별다른 말을 하지 않았다. 하지만 엘리베이터에서 내리자마자 지수는 그녀를 졸졸 따라왔다.

"지수 씨, 이렇게 자리 비워도 돼? 사장님이 자리를 비웠다고 해도 그렇지, 정 실장님이 뭐라고 하실 것 같은데?"

"정 실장님은 오늘 사장님 지시로 외출하셨어요. 그러니까 카메라만 챙기셔서 저랑 같이 비서실에 가요, 네? 그리고 어떻게 된 건지 얘기 좀 해주세요."

궁금한 기색이 역력한 얼굴로 지수는 그녀를 따라다니며 귀찮게 굴고 있었다. 세희는 끈질긴 지수를 알기에 일단 따돌리기로 했다.

"좋아, 알았어. 그럼 먼저 올라가 있어. 난 서류 좀 볼 게 있거든? 온 김에 하고 가는 게 나을 거 같아. 그러니까 먼저 가 있어. 알았지?"

"그래 놓고 그냥 가시는 거 아니죠? 그럼 저 궁금해서 잠 못 잔단 말이에요."

"알았다니까. 그러니 얼른 가 있어."

물론 그녀는 비서실에 갈 생각이 추호도 없었다. 양심에 찔리는 일이었지만 이대로 보내지 않으면 지수는 계속해서 여기에 머무를 것이다.

세희는 지수를 사무실 밖으로 밀어내고 디지털 카메라를 챙겨 넣었다. 그녀는 조용히 문을 열고 복도를 살짝 엿보았다. 비서실이 엘리베이터 바로 앞이어서 그녀는 비상구로 내려가는 것이 낫겠다는 결론을 내렸다. 세희는 조용히 비상구 쪽으로 다가갔다. 지수에게 걸렸다가는 한 시간은 기본이었다.

비서실을 흘깃 보는 순간, 지수가 나오는 것이 보였다. 그녀는 비상구로 몸을 숨겼다. 나쁜 짓을 하다가 들킨 어린아이도 아닌데, 막상 거짓말을 하고 가니 마음이 좋질 않았다.

그곳에서 한참을 있던 그녀는 빼꼼히 밖을 내다보았다. 다행히 지수는 보이지 않았다. 그녀는 안도하며 계단을 내려가기 위해 몸을 돌렸다. 그때 아래층의 계단 쪽으로 누군가가 들어왔다. 그리고 곧이어 들려오는 소리에 세희는 몸을 굳히고 말았다.

"……네, 말씀하신 대로 이번 우신 건도 오늘 저녁에 대정으로 넘어갈 겁니다."

분명 민준의 목소리였다. 세희는 벽에 달라붙어 계단 아래에서 들려오는 소리에 귀를 기울였다. 어느 때보다 낮춰 말하는 자그마한 소리였지만, 계단의 특성상 크게 들려왔다. 그녀는 숨 죽이며 들키지 않기 위해 몸을 사렸다. 설마 했던 일이 사실이 되어 나타날 줄이야!

"아닙니다. ……그렇습니다. ……오늘 저녁에 보낼 겁니다. ……아닙니다. 제가 가겠습니다. ……네. 그럼."

그녀는 민준이 전화를 끊고, 한참을 있다가 돌아서서 비상구를 빠져나갈 때까지도 숨을 제대로 쉬지 못했다. 너무나 놀라 그녀는 다리가 휘청거렸지만, 여기서 자신을 노출시킬 수는 없었다.

여태까지의 의심스러운 민준의 행보가 눈앞에서 펼쳐졌다.

매일같이 그녀의 사무실에서 커피를 마시며 미강 프로젝트에 대해 넌지시 물어왔던 점이나 그녀의 사무실에서 혼자 책상 옆에 서 있던 일, 그리고 대정 박형진과 엘리베이터에 올랐던 점 등 이상한 점이 수두룩했다. 커피를 엎지른 날도 어쩌면 민준이 일부러 그랬을지도 모른다는 생각이 들었다. 그녀는 이제야 그림이 맞춰진다는 생각에 머리를 재빨리 굴렸다.

오늘 대정으로 우신 건을 넘긴다고 했다. 그렇다면 오늘의 만남 또한 대정 건 때문일 것이다. 그녀는 이대로 있을 수만은 없다고 생각해 다시 몸을 돌렸다. 우선은 지혁에게 이 사실을 알리는 것이 중요했다. 지혁에게 전화를 하며 사장실로 가려는 순간, 사장실에서 뛰쳐나오는 민준이 보였다.

"어떻게 된 일이지?"

세희는 민준이 엘리베이터에 오르는 것을 보며 사장실 쪽으로 뛰어갔다. 하지만 비서실과 사장실 모두 비어 있는 상태였다. 지수는 아마 그녀를 찾으러 다니는 모양이었다. 그녀는 다시 밖으로 나와 엘리베이터 앞으로 섰다. 다른 엘리베이터가 일층에서 올라오고 있는 중이었다. 그녀는 발을 동동 구르며 민준이 탄 엘리베이터가 어디에서 멈췄는지를 살폈다. 지하 주차장이었다. 마침내 엘리베이터가 도착하자 그녀는 지하 주차장으로 향했다. 다른 어느 때보다 내려가는 시간이 느리게 느껴져 그녀는 숫자가 내려가는 모습을 보며 초조한 한숨을 내쉬었다.

지하 주차장에 들어서자 민준의 차가 급하게 빠져나가는 것이 보였다. 그녀도 얼른 차를 타고 그의 뒤를 쫓았다. 그녀는 민준을 놓치지 않기 위해 눈을 부지런히 움직이며 지혁에게 전화를 걸었다. 하지만 어찌 된 일인지 지혁의 핸드폰은 계속해서 통화 중이었다.

"왜 이럴 때에 전화를 안 받는 거야!"

세희는 지혁이 사무실에 있기를 기도하며 사무실로 전화를 걸었다. 하지만 여전히 사무실은 비어 있는 모양이었다. 그녀는 지수의 핸드폰으로 전화를 했다.

"지수 씨?"

—어, 이 실장님?

"지수 씨, 지금 어디야?"

그녀의 다급한 목소리에 지수가 당황한 목소리로 말했다.

—네? 그, 저기 화장실에 있어요.

"미안. 사장님한테는 아직 연락이 없었지?"

—네. 그런데 지금 어디세요?

지수의 목소리는 약간 굳어 있었다.

"지수 씨, 잘 들어. 지금 아주 급한 일이거든?"

—급한 일이요?

"그래. 사장님한테 연락이 오거든 꼭 나한테 전화를 달라고 해. 오늘 아주 중요한 일이 있다고. 무슨 중요한 일이냐 하면……."

—이 실장님? 이 실장님?

세희가 말을 멈추자 초조한 목소리로 지수가 다급히 말했다.

“지수 씨, 사장님한테 우신 건의 실마리를 알아냈다고 전해.”

—네에?

경악하는 지수의 목소리가 들렸지만 그녀는 한시가 급했다.

“꼭 전해. 알았지? 그럼 끊을게.”

—실장님! 실장님!

그녀는 지수의 외침을 무시한 채 핸드폰을 내려놓았다. 지금은 민준을 쫓는 것이 급선무였다. 세희는 그에게 발각되지 않기 위해 차선을 이리저리 피해가며 움직이고 있었다. 신호가 멈출 때마다 그녀는 지혁에게 전화를 걸었지만 계속해서 통화 중이었다. 하지만 세희는 인내를 갖고 계속해서 걸었다.

마침내 한 시간 가까이 지났을 무렵, 지혁의 핸드폰에 신호가 갔다. 그녀는 안도하며 그가 받기를 기다렸다.

—여보세요.

“지혁 씨!”

—어디…….

지혁의 목소리가 사라지더니 갑자기 전화가 끊겼다.

“지혁 씨? 지혁 씨? 이런, 젠장!!”

세희는 또다시 지혁에게 전화를 걸었지만 이번에는 전원이 꺼져 있다는 소리만 들려왔다. 그녀는 핸드폰을 내팽개치듯 내려놓고, 경춘가도를 탄 민준의 뒤를 쫓아갔다. 평일이었지만 붉게 물든 단풍을 구경하러 나온 관광객들로 인해 도로는 많은 차량으로 붐비고 있었다. 때문에 세희는 민준의 뒤를 미행하는 것이 더욱 힘들었다. 경춘가도의 화려한 절경도 그녀의 눈에 들어오지 않았다.

호반을 따라 굽이굽이 물결치는 도로 위를 지나 마침내 평탄한 길에 접어들었을 무렵, 세 시간에 걸쳐 한 미행이 무의미하게 되어버렸다. 민준을 놓치고 만 것이다.

"어디 간 거지? 젠장!"

이미 날은 저물어가고 있었다. 이렇게 되면 민준을 찾아내기 더욱 힘이 들어질 것이다. 그녀는 서행하며 민준의 차를 찾아 두리번거렸다. 주위엔 별장으로 보이는 집들이 몇 채와 호숫가, 뒤에는 산으로 이어지는 숲길이 전부였다. 그녀는 이런 한적한 곳에서 민준의 차를 놓친 것이 안타까웠다. 그 주변을 다시 돌았을 때, 울창한 나무 뒤에 숨기듯 세워둔 민준의 차가 보였다. 그녀는 민준에게서 멀리 떨어진 곳에 차를 세우고 그가 행동하기를 기다렸다.

세희는 민준의 차에서 시선을 떼지 않고 지혁에게 문자를 넣었다. 이곳의 위치와 범인을 알아냈다는 문자였다. 그녀는 몸을 숙여 사이드미러로 그를 살폈다. 아직까진 어떤 움직임도 없었다. 날은 점점 어두워지고 있었다. 그녀는 디지털 카메라를 챙기고 핸드폰을 진동으로 바꿨다.

"현장을 찍어야 하나?"

시간이 지날수록 긴장으로 가슴이 더욱 두근거리기 시작했다. 이제 조금 후면 민준이 움직일 것이고 그렇게 되면 그녀는 거래하는 장면을 찍을 수 있을 것이다.

'그러다가 들키게 되면 어쩌지?'

갑작스레 드는 생각에 그녀의 심장이 오그라드는 것 같았다. 그와 동시에 얼마나 큰 범죄 현장에 있는지를 새삼 의식했다.

'경찰에 먼저 연락해야 했나? 하지만 아니면 어쩌지?'

아직 민준 쪽은 아무런 기척이 없었다. 세희는 숨이 막힐 것만 같았다. 또다시 시간은 흘러갔고, 점점 까만 어둠이 내려앉았다. 하지만 아직까지 지혁에게서는 아무 소식도 없었다.

세희가 다시 지혁에게 전화를 걸려는 순간, 민준이 차에서 내리는 것이 보였다. 그녀는 핸드폰을 다시 내려놓았다. 그가 주위를 살피며 숲으로 사라지고 난 뒤, 그녀는 핸드폰과 디지털 카메라를 손에 들고 조용히 움직였다. 차에서 내리자 싸늘한 기온이 그녀의 몸을 움츠리게 했다. 다행히 주위는 어둠에 잠겨 있었다. 도시에 비해 일찍 어두워진 것에 감사하며 그녀는 어둠에 몸을 숨기고 걸었다.

'망할 하이힐!'

아스팔트가 아니기에 소리는 나지 않았지만, 울퉁불퉁한 길은 하이힐을 신고 걷기에 적합하지 않았다. 세희는 최대한 조심하며 숲으로 이어진 오솔길로 들어섰다. 아까 그가 사라진 길이었다. 별장에서 흘러나오는 빛과 달빛이 그녀의 시야를 밝혀주었다. 울창한 밤나무 사이로 난 좁은 오솔길이 끝도 없다고 생각되었을 때, 그녀의 눈에 별장이 보였다.

‘이제 어쩌지?

쿵쾅거리는 가슴을 부여잡고 그녀는 별장을 바라보며 어정쩡하게 서 있었다. 막상 목적지에 다다르니 그 다음엔 무엇을 해야 할지 걱정이었다. 일단 부딪쳐 보기로 작정하고 그녀가 한 발작 나서는 순간, 발밑에서 나뭇가지 부러지는 소리가 났다. 아주 작은 소리일 수도 있었지만, 그녀에겐 천둥소리처럼 들려왔다.

‘헉!’

세희는 걸음을 멈춘 채 돌이 된 듯 서 있었다. 혹시라도 발각되지 않았을까 귀를 기울이며 한참을 그렇게 서 있었다. 다행히 아무도 눈치채지 못한 모양이었다. 그녀는 안도의 한숨을 내쉬며 다시 발을 내디뎠다.

“누구?”

민준의 목소리에 그녀는 겁이 덜컥 났다. 그가 가까이 다가오는 것이 느껴지자, 세희는 생각할 겨를도 없이 뒤로 돌아 왔던 길을 되짚어 달리기 시작했다.

“이 실장님? 머, 멈춰요!”

타닥타닥!

민준이 쫓아오는 소리가 들리자 그녀는 온 힘을 다해 달렸다. 나뭇가지로 인해 얼굴에 생채기가 나고, 하이힐로 인해 다리도 삐끗했지만 그녀는 멈출 수 없었다. 지금 여기서 멈추면 어떻게 될지 몰랐다. 그녀는 아까보다 배는 길어진 듯한 오솔길을 달리고 또 달렸다.

마침내 오솔길을 빠져나와 뒤돌아보자 뒤따라오는 민준이 보였다. 그와의 거리가 점점 좁혀지자 세희는 두려움에 얼굴이 하얗게 질렸다. 그녀는 자신의 차가 있는 곳으로 달렸다. 하지만 그곳은 너무 멀리 떨어져 있었다. 그때 그녀의 앞으로 헤드라이트가 비쳤다. 세희는 무작정 그 앞으로 뛰어들었다.

끼익!!

타이어의 마찰음이 들리며 차가 급정거하자 그녀는 차창을 두드리며 등 뒤를 돌아보았다. 민준과의 거리가 얼마 떨어지지 않았다. 세희는 다급하게 소리쳤다.

"도와주세요!!"

"무슨 일이죠?"

그녀의 행색을 보더니 안 좋은 일을 예상했는지 운전석의 남자가 선뜻 그녀를 태웠다.

"얼른 타십시오."

"감사합니다. 빠, 빨리 가주세요."

세희는 가까이 다가오는 민준을 보며 차 문을 잠갔다. 민준이 코앞에까지 쫓아와 차의 창문을 두드렸다.

"이 실장님! 빨리 내려요!"

세희가 탄 차가 속력을 내면서 달리자 민준이 계속해서 달려오는 것이 보였다. 그녀는 뒤를 보며 초조한 마음으로 부탁했다.

“빨리 달려주세요.”

남자의 거침없는 운전으로 차는 빠르게 질주했다. 남자는 이곳 지리에 익숙한지 숲길을 파고들며 손쉽게 따돌렸다. 마침내 민준이 보이지 않자, 세희는 안도의 한숨을 내쉬며 운전석의 남자에게 고개를 돌렸다.

“정말 감사합니다.”

“무슨 일이 있었나 보군요.”

남자의 눈길이 룸미러를 통해 그녀의 행색에 머무르자 세희는 겸연쩍은 생각에 몸을 추슬렀다. 헝클어진 머리는 둘째치더라도, 뛰면서 빠져나온 블라우스는 보기에도 좋지 않았다. 그녀는 주섬주섬 남자의 눈을 피해 정돈했다.

“아니, 별다른 일은 없었어요. 정말 감사합니다.”

그녀는 빠르게 지나가는 차창 밖을 보며 긴장을 풀었다. 어느 정도 그곳에서 떨어진 듯 보이자 그녀는 남자에게 부탁했다.

“저기, 정말 죄송한데, 우선 경찰서로 가주시면 안 될까요?”

“그렇게는 못하지요, 이세희 실장님.”

뒤에서 들려오는 굵직한 목소리에 세희는 경직된 얼굴로 고개를 돌렸다. 까만 어둠에 가려진 낯선 인영(人影)들이 들어왔다.

“누, 누구시죠?”

“하하하. 이런, 정말 섭섭한데요? 우리 그래도 여러 번 보지 않았습니까?”

차 안의 조명이 켜지자 박형진의 얼굴이 들어왔다.

"다, 당신은!!"

경악하는 세희의 얼굴을 보며 박형진이 옆에 앉아 고개를 숙이고 있는 여자의 어깨에 손을 얹었다.

"이제야 알아보는군. 당신도 인사하지. 서로 잘 알고 있는 사이잖아?"

그제야 여자가 얼굴을 들었다. 그 여자는 바로 지수였다.

"시, 실장님, 죄송해요."

"지, 지수 씨가 여기 왜……?"

세희는 놀란 눈으로 지수를 바라보았다. 왜 지수가 이 자리에 있는지 이해가 되지 않았다. 하지만 지수의 어깨에 놓인 형진의 팔을 보며 세희는 고개를 흔들었다.

"마, 말도 안 돼. 서, 설마…… 사실이 아니지?"

더듬거리며 묻는 그녀를 보며 지수는 눈물을 글썽일 뿐이었다.

"말해 봐! 지수 씨였어?"

"저, 정말 이렇게 될 줄은 몰랐어요. 훌쩍, 정말이에요."

지수는 흘러내리는 눈물을 닦으며 변명했다.

"정말, 정말 몰랐어요."

"왜, 왜 그런 거야? 응?"

세희는 지수가 이런 일을 벌였다는 걸 정말 믿을 수 없었다. 항상 막내 동생처럼 여겼던 지수가 대담하게 정보를 빼돌렸다는 사실이 그녀를 기함하게 만들었다.

"돈…… 때문이었어?"

"그, 그런 거 아니에요."

지수가 고개를 세차게 흔들며 형진에게 고개를 돌렸다. 하지만 형진은 승리감에 찬 얼굴로 세희의 얼굴만을 바라보고 있을 뿐이었다.

"저, 전……."

지수가 말을 잇지 못했지만 세희는 그 이유를 어렴풋이 짐작했다. 지수의 눈빛과 형진에게 기댄 몸은 지금 지수가 어떤 마음으로 이런 일을 벌였는지를 알 수 있게 만들었다.

"지수 씨가 말한 사람이 박형진 씨였어?"

"……네."

세희는 허무감에 몸을 돌려 전방을 주시했다. 너무나 복잡한 머리 속에서 한 가지 알 수 있는 사실은 지금 이곳을 빠져나가야 한다는 것이었다.

그녀가 생각에 잠겨 있을 때, 차가 멈췄다.

"내리지."

운전석의 남자가 다가와 조수석의 문을 열었다. 그녀는 차가운 숲 속의 공기에 한기를 느끼며 주위를 둘러보았다. 어둠의 장막에 둘러싸인 숲 속에서 한 채의 집만이 동떨어지게 서 있었다. 그녀는 그곳이 그들의 목적지라는 것을 깨닫고 그곳에서 어떻게 탈출할 것인가를 생각했다.

그들의 뒤를 따라 안으로 들어서자마자 세희는 운전하던 남자에 의해 방 안에 가둬졌다.

"핸드폰과 카메라를 주십시오."

세희는 구명줄이 끊긴 듯한 기분으로 핸드폰과 디지털 카메라를 조용히 내밀었다. 남자가 그것들을 들고 나서려 하자 그녀는 다급하게 물었다.

"지수 씨는요?"

그녀의 질문에 형진이 방 안으로 들어서며 대답했다.

"곧 올 겁니다. 며칠간 이곳에서 머무르게 될 텐데 불편하지 않았으면 좋겠군요."

그의 뻔뻔한 얼굴에 세희는 치를 떨었다.

"지수 씨한테 왜 그런 일을 시킨 거죠? 정말 사랑한다면 애인한테 그런 일을 시킬 수 없잖아요. 안 그런가요?"

"후훗, 그런가요? 그럼 제가 지수에게 그런 일을 시킨 적이 없다면? 그렇다면 어떻게 되는 겁니까? 그럼 내가 지수를 사랑한다는 건가?"

형진의 비웃는 어조에 그녀는 놀란 눈을 들었다.

"그게 무슨 말이죠? 지수 씨 혼자서 시키지도 않은 일을 했다는 건가요?"

"빙고! 난 그냥 말을 흘렸을 뿐인데 알아서 척척 가져오더군요. 사랑한다는 말 한마디에 하나씩 하나씩 갖다 바치더군요. 그런데 어떤 바보가 그걸 그냥 가져가라고 하겠습니까? 안 그래요?"

"당신이 사랑이라는 이름으로 지수 씨를 종용했겠죠. 정말 지수 씨를 사랑하기는 하는 건가요?"

"사랑이라, 글쎄, 이 실장님이 보기엔 어떤가요? 내가 사랑을 하고 있나요?"

세희는 며칠 전 프러포즈를 받았다고 행복해하던 지수의 얼굴을 떠올렸다.

"반지는요? 그렇다면 프러포즈는 어떻게 된 거죠?"

"반지 하나 갖고 프러포즈라고 한다면, 세상 여자들 중 대부분이 내 마누라겠군. 이번 우신 건은 나도 놀랐습니다. 그건 한민준이 주도하고 있어서 빼돌리기 쉽지 않았을 텐데, 그것을 가져왔더군요. 역시 반지의 힘인가?"

형진의 말로 미뤄볼 때, 다행히 민준은 이 일과 무관한 모양이었다. 그녀는 자신의 섣부른 판단으로 민준을 의심하고 미행한 일을 후회했다.

"지수 씨도 당신이 이런 걸 알고 있나요? 이렇게 당신에게 이용당했다는 것을?"

"안다고 해서 뭐가 달라집니까? 이미 일은 벌어진 건데. 쉬십시오. 이 실장님은 이곳에서 안전하게 있다가 나가게 될 겁니다. 그러니 허튼짓은 하지 말기를 바랍니다."

그가 문을 닫고 나가자 세희는 방 안을 살폈다. 침대와 TV를 제외하고는 아무런 가구도 없는 방 안에는 창문만이 커다랗게

자리 잡고 있었다. 그녀는 창문으로 달려가 문을 열어보려고 했
지만, 열리지 않았다.

창문과 한참을 씨름하고 있을 때, 뒤에서 지수의 목소리가 들
려왔다.

"안 열릴 거예요."

세희는 몸을 돌려 지수를 바라보았다. 지수의 얼굴은 엉망이
었다. 씻고 온 듯했지만, 그래도 그녀의 눈가는 여전히 촉촉했
다. 세희는 그녀의 모습에 측은함을 느끼며 조용히 물었다.

"지수 씨, 왜 그랬어?"

"이 실장님도 들으셨죠? 형진 씨 말대로 그냥 제가 하고 싶어
서 그랬어요. 그냥, 그렇게 하면 저를 봐주지 않을까 싶었어요.
그래서 그랬어요."

아마도 형진과의 대화를 들은 모양인지 지수의 눈엔 계속해
서 눈물이 넘쳤다. 지수는 거칠게 눈물을 닦으며 말했다.

"이 실장님, 저 정말 형진 씨 사랑해요. 남들은 돈 때문에 형
진 씨를 사랑하는 게 아니냐고 할지 몰라도 진심으로 형진 씨를
사랑해요."

세희는 지수에게 다가가 어깨를 감싸 안았다.

"그래."

"정말 죄송해요. 훌쩍, 사장님하고 이 실장님은 모두 저한테
정말 좋은 분들이에요. 그런데 이번 한 번만, 정말 한 번만 형진
씨를 도와주면 다시는 안 그러려고 했어요. 훌쩍. 회사를 그만

두고 형진 씨하고 결혼하려고 했어요. 실장님도 보셨죠? 형진 씨가 저한테 프러포즈하며 준 반지."

"응, 봤지. 지수 씨가 자랑했잖아?"

지수가 그녀의 어깨에 고개를 파고들며 울먹였다.

"이렇게 하면 정말 날 사랑해 줄 줄 알았어요. 내가 사랑하는 만큼은 아니어도, 조금은 봐줄 줄 알았어요."

"그랬어?"

세희는 그런 지수가 안타까워 가슴이 아팠다.

그녀의 한쪽 어깨가 축축이 젖었을 무렵, 지수가 퉁퉁 부은 얼굴을 들며 웃었다.

"실장님한테 아까 얘기 듣는다고 했는데, 제가 먼저 가서 못 들었네요."

세희는 그제야 민준이 사장실에 들어서기 전에 지수가 회사를 나온 것임을 알아챘다.

"사장님 사랑하시죠?"

세희는 더 이상 자신의 마음을 숨기고 싶지 않았다. 지금 그 누구보다 보고 싶은 얼굴이 바로 지혁의 얼굴이었기에, 그리고 가슴 시린 사랑을 하고 있는 지수의 앞에서 거짓을 말하고 싶지 않았기에 그녀는 고개를 끄덕였다.

"응, 그래."

"훗, 그럴 줄 알았어요."

지수의 웃는 얼굴이 왜 그렇게 슬퍼 보이는지는 알 수 없었다.

“실장님, 여기 핸드폰이요.”

세희의 핸드폰을 내밀며 지수가 씨익 웃었다.

“형진 씨는 지금 회사에 전화하고 있어요. 아마 빨리 끊지는 못할 거예요. 그리고 아까 그 남자는 제가 따돌릴게요. 오 분 후에 여기서 나가세요.”

“지수 씨…….”

“아마 형진 씨는 제가 이렇게 실장님을 보내줄 거라곤 상상도 못할 거예요. 자기한테 맹목적이라고 생각할 테니까. 그러니 실장님은 걱정 마시고 어서 빠져나가세요.”

“지수 씨, 고마워.”

“꼭 오 분 후예요.”

지수가 문을 닫고 나가자 세희는 감정을 추스르며 지수가 준 시간을 생각했다. 그녀에게 남은 오 분은 다른 어느 때보다 긴 시간이었다. 그녀는 초조한 마음을 가다듬고 어떻게 나가야 할지를 생각했다. 아까 왔던 방향으로 되짚어간다면 발각될 위험이 컸다. 그녀는 추후에 벌어질 일들을 예상해 반대 방향으로 가기로 마음먹었다.

마침내 오 분의 시간이 흐르자, 그녀는 떨리는 마음으로 문의 손잡이를 돌렸다. 부드럽게 문이 열리자 그녀는 구두를 손에 든 채 조용히 한 걸음씩 떼었다.

10m가 채 안 되는 거리가 그녀에게는 1㎞가 된 듯 멀게만 느껴졌다. 세희는 온 정신을 모아 조심스럽게 현관까지 다가갔다.

현관문의 걸쇠를 풀기 위해 손을 댔을 때, 문 열리는 소리가 들려왔다. 아무래도 형진이 나오려는 모양이었다. 그녀는 빠르게 걸쇠를 풀고 현관문을 열고 밖으로 나갔다.

"제기랄! 잡아!"

형진의 거친 목소리가 그녀의 귓가에 울려 퍼졌다. 세희는 주위를 훑어보고 왔던 길의 반대쪽으로 뛰기 시작했다. 집 안에서 흘러나오는 불빛을 제외하고 숲 속의 밤은 깜깜했다. 돌멩이며 풀들이 발바닥에 파고들었지만, 그녀는 아픔도 잊은 채 어둠 속에 몸을 숨겼다. 잠시 후, 누군가 밖으로 뛰쳐나오는 소리가 들렸지만 그녀의 예상대로 그들은 왔던 길로 차를 몰고 사라졌다. 세희가 안도의 숨을 내쉬며 한 걸음을 떼려 할 때, 차의 헤드라이트가 방향을 바꿔 세희가 숨어 있는 곳으로 점점 다가오고 있었다. 되돌려 오는 모양이었다. 그녀는 구두를 신고 달렸다. 불빛이 그녀를 비추기 시작하자, 그녀는 나무와 풀이 무성한 곳으로 뛰어들었다. 도로보다는 그쪽이 나을 것이라는 계산이었다.

"저쪽이다!"

형진의 목소리가 들림과 동시에 뒷쪽에서 발자국 소리가 울리기 시작했다. 조용한 어둠 속에서 발소리만이 유난히 크게 울려 퍼졌다. 나뭇가지에 긁혀 이곳저곳 상처가 났지만, 그녀는 멈출 수 없었다. 여기서 잡힐 수는 없었다.

한참을 달리던 그녀는 갑자기 발목이 꺾여 저도 모르게 소리질렀다.

"앗!"

세희는 주저앉아 발목을 살펴보았다. 역시 하이힐이 문제였다. 접질린 발목이 아파왔지만 이대로 주저앉아 있을 수는 없기에 그녀는 일어서서 다시 달렸다. 당장이라도 지혁에게 전화를 하고 싶었지만, 혹시라도 그녀의 목소리에 발각될까 두려워 섣불리 전화도 할 수 없었다. 그녀는 절뚝이는 걸음으로 조금씩 움직여 언덕길을 오르기 시작했다. 언덕을 오르고 나면 어느 정도 거리가 멀어질 것이다. 매서운 바람이 불어와 그녀는 몸을 부르르 떨었다. 가을이라고는 하지만 산속의 밤은 이미 겨울의 날씨와 맞먹었다.

한참을 달리던 그녀는 나무에 기대어 주위를 살폈다. 어느 정도 거리가 벌어졌는지 더 이상은 그녀를 쫓는 소리가 들리지 않았다. 그녀를 짓누르고 있던 긴장이 조금씩 풀어지자 이제는 추위가 그녀를 두렵게 만들었다. 그녀는 빨리 이곳을 벗어나야겠다고 생각했다. 그녀는 힘겹게 발걸음을 떼었다. 산속의 밤은 한 치 앞을 구분할 수 없을 정도로 어두웠고, 바람은 점점 매서워졌다. 접질린 발목에 통증이 밀려왔지만, 그녀는 이를 악물고 참았다.

마침내 세희가 언덕 위를 오른 순간, 그녀는 좌절감에 눈물을 글썽이며 주저앉았다.

"벼랑이라니!"

그녀가 생각했던 언덕은 단지 벼랑 끝에 불과했던 것이다. 삼

사 미터는 족히 되는 거리가 가파르게 경사지어져 있어 걸어서 내려가기엔 불가능해 보였다. 엎친 데 덮친 격으로 빗방울이 어느 순간 하나둘씩 떨어지기 시작했다. 세희는 길을 잃었다는 두려움에 한동안 그렇게 앉아 있었다. 하지만 이대로 있을 수만은 없었다. 하나둘씩 떨어지던 빗방울들이 이제는 빗줄기가 되어 그녀의 얼굴을 두드리고 있었다. 비가 오는 산은 위험했다. 세희는 젖은 얼굴을 소매로 훔치며 몸을 일으켰다. 그녀는 다시 내려가기 위해 발을 내디디며 핸드폰의 전원을 켰다. 전원이 켜지자마자 핸드폰의 진동이 울리기 시작했다. 액정에 새겨진 지혁의 이름을 보자 그녀의 눈엔 눈물이 고였다. 심호흡을 하며 그녀가 받으려는 순간, 그녀의 등 뒤에서 형진의 목소리가 들려왔다.

"쥐새끼처럼 잘도 빠져나갔군."

세희는 겁에 질린 얼굴로 천천히 몸을 돌렸다. 형진이 몇 걸음도 채 되지 않는 거리에 서 있었다.

"이, 이건 분명히 범죄예요. 나, 납치가 얼마나 큰 죄인지 몰라요?"

"훗, 그래서? 만약 여기서 당신이 벗어난다고 하면 나는 어떻게 되지? 당신이 신고하지 않으리란 보장이 있나?"

형진의 비틀린 얼굴에 세희는 숨을 몰아쉬었다.

"신고하지 않겠어요. 야, 약속할게요."

"난 여자의 약속 따윈 믿지 않아. 대신 내가 약속하지. 지금 나와 같이 가준다면, 당신의 안전을 보장해 주겠어."

그가 한 걸음 떼자 세희는 고개를 흔들며 뒤로 한 걸음 물러섰다.

"다가오지 말아요."

형진이 계속해서 다가오자 그녀는 한 걸음씩 계속해서 뒤로 물러섰다. 세희는 자신의 뒤쪽을 바라보았지만 더 이상은 나아갈 자리가 없었다. 그녀는 창백한 얼굴로 형진과 벼랑을 번갈아 보았다.

"멈춰."

"다, 다가오지 말아요."

형진도 그녀의 상황을 알아챘는지 더 이상은 다가오지 않고 손짓만 할 뿐이었다.

"한 걸음만 더 떼면 당신만 다치게 될 거야. 그러니 이쪽으로 와."

세희는 고개를 세차게 저었다.

"싫어요."

그때 형진의 몸이 잽싸게 움직였다. 그녀의 손목을 낚아채려는 손길에 세희는 무의식적으로 한 걸음 떼었다. 몸이 기울어짐과 동시에 밑으로 떨어지기 시작했다.

지혁은 한 손엔 렌턴을, 다른 한 손엔 핸드폰을 들고 숲 속을 샅샅이 뒤지고 있었다. 지수의 말에 따르면 세희가 사라진 방향은 이쪽이라고 했다.

"아직도 안 받는 거야?"

민준의 걱정 어린 음성에 지혁은 고개를 끄덕였다. 그의 얼굴은 딱딱하게 굳어 있었다. 세희의 핸드폰으로 전화를 했지만, 받은 것 같은데 음성은 들리지 않았다. 그는 미칠 것만 같았다.

"잠깐 쉬자."

"안 돼. 세희가 어떻게 됐는지도 모르는데 어떻게 내가 쉬고 있겠어. 힘들면 너는 여기서 잠깐 쉬다가 따라와."

민준은 고개를 흔들며 지혁의 뒤를 쫓았다. 이렇게 친구의 이성을 잃은 모습은 처음이었다. 별장 근처에서 형진의 수하를 잡았을 때도 마찬가지였다. 죽일 듯이 달려드는 모습에 민준과 경찰들이 당황해 지혁을 떼어놓아야 했다.

지혁은 계속해서 전화를 걸어보았지만, 세희는 여전히 무응답이었다. 지혁은 주먹으로 나무를 치며 소리쳤다.

"젠장! 도대체 어디를 간 거야? 왜 전화를 안 받는 거냐고! 이 여자를 잡기만 해봐. 가만두지 않을 테니까."

"진정해. 지금 네가 이성을 잃으면 어쩌려고 그래? 세희 씨는 영리하니까 잘 있을 거야. 곧 찾을 수 있을 거고."

"민준아, 무섭다."

"뭐?"

민준은 자신이 들은 말이 반신반의해 되물었다. 그가 지금까지 알아온 지혁은 누구에게도 두려워하는 표정을 표현하지 않앉었다. 회사가 휘청거리던 때에도 마찬가지였다. 하지만 지금 지혁은 두려움에 갇힌 평범한 남자의 모습을 하고 있었다.

"무섭다고, 정말 무서워. 혹시라도 어떻게 된 건 아닌지. 영영 못 찾는 건 아닌지…… 너무 무서워."

"이 자식! 그런 말이 어디 있어? 세희 씨는 지금 너만을 기다리고 있을 텐데 네가 약한 모습을 보이면 어떻게 하라고?"

"그렇지? 세희는 강하니까 어딘가에서 나를 기다리고 있을 거야. 그렇겠지?"

지푸라기라도 잡고 싶어하는 지혁의 모습에 민준은 확고하게 대답했다.

"그래, 인마."

"고맙다."

민준이 지혁의 어깨를 두드리며 눈을 찡긋했다.

"고맙긴. 이 실장님은 나한테도 소중한 동료라고. 게다가 매일 맛있는 커피까지 대접해 주는 고마운 분이지."

"후우, 그래."

지혁은 몸을 추스르고 다시 걸었다. 떨어지는 빗방울로 온몸이 젖었지만, 그는 개의치 않았다. 십여 분이 지났을 무렵, 그의 팔을 잡는 민준의 손길이 느껴졌다. 그는 곧 그 이유를 알 수 있었다. 희미하게 말소리가 그의 고막을 건드리고 있었다.

"이, 이건 분명히 범죄예요. 나, 납치가 얼마나 큰 죄인지 몰라요?"

"훗, 그래서? 만약 여기서 당신이 벗어난다고 하면 나는 어떻게 되지? 당신이 신고하지 않으리란 보장이 있나?"

"신고하지 않겠어요. 야, 약속할게요."

"난 여자의 약속 따윈 믿지 않아. 대신 내가 약속하지. 지금 나와 같이 가준다면, 당신의 안전을 보장해 주겠어."

"다가오지 말아요."

지혁은 민준과 시선을 마주했다. 그리고 고개를 끄덕였다. 형진과 세희의 목소리가 분명했다. 그들은 렌턴을 끄고 소리없이 접근하기 시작했다. 다행히 빗소리에 묻혀 그들의 발소리는 들리지 않았다.

세희와 형진의 모습이 그들의 눈에 포착되었다. 등을 돌리고 있는 형진의 앞에 가파른 절벽 끝에 위태롭게 서 있는 세희가 눈에 들어왔다. 깜깜한 어둠 속에서도 세희의 창백한 얼굴이 도드라져 보였다. 여전히 형진과 세희는 그들을 보지 못한 모양이었다. 그들의 대화는 지혁의 발걸음을 더욱 빠르게 하고 있었다.

"멈춰."

형진의 위협적인 목소리에 세희가 고개를 저으며 또다시 한 발자국 뒤로 물러섰다.

"다, 다가오지 말아요."

"한 걸음만 더 떼면 당신만 다치게 될 거야. 그러니 이쪽으로 와."

"싫어요."

지혁이 다가갔을 무렵, 세희의 몸이 뒤쪽으로 기울어지기 시작했다. 그는 하얗게 질린 얼굴로 그녀를 향해 달렸다.

세희는 벼랑 끝에서 떨어지는 순간, 모든 것이 끝났다고 생각하며 눈을 질끈 감았다. 하지만 그녀의 팔을 낚아채는 손길에 감았던 눈을 살며시 떴다. 벼랑 위에 매달려 있는 이 순간만큼은 그녀가 두려워하는 형진의 손길이라도 감사할 터였다. 하지만 그녀의 눈에 들어온 것은 형진이 아닌 그녀가 애타게 기다렸던 지혁이었다.

"지, 지혁 씨?"

"괜찮아?"

낮은 중저음의 목소리가 그녀의 귓가에 울려 퍼졌다. 세희는 눈물을 글썽였다.

"미안해. 빨리 오지 못해서 정말 미안해."

빗줄기에 점점 그녀의 손이 미끄러지고 있었다. 세희는 겁에 질린 얼굴로 말했다.

"사, 살려줘요. 절대 놓으면 안 돼요."

"절대 안 놓아. 그러니 당신도 힘을 내야 해."

지혁의 얼굴은 고통으로 일그러져 있었다. 그의 몸도 절반은 걸쳐져 있는 형편이었다. 세희는 그의 손을 꽉 잡았다. 맞잡은 그의 손에서 따스한 온기가 느껴졌다. 세희는 얼굴로 떨어지는 무수한 빗방울을 맞으며 매달려 있었다. 그때 그녀의 얼굴 위로 뜨거운 빗방울이 후드득 떨어졌다. 그리고 그 속에서 비릿한 냄새가 느껴졌다. 이상한 예감에 그녀는 지혁을 올려다보았다. 지혁의 팔을 타고 흐르는 검붉은 액체가 그녀의 눈에 들어왔다. 그녀는 순간 가슴이 덜컹했다.

"지혁 씨, 어디 다친 거예요?"

"아, 아니야. 괜찮아."

세희는 그의 일그러진 얼굴에서 고통을 엿볼 수 있었다. 무슨 일이 있는 것이 틀림없었다.

우르르 쾅.

천둥 소리와 함께 검은 하늘 위로 하얀 빛이 번쩍 빛나자 세희는 그의 팔을 꿰뚫고 있는 나뭇가지를 볼 수 있었다.

"맙소사!"

그녀의 얼굴에 떨어지는 뜨거운 기운이 점점 더해갔다. 그녀는 발밑을 내려다보았다. 가파르게 경사가 지어져 있었지만, 잘하면 뛰어내릴 수도 있을 것 같았다. 아니, 다리가 부러지는 한이 있더라도 뛰어내려야만 한다.

"지혁 씨, 뛰어내릴 수 있을 것 같아요. 그러니 놔요."

"안 돼!"

그의 단호한 목소리에 세희는 고개를 저으며 몸부림쳤다. 이대로 가다간 그가 치명상을 입을 것이다.

"괜찮아요. 놔요. 이러다간 당신이 큰일나겠어요."

“절대 안 돼!”

“제발 놔요. 그리고 당신이 구해주면 되잖아요?”

세희는 눈을 질끈 감고 그의 손에서 벗어나기 위해 다시 몸부림을 쳤다. 그때 그녀의 머리 위에서 반가운 목소리가 들려왔다.

“그렇게는 안 되죠, 이 실장님.”

세희는 온몸에 통증을 느끼며 눈을 떴다. 가물거리는 정신 속에서도 그녀는 살아 있다는 기쁨을 느꼈다. 지혁의 따스한 온기가 차가운 공기 속에서 그녀를 지켜주고 있었다. 그녀는 지혁의 품에서 고개를 들었다.

“지…… 혁 씨?”

“정신이 좀 들어?”

지혁의 걱정하는 얼굴에 세희는 희미하게 고개를 끄덕였다. 벼랑에서 올라오자마자 정신을 잃은 모양이었다.

“네, 제가 정신을 잃었었나 봐요.”

“긴장이 풀려서 그래.”

그녀는 감기는 눈을 부릅뜨며 지혁을 살폈다. 임시로 지혈을 한 모양이었지만 그의 팔에선 아직도 핏물이 새어나오고 있었다. 그녀는 떨리는 입술을 열었다.

“많이 아팠죠? 저 때문에…….”

“괜찮아. 당신이 무사하니까.”

여전히 고통스러운 얼굴로 말하는 그를 보면서 세희는 가슴 속에 무언가가 툭 터져 나가는 것을 느꼈다. 그녀는 눈물을 글썽이며 지혁의 팔을 쓰다듬었다. 이 팔이 있었기에 그녀는 살아남을 수 있었다.

"흠흠."

헛기침 소리에 주위를 둘러보니 서성거리며 그들을 지켜보는 민준이 보였다.

"오 분 안으로 경찰하고 구급차가 올 겁니다. 다행히 이쪽에서 멀지 않으니까."

세희는 민준에게 고마우면서도 미안했다. 그리고 그를 의심해서 일을 이 지경으로 만들어놓은 자신이 한심스러웠다.

"고마워요. 그리고 미안해요. 제가 말도 안 되는 오해를 해서……."

"저도 놀라긴 했지만, 충분히 그럴 만한 상황이었는데요 뭐. 그리고 저도 실은 이 실장님을 조금 오해했었어요."

"저를…… 요?"

놀란 그녀를 보며 지혁이 설명했다.

"실은 민준이와 자체 조사를 하고 있었어. 세희한테 말하지 않은 건 미안해. 모르는 사람이 적을수록 우리에게 유리하기 때문에 말하지 못했어."

"이해해요."

민준이 머리를 긁적이며 미안한 얼굴로 말했다.

"강 비서한테 혐의가 점점 짙어지는데, 아시다시피 이 실장님이 강 비서와 친했었잖아요. 그런데 어제 어떻게 거기까지 찾아오신 거예요? 나름대로 비밀로 한다고 했었는데."

"실은 어제 회사에 나갔다가 비상구에서 한 실장님이 통화하는 걸 들었어요. 그래서……."

민준이 그제야 궁금증이 풀렸는지 수긍하는 표정을 지었다.

"아하, 그랬군요. 실은 그동안 경찰과도 공조를 하고 있었거든요. 우리가 놓은 덫에 걸려들었다고 알려준 거였는데."

"그랬군요."

"그나저나 어떻게 이 녀석을 변화시키셨어요? 지혁이는 이 실장님은 절대 그럴 리가 없다고 하더군요."

"그랬…… 어요?"

그녀의 물음에 지혁은 무안해 주위를 둘러보았다. 그의 딴청에 세희와 민준이 미소를 교환했다.

"박형진은?"

"그 자식은 도망갔어. 잡으려고 했지만, 이 실장님이 위험해 보여서 다시 돌아왔지."

"잘했다."

만약 민준이 돌아오지 않았다면 세희나 자신은 위험했을 것이다. 그는 새삼 친구에게 고마웠다. 그는 친구의 팔을 툭 치며 말했다.

"고맙다."

“고맙긴.”

민준도 그의 팔을 툭 치자 지혁은 고통에 소리 질렀다.

“윽!”

“아! 미안! 고의는 아니었다.”

하지만 민준의 얼굴에서 느껴지는 장난기에 지혁은 얼굴을 찡그렸다.

“너, 이 자식!”

“어? 지금 방금 고맙다고 한 사람의 태도가 뭐야?”

세희는 그들의 아옹다옹하는 모습에 미소 지었다. 이제 조금 있으면 그들은 따뜻한 곳으로 돌아갈 것이다. 안도감에 잊고 있던 고통이 그녀의 온몸을 덮치기 시작했다. 지혁과 민준의 모습이 겹쳐 보이자 그녀는 고개를 흔들었다. 하지만 그것도 잠시 그녀의 몸이 서서히 기울어졌다.

“세희야!”

지혁의 외침을 끝으로 세희는 깊은 어둠 속으로 가라앉았다.

"**고**비는 넘겼대. 하마터면 큰일날 뻔했어."

"그런데 왜 안 일어나는 거야?"

"조금만 더 지켜보자. 아직은 약 기운이 남아 있을 테니까."

세희는 도란도란 들려오는 소리에 잠에서 깨었다. 하지만 몸은 천근만근이라 움직이기가 힘들었다. 게다가 민준의 목소리를 들으니 간밤의 기억이 떠올랐다. 정말 지옥 같은 밤이었다.

"뭐가 잘못된 건 아니겠지? 담당 의사를 다시 만나봐야겠어."

"너답지 않게 왜 그래? 그만 좀 닦달하고 가만히 기다리자. 너 때문에 의사들이 진저리를 치겠다."

"휴우, 알았어."

“의사가 괜찮다고 했으니 금세 일어날 거야.”

“박형진은 어떻게 됐어?”

“범행 일체를 부인하고 있는 모양이야. 하지만 강 비서가 자수를 했으니 조만간 시인하겠지.”

세희는 그들의 대화를 통해 박형진이 검거되었다는 것을 깨달았다.

“가만두지 않겠어. 어떤 수단과 방법을 가리지 않고 그 자식을 산산조각 낼 거야.”

“그래야지. 난 잠깐 서 변호사한테 전화 좀 하고 올게.”

“그래, 부탁한다.”

“부탁은.”

문이 닫히는 소리가 들리는 걸 보니 민준이 나간 모양이었다. 잠시 후, 지혁이 그녀의 곁으로 가까이 다가오는 것이 느껴졌다. 세희는 그제야 부스스 눈을 떴다.

“지혁 씨…….”

“괜찮아? 어디 불편한 데는 없고?”

그녀의 얼굴을 이리저리 살피며 지혁이 다급하게 물었다.

“네, 전 괜찮아요. 지혁 씨 팔은 괜찮아요? 이렇게 있어도 되는 거예요?”

그녀는 지혁의 팔에 감겨진 붕대를 보며 물었다. 어제 그는 상당히 피를 흘린 상태였다.

“응, 난 괜찮아. 의사도 괜찮다고 했고.”

"전…… 전 정말……."

세희는 말을 잇지 못했다. 큰 상처를 입어가면 자신을 구하려고 한 그를 떠올리니 가슴이 울컥했다. 벼랑에 매달려 있는 동안 그의 고통이 얼마나 심했을지 생각하니 코끝이 찡해졌다. 그녀는 눈물을 글썽이며 지혁의 팔을 아픈 눈으로 바라보았다.

"정말……."

지혁이 그녀의 젖은 눈가를 훔치며 속삭였다.

"울지 마. 정말 괜찮으니까."

"바보 같아요."

"내가?"

세희는 그의 어깨에 기대며 고개를 끄덕였다.

"우리 둘 다 너무 바보 같았어요. 혼자 오해하고 무작정 따라나선 저나 그렇게 고통스러우면서도 끝까지 저를 놓지 않은 지혁 씨나 둘 다…… 둘 다 모두 바보 같아요."

"그러게. 우린 정말 바보 커플이군. 하지만 만약 똑같은 상황이 온다고 해도 난 당신을 절대 놓지 않을 거야."

그의 단호한 말에 세희는 가슴속에서 뜨거운 기운이 퍼져 나가는 것을 느꼈다.

"고마워요, 놓지 않아줘서."

지혁이 그녀를 감싸 안았던 팔에 힘을 주었다.

"당신을 발견해서 정말 다행이었어. 지금도 어제 일을 생각하면 끔찍해. 강 비서가 알려주지 않았다면 어떻게 됐을지 말이야."

그제야 지수를 잊고 있었다는 것을 그녀는 깨달았다.

"지수 씨가 알려준 건가요? 지수 씨는 어떻게 됐죠? 처음부터 지수 씨가 범인이라는 것을 알고 있었나요?"

"한 가지씩 물어봐. 당신 버릇이라더니 정말 그렇군."

세희는 그의 말에 얼굴이 붉어졌다. 방심한 사이에 버릇이 튀어나왔다.

"우리도 알게 된 것은 얼마 안 돼. 그동안 계속해서 범인을 놓쳤지. 그것도 간발의 차이로. 그래서 우린 이번 우신 건을 미끼로 쓰기로 했어. 여태까지 걸려들지 않아서 이번에도 틀렸다고 생각했는데, 어제 드디어 걸려든 거지. 그런데 문제는 걸려들자마자 강 비서도 그것이 미끼였다는 것을 알아차린 거야."

"제가 지수 씨한테 전화를 해서 알게 된 건가요? 어제 지혁 씨한테 연락이 안 돼서 지수 씨한테 전화를 했었거든요."

"아마 그전에 눈치를 챘을 거야. 민준이 맡고 있는 안건이었는데 너무 쉽게 빼낸 걸 자신도 수상쩍게 생각한 거 같아. 그래서 갑자기 사무실에서 나간 거지. 민준이 갔을 땐 이미 사라지고 없었다더군. 그래서 민준이가 뒤쫓아간 거야. 나도 어제 민준의 전화를 받자마자 경찰들과 함께 뒤따라온 거고."

그렇다면 어제 세희는 민준을, 민준은 지수를 미행한 셈이었다.

"어제 한 실장님이 범인인 줄 알고 지혁 씨에게 알린다고 계속 연락한 거예요."

"그런 것 같더군. 어제 세희가 그 차를 타고 떠난 후에, 나도 바로 도착했었어."

"그랬군요."

그녀는 어젯밤 눈물짓던 지수의 얼굴이 생각났다.

"그럼 지수 씨는 어떻게 되는 거죠?"

그도 지수를 생각하면 마음이 편치 않았다. 처음 지수가 범인이라는 말을 들었을 때는 한참 동안 충격을 받아 아무 생각도 할 수 없었다. 그는 직원들 중에 자신을 배신한 사람이 있다는 것은 알고 있었다. 때문에 어느 정도 충격은 받을 것이라 예상하고 있었지만, 그 대상이 지수라는 점은 그를 경악하게 만들었다. 지혁은 착잡한 얼굴로 설명했다.

"자수를 했으니 참작이 되겠지만, 형사상 처벌을 면하긴 힘들겠지."

"그렇군요. 하지만 최대한 선처해 줬으면 좋겠어요. 지수 씨를 생각하면 그냥…… 그냥 마음이 아파요."

눈물을 글썽이는 세희를 위로하며 지혁이 고개를 끄덕였다.

"그래, 나도 강 비서한테 들었어. 하지만 그렇다고 무마될 수는 없으니까. 세희도 알다시피 이건 회사의 문제이기 때문에 내 마음대로 어떻게 할 수가 없어. 이사회의 입장도 있을 테니. 하지만 개인적으로 어떤 식으로든 강 비서에게 도움을 줄 만한 일이 있나 찾아볼게. 이건 강 비서가 당신을 보내주었기 때문이야."

세희는 새삼 그를 감동 어린 눈으로 바라보았다.

"네. 고마워요."

"그건 그렇고 어젠 어떻게 된 거야? 세희가 다른 남자랑 여행을 떠났다고 해서 내가 얼마나 놀랐는 줄 알아?"

지혁의 말에 세희는 그제야 잊고 있던 일들이 떠올랐다. 어젯밤만 해도 그를 만나면 고백하리라 마음먹었는데, 그의 말을 듣고 나니 다시 예전의 기억들이 새록새록 솟아났다. 그녀는 새삼 놀랐다는 얼굴로 시치미를 떼었다.

"네에? 그게 무슨 소리예요? 전 여행도 떠나지 않았는데?"

"그런데 왜 강 비서가 그런 말을 한 거지?"

눈썹을 치켜 올리며 생각에 잠겨 있는 그에게 세희는 얼른 말했다.

"무슨 오해가 있었나 보죠."

"그런가? 그런데 반지는 왜 놓고 간 거야?"

"반지는 그냥……."

"그냥?"

세희는 그동안 당한 걸 복수해 주기 위해서란 말을 차마 할 수 없어서 말을 돌렸다.

"아니, 그런데 제가 다른 남자랑 여행을 떠나는 게 뭐가 놀란 일인가요?"

"그건…… 세희도 알잖아?"

얼굴을 붉히며 그가 머뭇머뭇 말하자, 세희는 웃음이 터질 것만 같았다.

"뭐를요?"

지혁은 주머니에서 새로 산 반지를 꺼냈다.

"흠흠, 좋은 곳에서 근사하게 주려고 했는데, 이젠 조금도 기다리고 싶지 않아."

세희는 그의 손에서 반짝이는 반지를 떨리는 마음으로 바라보았다.

"이, 이게 뭐죠?"

"우리에 대한 소문을 사실로 만들고 싶어. 이게 내 진심이야. 받아주겠어?"

지혁의 손끝이 살짝 떨리는 것 같다면, 그녀의 착각일까. 세희는 가슴속에 벅찬 감정이 솟아오르는 것을 느꼈다. 그녀는 약간 울먹이며 속삭였다.

"그럼, 진짜 연인이 되자는 건가요?"

"그래, 진짜 연인이 되고 싶어."

"흠흠, 그런데 꽃 한 송이 없는 프러포즈네요."

이 세상 어떤 프러포즈보다 근사했지만 세희는 쑥스러움에 작은 불평을 했다.

"그렇군. 꽃이 빠졌어. 그렇지 않아도 생각했었는데. 잠깐만."

지혁이 몸을 돌리자, 그녀는 그의 허둥거림에 활짝 미소가 피어올랐다.

"괜찮아요. 가지 말아요."

"꽃이 빠져서 서운하지 않겠어?"

"서운하지 않아요."

지혁은 심호흡을 하며 그녀의 곁에 앉았다. 세희의 손가락에 반지를 끼우며 그는 떨리는 목소리로 물었다.

"반지가 마음에 들어?"

그녀는 고개를 주억거리며 말했다.

"네, 마음에 꼭 들어요."

지혁은 심호흡을 하며 그녀의 손을 맞잡았다. 그리고 어젯밤 그녀를 미친 듯이 찾아다니며 결심했던, 아니, 그 이전부터 생각해 왔던 말을 꺼냈다.

"세희, 내 청혼을 받아주겠어?"

세희는 맞잡은 손을 바라보다 깜짝 놀라 고개를 번쩍 들었다.

"처, 청혼이라뇨? 겨, 결혼하잔 말인가요?"

"맞아."

"그건 너무 갑작스러운 거 아닌가요?"

"나한테는 갑작스러운 게 아니야."

세희는 드디어 자신에게 기회가 왔다는 것을 깨달았다. 그녀는 그의 마음을 짐작했으면서도 지혁에게 새삼 확인했다.

"네? 그럼……?"

"한참 전부터 당신과 함께하고 싶었어. 하지만 나도 내 마음을 잘 몰랐기 때문에 세희한테도 말할 수 없었지. 그리고 그걸 깨달은 순간, 가짜지만 연인이라 할 수 있는 기회가 생긴 거고."

세희는 일부러 과장되게 놀란 얼굴을 했다.

"그럼 일부러 사귀는 척하자고 한 건가요?"

그는 세희의 눈치를 살피며 고개를 끄덕였다.

"그 일 때문에 제가 얼마나 노심초사한지는 알아요? 죄책감에 하루도 편하지 않았다구요."

"미안, 그건 내가 사과할게. 하지만 그때 그러지 않았다면 영영 나를 봐주지 않을 것 같아서 그랬어."

지혁의 풀죽은 목소리에 그녀는 웃음이 나올 것 같았지만 처연한 눈빛을 그에게 돌렸다.

"그래도 전 거짓말쟁이가 됐어요."

"정말 미안해."

그가 어쩔 줄 몰라 했다. 아마 이런 일은 처음이리라. 그녀는 지혁이 괘씸했지만, 이런 모습의 그에게 계속 벌주기는 힘들었다.

"좋아요. 당신이 내 조건을 들어준다면, 저도 사과를 받아들일게요."

"조건?"

"네, 조건."

"무슨 조건이지? 내 사과를 받아준다면, 당신이 하라는 대로 다 할게."

진지한 얼굴로 묻는 그에게 세희는 야릇한 미소를 띠었다.

"그 조건은……."

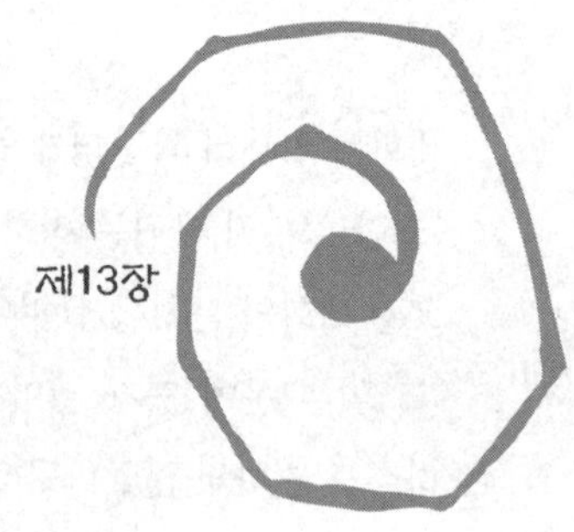

제13장

거리엔 캐롤송이 울려 퍼지고, 하늘에선 화이트 크리스마스를 만들기 위해 하얀 눈가루를 뿌리고 있었다. 세희는 머리칼에 묻은 눈송이들을 털어내며 건물 안으로 들어갔다. 지하로 내려가는 계단에서는 탱고 음악이 흘러나오고 있었다. 그녀는 미소를 지으며 '스포츠 댄스 아카데미' 라는 문구가 적혀 있는 문을 열고 들어갔다.

"하나, 둘, 셋, 넷, 하나, 둘. 아니, 아니, 거기선 그게 아니라니까요. 도대체 이게 몇 번이에요?"

여자 강사의 핀잔에 지혁의 얼굴이 발갛게 달아올라 있었다. 그의 어쩔 줄 몰라 하는 모습에 세희는 고개를 흔들었다. 여러 번 틀린 모양이었다.

"후우, 또 틀렸습니까? 다시 하겠습니다."

"오늘은 이만하고, 모레 다시 하죠."

"한 번만……."

"지혁 씨!"

그녀가 부르는 소리에 지혁이 문가로 시선을 돌렸다. 문에 기대서 있는 세희를 보더니 그가 멋쩍은 얼굴로 다가왔다.

"벌써 왔어? 잠깐 기다려. 나는 좀 씻고 올게."

"그러세요."

지혁이 탈의실로 들어가자 그녀는 강사에게 인사했다.

"수고 많으시네요."

"오셨어요?"

"지혁 씨가 많이 힘들어하나요?"

세희는 사실 그에게 조건을 걸었지만, 이렇게까지 적극적으로 임할 줄은 몰랐었다. 두 달이라는 시간이 흘렀음에도 불구하고 그는 계속해서 그녀와의 약속을 지키기 위해 노력하고 있었다.

"풋, 힘들어하는 건 오히려 전데요? 제가 보기에 최지혁 씨는 의욕은 앞서는데 몸이 잘 안 따라주는 것 같아요. 그런데도 꾸준히 여기에 오시는 걸 보면 놀라워요."

강사는 수건으로 땀을 닦으며 호기심에 가득 찬 눈을 그녀에게 향했다.

"그런데 이런 걸 따로 배우실 타입은 아닌데, 저렇게 열성적이시니 저희로서도 의외네요. 강사들 사이에서도 최지혁 씨는 화제거든요."

"그래요?"

"네, 솔직히 두 달이나 지났는데 아직까지 탱고도 못 떼는 사람은 최지혁 씨가 처음이거든요. 그것도 개인 교습인데 말이죠."

세희는 어리둥절한 얼굴로 물었다.

"네? 저와 몇 번씩이나 춤을 췄었는데요?"

"무슨 춤이요? 설마 블루스를 말하는 건 아니겠죠? 블루스야 박자에 그렇게 구애를 받지 않는 거니까요."

강사의 말은 충격이었다. 그제야 세희는 그와 블루스밖에 추지 않았다는 것을 깨달았다. 게다가 그것도 끝까지 춘 것이 아니었다. 그녀는 뭐든지 완벽해야 직성이 풀리는 그가 제대로 못하는 것이 있다는 것이 놀라웠지만, 그걸로 의기소침해할 그를 생각하니 저절로 걱정이 되었다.

"희망이 없는 건가요?"

"우선 음악과 함께 동작을 이해해야 하는데, 그게 안 되는 것 같아요. 동작이야 금세 외우시는데 너무 딱딱해서 로봇이 춤추는 것 같아요. 그리고 박자치인 것 같더군요. 항상 반 박자 빨리 움직이시더라구요. 그래도 열심히 해보면 성과가 있겠죠."

강사의 냉정한 평가에 세희는 처음으로 자신이 건 조건을 후회했다. 세희는 자신이 좋아하는 스포츠 댄스를 그와 함께하고 싶어서 이런 조건을 내세운 것이었는데. 물론 그가 처음부터 잘하리란 생각은 하지 않았지만, 이 정도일 줄은 몰랐다.

"그렇군요."

"그래도 동작을 외우지 못하는 분은 아니라 그나마 다행이에요. 그렇기까지 하면 정말 가망이 없거든요."

그들이 대화하는 중에 다음 타임의 강의를 들으러 온 수강생들이 하나둘씩 들어오기 시작했다. 세희는 강사에게 인사를 하고 밖으로 나와 지혁을 기다렸다.

"추운데 왜 밖에서 기다려?"

물기에 젖은 머리가 그의 얼굴에 달라붙어 있었다. 세희는 다가가 손수건을 꺼내 그의 얼굴을 닦아주었다.

"그냥요. 잘 말리고 나오지 그랬어요. 감기 들면 어쩌려구."

"기다릴까 봐 그랬지."

"제가 너무 일찍 왔나 봐요."

"아니야, 가지. 오늘은 내가 맛있는 요리를 해준다고 했잖아."

춤엔 젬병인 그였지만 요리에는 탁월한 소질이 있었다. 그래서 요즘 그는 세희에게 맛있는 음식을 만들어주곤 했다.

"뭐를 만들어줄 건데요?"

"할리스코 어때? 멕시코 요리인데, 세희가 좋아하는 해산물 요리야."

"음, 좋죠. 그럼 장을 봐야 하나요?"

"아니, 미리 준비해 뒀어."

그들은 천천히 지혁의 집으로 걸어갔다. 학원에서 지혁의 집까지는 그리 멀지 않았다.

"눈이 오는군. 아까는 맑았는데 말이야."

"오늘이 크리스마스 이브라는 걸 아나 보죠. 화이트 크리스마스는 정말 오랜만이죠?"

"그런가?"

"후훗, 네. 오랜만이랍니다."

고개를 갸웃하는 지혁을 보며 그녀는 미소 지었다. 항상 예리하다고 생각했던 그지만, 둔한 점도 있었다. 그와 연인이 된 지난 이 개월 동안 그녀는 그것을 확연히 느끼고 있었다.

"솔직히 예전에는 눈이 오는 거 싫었어요. 미끄럽기도 하고 질척거리기도 하고 그래서요."

"그런데 지금은 달라?"

"네, 오늘은 좋은데요? 낭만적으로 느껴져서 그런가?"

지혁은 그녀의 솔직한 말에 가슴이 따뜻해졌다. 세희와 맞잡은 손을 자신의 주머니 속으로 넣으며 그는 고개를 끄덕였다.

"그러게, 나도 좋군."

"그런데 이런 날엔 지수 씨가 많이 춥겠죠?"

"아직은 구치소니까 좀 낫지 않을까? 재판이 다음 주부터니 얼굴은 볼 수 있겠지."

“네.”

“잘될 거야. 걱정 마.”

맞잡은 손에 다시 한 번 힘을 주며 지혁이 그녀에게 무언의 위로를 해주었다. 세희도 고개를 끄덕이며 그의 손을 힘있게 잡았다.

천천히 걷는 그들의 머리와 어깨 위로 하얀 눈이 살포시 내려앉았다. 마침내 그의 집에 도착하자 그들은 현관에서 서로의 눈을 털어주었다.

“와, 금세 젖었네요.”

“수건으로 말려야겠는데? 감기 들겠어. 들어가지.”

처음 지혁의 집을 방문했을 때, 첫 느낌은 깔끔했지만 차가운 느낌이 강했었다. 하지만 그녀가 방문할 때마다 하나둘씩 늘어가는 소품에 의해 한결 포근한 분위기로 변해 있었다. 지혁은 욕실에서 수건을 꺼내어 그녀에게 다가왔다.

“내가 말려줄게.”

“아니에요.”

“이리 앉아봐.”

지혁은 그녀를 소파에 앉히고 머리칼을 정성스레 닦아주었다. 그의 손길이 얼굴에 스칠 때마다 그녀는 가슴이 두근거리기 시작했다. 온 신경이 한올한올 그의 움직임에 쏠리기 시작했다. 세희는 점점 화끈거리는 얼굴이 부끄러워져 벌떡 일어났다.

“흠흠, 저 배, 배고파요. 머, 먼저 밥부터 먹어요.”

그녀의 말에 지혁도 얼른 손을 떼며 고개를 끄덕였다.

"그, 그럴까? 금세 되는 거니까 앉아 있어."

"아니에요. 저도 도울게요."

"그럼 테이블 세팅을 해주든지. 요리는 내가 미리 준비해 둬서 불에 익히기만 하면 되거든."

"네."

그녀는 지혁의 지시대로 접시와 포크를 꺼내어 테이블을 준비했다. 그의 말대로 요리는 금세 준비되었다. 블랙 타이거 새우, 도미, 오징어, 감자, 브로컬리, 붉은 양파를 데킬라 소스에 볶아 접시에 함께 담아내고, 화이타까지 준비하자 요리는 끝이 났다.

"와! 진짜 빠른데요?"

"와인 한 잔 할까? 아니면 마가리타를 마실까?"

"음, 전 와인이 좋은데요."

"그래? 그럼 그걸로 하지."

지혁이 와인 냉장고에서 화이트 와인을 꺼내 오는 동안, 그녀는 크리스털 잔을 꺼내어 테이블 위에 올려놓았다. 그는 와인을 따르고, 자리에 앉기 전에 음악을 틀었다. 느린 블루스 음악이 조용히 울려 퍼졌다.

"자, 그럼 식사할까?"

"네, 잘 먹을게요."

그녀는 접시에 덜어 한입 맛을 보았다. 해물과 소스의 어우러

짐이 그녀의 식욕을 돋우고 있었다.

"어때?"

"너무 맛있네요. 어쩜 요리를 이렇게 잘하세요?"

"나도 내가 이렇게 요리를 잘할 줄은 몰랐어. 실은 요리를 해본 지도 두 달 정도밖에 안 돼."

두 달이라면 그녀와 정식으로 사귀고 난 후를 말하는 것이었다. 세희는 놀라움에 커다랗게 뜬 눈으로 그를 바라보았다.

"네에? 그럼 저한테 해준 요리가 처음이라는 거예요?"

"응. 처음엔 아무것도 몰랐는데, 요리책을 보고 해보니까 별로 어렵진 않더군. 예상외로 요리가 재밌기도 하고."

지혁은 그녀를 집으로 데리고 올 수 있는 핑계가 필요했다. 그래서 시작한 것이 요리였다. 그녀에게 맛있는 저녁을 해준다는 계획을 내세워 세희를 자신의 집에 오게 만들었다. 그리고 그 계획은 성공적이었다. 그의 요리를 마음에 들어한 세희가 이제는 그의 제안에 거리낌없이 응하는 것을 보면 말이다. 사실 지혁에게는 그보다 더한 계획이 있었지만, 섣부른 행동으로 그녀를 잃을까 두려워 참고 있는 중이었다. 하지만 그도 자신이 언제까지 참을 수 있을지는 장담할 수 없었다. 점점 초조해지고 있었기 때문이다.

조금 전, 그는 세희의 머리칼을 만지면서도 한편으로는 머리 속에 다른 생각이 들어 곤혹스러웠었다. 세희가 일어서지 않았다면 어떤 행동을 했을지 자신도 예측할 수 없었다. 지금도 눈을 동그랗게 뜨고 신기한 듯 바라보는 그녀의 입술에 키스하고 싶어 미칠 지경이었다. 그러나 오늘은 키스만으로 끝나지 않을 것 같은 예감에 그는 자제하고 있었다.

"춤추는 거 힘들어요?"

세희가 진지한 얼굴로 물어보자 그는 얼른 고개를 저었다.

"아니, 재미있어. 내가 잘 못하는 게 문제이긴 하지만 말이야."

"그럼 저녁 먹고 우리 같이 춤춰볼까요?"

그녀의 제의에 지혁은 자신없는 얼굴로 고개를 끄덕였다. 춤은 정말 배워도 배워도 늘지 않아 그에게 있어서는 절대 끝내지 못하는 숙제 같은 것이었다. 세희의 조건이 춤이라는 것을 알게 된 후 마지못해 고개를 끄덕여야 했지만, 사실 그는 춤에 있어서는 소질이 없었다. 그나마 출 수 있는 것이 느린 음악에 맞춰 춤을 추는 블루스가 전부였다. 블루스의 좋은 점은 박자를 조금 틀려도 별로 티가 나지 않는다는 것이었다. 때문에 그는 여태까지 박자치라는 것을 들키지 않을 수가 있었다. 지혁은 자신의 단점을 타인 앞에서 드러내는 것 자체를 싫어했다. 하지만 세희가 그녀의 취미를 그와 함께 즐기고 싶다는 말에 그는 거부할 수 없었다. 어떻게 거부하겠는가. 그리고 지금……

지혁은 춤추는 것을 피하기 위해 최대한 천천히 식사를 했다. 하지만 오늘따라 시간은 빨리 흘러가고 있었다. 설거지까지 끝마치고 나자 이제 더 이상 미룰 수가 없었다. 세희는 이미 그의 음악 CD 앞으로 가서 탱고 음악을 고르기 시작했다.

"음, 이거 좋네요. 이 음악이라면 지혁 씨가 요즘 배우고 있는 거랑 잘 어울릴 것 같네요. 그리고 느리니까 괜찮겠죠?"

"그, 그렇겠지. 내가 잘 못 춰도 이해해 줘."

"알았어요."

부드러운 바이올린 선율이 흐르자 그들은 마주 보고 서서 움직이기 시작했다. 시작은 엉성했지만 그런대로 잘 따라가고 있었다. 하지만 격정적인 피아노 음이 울리며 동작이 커지자, 지혁은 초조한지 반 박자 빠르게 움직였다. 그러다 보니 자꾸 스텝이 엉키게 되어 계속해서 실수를 하게 되었다.

"미안."

"천천히, 그리고 음악에 귀를 기울이고 움직여요. 틀렸다고 해서 초조해하지 말고, 여유있게 움직여요. 그러면 금세 페이스를 찾을 거예요."

그녀의 말에 따라 지혁은 호흡을 조절하며 천천히 움직였다. 여전히 실수는 했지만, 아까보다는 나아지는 느낌에 그는 안도의 숨을 내쉬었다. 하지만 여전히 엉성했다.

음악이 끝나자 세희는 그의 눈을 똑바로 보며 말했다.

"완벽한 춤은 아니었지만, 그런대로 만족스러웠어요."

"내가 엉망인 건 나도 알아. 하지만 세희 덕분에 그나마 실수를 덜하게 되었어."

머리를 긁적거리며 지혁이 말하자, 그녀는 맑은 웃음을 터뜨렸다.

"왜 웃지?"

"지혁 씨가 못하는 게 있다는 사실이 저를 즐겁게 해요."

"뭐?"

"솔직히 말해 봐요. 지혁 씨 노래도 못하죠?"

그녀의 말에 지혁의 얼굴이 화르르 달아올랐다. 그는 더듬거리며 부정했다.

"무, 무슨 소리야? 내가 왜 노, 노래를 못해?"

"에이, 이렇게 박자를 못 맞추는 사람이 노래라고 잘하겠어요?"

"아니라니까?"

"그럼 지금 해볼래요?"

그의 얼굴이 이제는 하얗게 질려가자, 세희는 그만 놀려야겠다는 생각을 했다.

"훗, 알았어요. 대신 결혼식 피로연에 대비해서 한 곡 정도는 연습해 둬요. 저희 아빠는 사위가 노래 못하는 거 못마땅해하실 테니까. 아빠는 고교 합창부 출신이시거든요."

세희의 말에 이번에는 그의 얼굴이 멍해졌다. 그는 지금 자신이 잘못 들은 건가 싶어 되물었다.

"겨, 결혼?"

"어? 프러포즈해 놓고 이제 와서 발뺌하려는 건 아니죠?"

"저, 정말이야?"

“그럼, 결혼을 농담으로 할까요?”

“아니, 정말이지?”

그는 세희를 덥석 안았다. 그의 인생에서 최고의 크리스마스 선물이었다. 그는 세희를 들어 올려 빙글빙글 돌렸다.

“고마워. 정말 고마워.”

“지혁 씨, 내려줘요. 어지러워요.”

지혁은 그녀를 내려놓고 다시 껴안았다. 그는 몸을 살짝 떼어내며 세희의 얼굴로 고개를 숙였다. 하지만 들려오는 세희의 목소리에 그는 몸을 굳혀야 했다.

“자, 그럼 우리 한 곡 더 출까요?”

세희는 그가 무엇을 하려는지 알았지만, 결혼을 허락했다고 해서 그의 벌이 끝난 것은 아니었다. 때문에 지난 이 개월 동안 그래 왔듯이 모르는 척 그의 키스를 피했다. 하지만 왜 그녀가 아쉬운 생각이 드는 것일까?

“으, 응? 또?”

지금 이 좋은 기회를 두고 또? 그는 미적미적 고개를 들었다.

“왜요? 싫어요?”

“아, 아니지. 좋지.”

“그럼, 마스터할 때까지예요.”

세희는 눈을 빛내며 제의했다.

“마스터할 때까지?”

지혁의 얼굴엔 미세한 찡그림이 지나갔다.

"싫어요? 저는 제 남자가 어디 가서 못한다는 소리를 듣기 싫어요."

그녀의 입에서 '내 남자' 라는 소리가 나왔는데 어찌 거부를 하겠는가! 지혁은 열렬히 고개를 끄덕이며 그녀의 손을 맞잡았다.

"아니, 좋아. 오늘밤을 새워서라도 마스터할게."

"훗, 좋아요."

방 안에는 다시 바이올린 선율이 흐르고, 두 남녀는 뜨거운 탱고 음악에 맞춰 천천히 스텝을 밟기 시작했다.

창밖에는 하얀 눈이 수북이 쌓여온 세상을 소담히 감싸고 있었다.

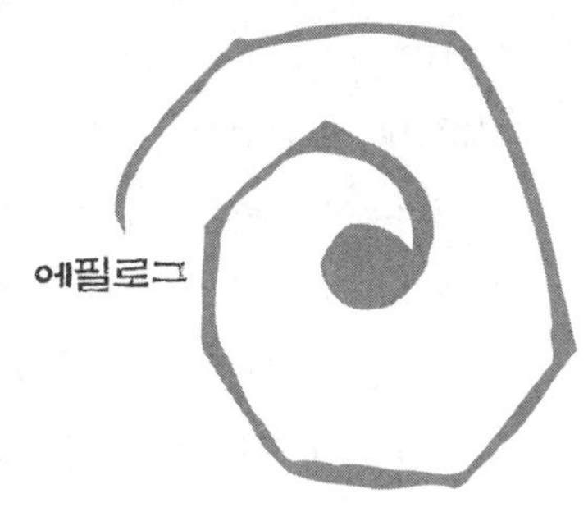

따뜻한 봄 햇살을 맞으며 세희는 정원에 앉아 있었다. 그녀는 지수에게서 온 엽서를 읽고 있는 중이었다.

〈실장님, 잘 지내시죠?

저는 제주도의 바람을 맞으며 잘 지내고 있답니다.

세월이 약이라는 게 헛된 말은 아닌가 봐요. 아직도 이 년 전의 일이 악몽 같지만, 이렇게 잘살고 있는 걸 보면 말이죠. 맑은 공기, 좋은 경치를 보아서일까요? 제 마음도 많이 정화된 것 같아요.

감사하다는 말을 끊임없이 해도 부족하다는 걸 알지만, 언제나 사장님과 실장님께는 감사하고 감사할 따름입니다.

집행유예로 풀려나서 고향으로 내려왔을 때는 정말 살고 싶은 마음이 하나도 없었어요. 하지만 시간이 지나니 제가 저지른 일이 얼마나 큰일이었는지를 깨닫게 되었습니다.

그리고 이제야 이렇게 펜을 들었습니다. 어떻게 은혜를 갚아야 할까요. 어떤 말과 행동으로도 부족하겠지만, 언젠가는 보답할 날이 오기를 바랍니다.

아직은 회한으로 젖은 뜨거운 가슴을 매일같이 바닷가를 거닐며 차가운 바람에 식힙니다.

제주도에는 녹나무라는 것이 있습니다. 각박한 땅이나 바위틈에서도 잘 자라는 강인한 이 나무는 악조건을 극복하면서 꿋꿋하게 살아가더군요. 저는 이 나무를 보며 제 자신을 다집니다. 봄에 피는 화려한 붉은 꽃을 보며 언젠가는 저도 화려한 꽃을 피울 수 있기를 바라면서 말이죠.

실장님, 긴 길을 돌아 이렇게 제자리를 찾기까지 도와주셔서 감사드려요. 실장님이 보내주신 격려의 편지들에 답장을 드리지 못한 것은 제 자신에 대한 부끄러움 때문이었어요. 하지만 이젠 모든 것을 털고 새롭게 일어나고 싶어요.

언젠가 이 한 장의 엽서를 보내는 것보다 더한 용기가 생긴다면, 그때는 실장님과 사장님을 찾아뵙고 싶습니다.

그동안 건강하시고 항상 행복하시길 바랄게요.

20XX년 XX월 XX일

제주도에서 아직은 용기가 부족한 지수 드림.〉

　세희는 미소를 띠며 엽서를 소중히 쓰다듬었다. 재판이 끝나고 나서 잠깐 얼굴을 본 후, 한 번도 연락하지 않았던 지수다. 그녀의 아픈 마음을 알기에 세희는 기다렸다. 그리고 오늘 드디어 지수에게서 엽서가 온 것이다.
　"자, 따뜻한 코코아. 다 읽었어?"
　"네, 고마워요. 지유는요?"
　그녀는 지혁이 내민 머그잔을 받아 들며 미소 지었다.
　"공주님은 아직도 꿈나라에 있어. 지수는 잘 지낸대?"
　"네, 다행이요."
　"잘됐군. 조금 전에 민준이한테 전화가 왔는데, 고맙다고 전해달래."
　민준은 지수의 자리를 대신해 들어온 아가씨와 사랑에 빠졌다. 그의 말을 빌자면 첫눈에 반한 사랑이라고 했다. 그런 그들에게 며칠 전에 작은 말다툼이 있었던 모양이다. 어제 고민을 털어놓는 민준에게 세희는 약간의 충고를 해주었는데 다행히 잘 해결된 모양이었다.
　"다행이네요."
　지혁은 그녀의 곁에 앉아 어깨를 감싸 안았다. 아직은 쌀쌀한 바람이 그들을 휘감고 지나갔다.

"바람은 차갑지만, 그래도 따스하고 나른한 봄날이네요. 그리고 기쁜 날이기도 하구요."

그의 어깨에 기대며 세희는 나직이 말했다.

"춥지 않아?"

"괜찮아요."

"감기 들까 봐 걱정이야."

"훗, 알았어요. 들어갈까요?"

"그래."

지혁의 부축을 받으며 그녀는 일어섰다. 동그란 자신의 배를 내려다보며 세희는 중얼거렸다.

"여자들이 임신을 하며 왜 자신이 코끼리 같다고 느껴지는지 알 것 같아요."

"그래도 당신은 예쁘니까 걱정 마."

"그거 솔직히 아부죠? 이렇게 퉁퉁 부은 다리에 고개를 숙여도 발도 보이지 않는 남산만한 배를 보고 누가 저를 예쁘다고 하겠어요."

불만스러운 얼굴로 불평을 늘어놓는 세희를 마주 보며 그는 속삭였다.

"내가 있잖아. 나한테만 예쁘면 되는 거 아니야? 또 다른 사람이 필요해?"

"흠, 객관적인 시각이 필요해요."

"나처럼 객관적인 시각을 갖고 있는 사람이 있으면 나와보라고 해.”

“최지혁 씨, 당신은 나와 결혼 할 때부터, 아니, 그 이전부터 객관성을 상실했답니다.”

“그래? 그럼 이건 어때?”

그의 따스한 입술이 내려와 그녀의 입술에 살포시 내려앉자 세희는 중얼거렸다.

“으음, 좋은데요?”

“그럼 이건 어때?”

지혁이 좀 더 깊게 키스해 오자 그녀는 그의 목에 팔을 둘렀다. 짜릿한 감각이 그녀의 몸을 관통했다. 장난스럽게 시작했던 입맞춤이 점점 격렬해지고 있었다.

딩동!

지혁은 동작을 멈추며 아내의 얼굴을 마주 보았다. 세희의 붉게 상기된 얼굴 위로 반짝이는 눈동자가 유난히 빛을 발하고 있었다. 그 모습은 너무나 아름답고 유혹적이어서 그는 다시 그녀의 얼굴로 다가갔다. 하지만 또다시 벨이 울리자 그는 투덜대며 외쳤다.

“누구세요?”

지혁은 불만에 가득 찬 얼굴로 대문 앞으로 다가갔다.

“아, 맞다. 오늘 연수네 부부 오기로 한 날이잖아요.”

세희는 주섬주섬 몸을 정리했다. 흐트러진 머리칼을 매만지고 있을 때, 연수와 유진의 낯익은 목소리가 들려왔다.

“어? 밖에 있었나 보네요. 우리 왔어요.”

“어, 그래.”

지혁은 고개를 흔들며 문을 열었다. 연수는 파리에서의 일을 정리한 후, 한국으로 돌아왔다. 그리고 일 년 전에 유진과 결혼을 해 그들과 같은 동네에 새 보금자리를 마련했다. 그때 세희는 무척이나 기뻐했다. 절친한 친구들이 그녀의 가까이에 산다는 것만으로도 든든한 모양이었다. 물론 지혁도 기뻐했다. 그가 세희를 얻기까지 도움을 준 사람들이 바로 연수 부부였으니 그에게는 은인이기도 했다.

그들은 주말마다 각자의 집에서 번갈아가며 다함께 저녁 식사를 해왔다. 그리고 오늘은 세희의 집에서 식사를 준비하는 날이었다.

세희는 문을 열고 들어서는 연수 부부를 보며 말했다.

“오늘은 일찍 왔네?”

연수는 그녀가 좋아하는 티라미슈 케이크를 지혁에게 건네며 설명했다.

“오늘은 쉬는 토요일이잖아. 그래서 좀 일찍 왔지.”

“응, 잘 왔어. 들어가자.”

유진은 거실에 들어서자마자 주위를 둘러보았다. 그가 찾고 있는 사람이 지유라는 것은 불을 보듯이 뻔한 일이었다.

“그런데 우리 공주님은 어디 가셨나? 이모부가 선물 사 왔는데.”

유진은 그들의 딸을 무척이나 예뻐했다. 아마 여동생 없이 자란 유진이라 그런지 지유가 무척이나 신기한 모양이었다.

"지금 자고 있어. 지혁 씨, 가서 한번 보고 와요. 일어났을 법도 한데."

"그래, 알았어."

지혁이 안방으로 들어가자 때마침 잠에서 깬 지유가 눈을 껌뻑였다.

"우리 공주님, 일어났어?"

지혁은 함박웃음을 달고 지유를 안았다. 그때 지유의 얼굴이 빨개지며 끙하는 소리가 들렸다.

"으, 냄새. 우리 공주님, 기저귀 갈아야겠구나."

그는 능숙하게 기저귀를 빼고 물티슈로 닦은 다음, 분으로 뽀송뽀송 토닥인 후, 다시 기저귀를 채웠다.

"자, 됐습니다. 엄마한테 갈까?"

지혁이 딸을 안고 나오자 세희는 부엌으로 가 젖병을 준비했다. 유진이 일어나 지유를 받아 들었다.

"우리 공주님, 잘 있었어?"

지유가 유진을 보며 방긋 웃었다. 그 모습에 유진이 눈을 동그랗게 뜨며 지혁에게 자랑했다.

"형님, 지유가 저를 너무 좋아하는데요?"

"무슨 소리. 지유는 나를 더 좋아하지. 아까도 나를 보고 얼마나 예쁘게 웃었는데."

"에이, 그건 제가 못 봤으니 인정이 안 되지요. 지금 보세요, 저를 보고 얼마나 환하게 웃는지. 안 그러니, 지유야?"

그때 또다시 지유가 까르르 웃자 지혁의 얼굴이 구겨졌다.

"이리 줘봐. 내가 안아볼게."

지혁의 품에 안겨서도 지유가 웃음을 터뜨렸다. 그 모습에 지혁의 얼굴엔 의기양양한 미소가 걸쳐졌다.

"거봐, 나한테 더 크게 웃었지?"

"아니라니까요. 저한테 더 크게 웃었어요."

연수는 그들의 모습에 고개를 흔들며 부엌으로 들어갔다.

"토리, 정말 '덤 앤 더머' 같지 않아?"

"동감이야."

연수와 세희는 마주 보며 웃었다. 그들의 웃음소리가 거실까지 들리자 남자들의 얼굴엔 의아한 표정이 떠올랐다.

지혁이 일어나 그들에게 다가왔다.

"무슨 재미난 일 있어?"

그녀들은 비밀스런 미소를 지으며 고개를 저었다.

"아니요. 지혁 씨, 저녁 준비해야죠."

주말마다 저녁 식사를 준비하는 것은 지혁이었다. 그의 요리는 나날이 일취월장해 그들의 입맛을 사로잡고 있었다.

"알았어. 기다려. 지유 좀 내려놓고 올게."

그가 주방에서 나가자 연수는 그동안 궁금했던 것을 물었다.

"토리, 정말 언제 봐도 신기하단 말이야. 어떻게 지혁 씨를 길들였어?”

세희는 눈부신 미소를 지었다. 지혁은 그녀의 기대를 저버리지 않았다. 또한 여전히 틀리는 박자에도 불구하고 그는 그녀가 원할 때면 열심히 춤을 췄다. 그리고 이렇게 그녀의 입맛까지 길들여 버린 그를 어떻게 사랑하지 않겠는가.

세희는 연수에게 윙크하며 말했다.

“Top secret(일급비밀)!”

　안녕하세요, 이영채입니다. 저의 첫 번째 완결작이자, 두 번째 출간작인 「우리 이제 연인인가요?」로 인사를 드리게 되어 반갑습니다.

　「우리 이제 연인인가요?」는 정확히 일 년 전에 연재를 했던 글입니다. 저에게는 한여름의 열기도 잊을 만큼 빠져들게 했던 작품이었습니다. 아마 처음이라는 것이 그렇게 저를 매료시켰나 봅니다. 처음으로 로맨스 소설을 썼고, 처음으로 독자님들과 함께 이야기할 수 있게 만들어주었죠.

　처음 연재를 했을 때와는 제목과 내용이 많이 달라졌습니다. 「이별의 빨간 장미」에 대한 오마주로 시작을 했었죠. 하지만 여러 번의 수정과 개작을 거쳐 연재 때와는 많이 다른 글로 변하게 되었습니다.

　로맨스 소설을 쓰는 작가들은 자신의 남자 주인공들과 사랑에 빠지게 됩니다. 그리고 여주인공들에게 자신의 꿈을 실현시키지요. 저도 마찬가지로 이들과 함께한 동안 바람둥이지만 한 여자에게 몰두해 가는 지혁에게 빠져들었고, 모든 것이 완벽한 세희를 선망했습니다. 또한 항상 그러하듯이 이들과 함께한 시간들은 저에게 소중했습니다. 아마 저를 격려해 주신 분들이 계셔서일 겁니다.

　「우리 이제 연인인가요?」가 나오기까지 도움을 주신 분들이 많이 계십니

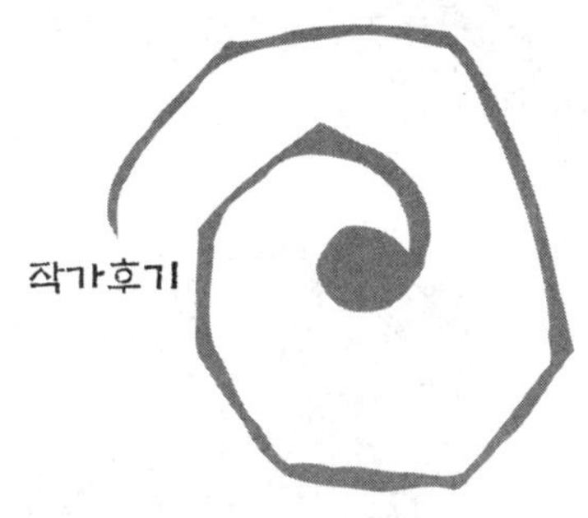

다. 처음 글을 쓰는 순간부터 저를 지지해 준 남편 임상현 씨, 저를 지켜주는 울타리인 가족들, 친구의 출간을 누구보다 기뻐해 준 진현이와 현정이, 옆에 있는 것만으로도 든든한 혜진이와 선웅 씨, 열심히 군 복무를 하고 있는 박지수 군, 선배이자 동료로서 저를 이끌어주신 조영 언니, 첫연재 때부터 격려해 주신 서야님, 하루를 함께하는 화령, 밤 12시가 되면 사라지는 박데렐라 나영, 아름다운 판타지를 그리고 있는 혜준, 누구보다 씩씩한 진주, 자그마한 몸으로 뭐든지 열심인 단이, 저의 안식처인 '유피의 해피걸' 식구들(유니이모님, 깨순이님, yeon님, 빨간대추님, 정이맘님, 양경옥님, 여름나무님, 파란사님, 채비니님, 먼지바람님, 비니맘님, yi4fpfn님, 푸른이슬님 외의 모든 가족 여러분)과 '달콤한 밀회' 식구들, 저에게 처음으로 연재 공간을 만들어주신 로망띠끄, 꼼꼼하게 리뷰를 봐주신 김규진 씨, 휴가 기간 내내 교정을 봐주신 이종민 씨, 그리고 청어람 관계자 여러분께 감사를 드립니다.

마지막으로 처음 연재를 할 때부터 저에게 용기와 힘을 주신 모든 독자님들과 지금 이 글을 읽고 계신 여러분께 감사를 드립니다.

여러분 항상 행복하세요!!